张晓迪 著

北京荒蛮爱情
BEIJING WILD LOVE STORY

上海文化出版社

目录
Contents

第 一 章 *001*

第 二 章 *006*

第 三 章 *026*

第 四 章 *035*

第 五 章 *053*

第 六 章 *070*

第 七 章 *091*

第 八 章 *101*

第 九 章 *121*

第 十 章 *149*

第十一章 *161*

第十二章 *177*

第十三章 *187*

第十四章 *196*

第十五章 *205*

第十六章 *217*

第十七章 *242*

第一章
Chapter 1

明媚的阳光透过窗子洒满没有摆放任何家具的空房间,高高瘦瘦的男孩小志跟着音乐自我陶醉地唱着,手舞足蹈地在杨雪薇身边转来转去,"我能想到最浪漫的事,就是和你一起慢慢变老,直到我们老得哪儿也去不了,我还依然把你当成手心里的宝嗷嗷嗷……"

"行了行了,别嗷了",杨雪薇撩了一下垂到腰际的直发,露出半边雪白的脖子,炎热的天气让几根被汗水浸湿的头发贴在皮肤上,她用手在脸边扇着风,带着一双慵懒中透着妩媚的眼睛在各个屋里简单看了看。

"亲爱的老婆,这房子您还满意吗?"

"谁是你老婆?"

"杨雪薇同志,你无照驾驶这么多年,再不领证警察叔叔就要来敲门了。"

"滚——"

小志继续眉飞色舞地给雪薇介绍,"你看,三室两厅带一个大阳台,我想把这里装成一个玻璃房,种上你喜欢的花花草草,周末咱们还可以在阳台上烧烤,爽不爽?"

雪薇没接茬,一把拿过小志的手机把音乐关掉,"热死了,走吧。"

"别走啊,咱们商量商量怎么布置,回头先把空调装上……"

"喂小志,我们可是说好了的,先找工作,一切等工作稳定了再说。"雪薇说着转身就出去了，小志像气球一样泄了气。

两个人走到小区门口，雪薇向左，小志向右，走出去几步才发现跟女友走岔了的小志掉头追回来，拉住雪薇。

"哪儿去啊？"

"回北京。"

"这都快中午了，去我爸妈那吃饭吧。"

"不去，我要回去找工作。"

"大周末的你找什么工作呀？"

"我们回来的时候是不是说好了，先把工作落实好，再说别的，你怎么一回来就变卦了，我可不跟你当啃老族。"

"谁要当啃老族了，咱们才回来几天啊，你着什么急啊？"

但杨雪薇就是急了，"崔小志，我们当初是不是说好要在北京买房的，结果呢？你爸妈把房子买在河北，你现在还要回去跟他们要钱买家具啊？"

"我说你这狗脾气怎么又来了，咱们这是全款买的，在北京也就去六环付一首付，现在一点压力没有，多好啊。"

"那你知道生活方式得有多大差距吗？你知道浪费在路上的时间用来工作能多赚多少钱吗？一个首都一个小镇这能比吗？我怎么早没看出来你这么不求上进。"

"北京天天堵车有什么好的，再说了，从咱们这儿过去也就个把小时，有多大差别啊？走走走，回家吃饭。"

"不去。"

"宝贝儿，以后等咱们有钱了再慢慢换嘛，先回去吃饭好不好，我都跟我妈说咱们回去了。"

"一去你家，你妈除了结婚就没别的话说。"

"你就当听不见不就得了,告诉你啊,今儿方姐男朋友可回来,给人俩留点私人空间吧。"

"真的?"听到方姐的事儿,杨雪薇口气不那么坚决了。

"真的,早晨我看见方姐那一通儿收拾,她说的。"

"她怎么跟你说没跟我说?"

"你睡得跟猪似的,人都出门半天了你才起。"

"你才跟猪似的。"

两人吵吵闹闹的,杨雪薇还是跟着小志转了身走回去,身边时不时经过几辆河北往返北京的大巴。

杨雪薇与其说是跟着小志走,其实是被小志拖着往前走,身体无比忠诚地跟随内心向后仰,太阳烤得整个人无精打采,杨雪薇不耐烦地用力甩开小志湿嗒嗒的手,却一个跟跄撞上不知道从哪儿"嗖"地冲出来的奔驰汽车……

一个急刹车,奔驰后座上闭目养神的浓妆女人惊醒,拨了下精心吹过造型的头发,看看手表,问,"到哪儿了?"司机回答,"快到了,过了前面路口就到了。"司机一边向她道歉一边嘟囔着抱怨前面乱闯马路的行人,坐在副驾的美女助理也忙回头问,"杨总,你没事吧?"杨雪薇醒醒神,原来刚刚做了个梦。

知名影业公司CEO,屡见报端的美女企业家杨雪薇,以先锋成功女性的身份受邀到高校跟同学们做一个分享会,因为堵车,没有时间休息调整,一路快步上了舞台。这样的演讲在过去的几年里杨雪薇已经轻车熟路,她按着熟悉的套路进行,台下不出所料地配合着完美的欢笑和掌声,演讲结束继续按照流程跟同学们互动。

一位女同学问,"杨总您好,我想问的就是,都说一个成功女人的背后必然有一群成功的男人,您怎么看这个问题,您觉得是这样的吗?"

面对这样略带挑衅的问题,杨雪薇微微一笑说,"我赞同这位同学的说法。"

台下一片哗然,杨雪薇继续说,"我们现在习惯于把获得财富、地位定位为成功,事实上成功绝不仅仅局限于这些,像现场的同学们你们考进这所著名的大学就是成功的,还有的人拥有稳定和谐的家庭,即使没有巨大的财富也是非常成功的。对于每个人来说,不只是女人,没有你的家人,你身边的朋友、师长,单凭一个人的力量不可能做成任何事情,所以男人的成功离不开女人,女人的成功当然也离不开男人。"杨雪薇不记得这样的标准答案赢得过多少次热烈鼓掌,这次也不例外。

主持人又叫了另外一位积极举手的女同学提问,"薇姐您好,都说北上广是单身的天堂,我看到很多新闻说您是比较享受单身的,现在很多经济独立的女性都不想结婚,我想我以后也不愿意把自己的命运捆绑在男人身上,您有没有什么计划为更多的独立女性发声?"这个问题问完,还有很多女生附和。

"嗯。"杨雪薇回答类似的问题已经有太多遍,和大多数单身的、有一定事业的、年纪不小的女人一样,她们的官方回答都是享受单身,努力做到经济独立、财政自由,依然相信爱情,男人更多地是一种精神的需求而不再是生活的必需品。

主持人又叫了一位男同学,"我看到今天女同学都特别积极,我们给男生一个机会好不好?来,这位同学。"

一个戴眼镜的男同学把手放下站起来接过话筒,问,"杨总您好,我今年大四,马上就毕业了,对于很多人来说,毕业季也是分手季,校园的爱情是最纯真的,可是社会的生活又是残酷的,您觉得面对现实，爱情值得等待吗？"

就在杨雪薇想继续延续她的一贯回答时，她想到刚刚在车上做的那个梦，想到一些仿佛已经非常久远的事情。全场安静了足足有十秒钟，主持人看着沉默不语的杨雪薇和鸦雀无声的现场开始担心起来。杨雪薇终于开口了，"这个问题，我想我没有资格回答你，我记得，很久以前我对一个人说，如果你没有得到过事业和财富，就没有资格去对那些拥有它们的人妄加评论，而我，没有真正地拥有过长久的情感，所以我没有资格回答你，我只能说，"杨雪薇此刻想把内心真实的话说出来，"曾经有一份真挚的爱情摆在我的面前，我没有珍惜。"

台下有人叹息有人笑，一位同学大声喊，"那您有没有后悔啊？"

舞台侧面的助理刘敏敏拼命向主持人做停止的手势，主持人忙起身，以时间到了为由，结束了这场活动。

拖着疲累的身体回到家里已经晚上十一点多，空荡荡的大房间里没有过多陈设，也只有杨雪薇一个人，她打开一盏一盏灯，让光充满房间，她问自己，如果上天再给她一次机会，人生的路她会怎么走……

第二章
Chapter 2

那年同是来自北方的杨雪薇和崔小志考入福建某所二流大学的三流专业,高考的失利让从小全面优秀的杨雪薇遭受了人生第一个严重打击,郁闷了一个夏天,从跨进校门的那天起杨雪薇又昂起斗志,在十八岁的天空下积极耕耘希望。她努力地学好英文,尽可能地学习各种技能,她知道自己的梦想在一线城市,她踊跃地参加校园活动,即使在二流的岁月里也要经营一流的人生,她也义无反顾地投入纯纯的恋情,因为没有爱情的青春是不完整的。

杨雪薇是学校的文艺积极分子,崔小志弹得一手好吉他,两人当年以歌定情,在一次校园晚会上联手合作一曲改编自张信哲的情歌《某某某》,那甜腻慵懒的曲调一下子火遍全校。

谈恋爱　跟某某某

爱情开始在月光底下走

一片稻禾　一把心火

烧得令人愁愁愁

和她在路边　救小狗

情诗写到酸了手

为她在雨中发誓戒烟戒酒

让她怪我多情难忍受

为爱情　冲昏头

忠言逆耳没朋友

爱上她　不要家

心头难容一粒沙

傻等候　情飞走

爱到入神没药救

没有她　不习惯

爱像烛火随着风儿转

爱像烛火随着风儿转

转得我好乱

　　这段视频当时一度在网上挤进热搜，他俩也被封为最浪漫校园情侣。杨雪薇的四年大学生活过得总算不负青春，一切尽在掌握，唯一没有料到的是，只想谈个校园恋爱的她竟然被比亲爸亲妈对她还要好的小志套牢，毕业后竟跟享受平淡生活的小志留在风景如画、悠闲自在的南方。可是，杨雪薇始终追求的还是轰轰烈烈的人生，工作一年多，觉得实在无法实现理想的她向小志施压，"不进京就分手"，爱女友胜过爱自己的小志便依依不舍地放弃这远方的田野随杨雪薇北上。

　　说起来，他们也不算无依无靠的北漂，小志的老家就在那传说中的七环，小志的父母巴不得他们回来，立马给买了房子加装修，小志还挺得意，而杨雪薇并不开心。说起这套房子雪薇就生气，原本计划等工作稳定了，想结婚的时候两家一起在北京买，可小志父母很爽快地说这事儿就包他们身上了，结果房子是买了，买的说起来离北京并不算太远的河北小镇里他们老两口隔壁小区，杨雪薇打心底里不想过那种白天去北京上班，晚上回河北睡觉的日子，更加不喜欢和他们老两口住得那么近,就连当初小志说两人先领证再买房,这样可以直接加上杨雪薇的名字,她都没有答应,反过来对小志说,"不立业不结婚。"

得知雪薇和小志要来北京,和他们关系很好的学姐方骄骄立马邀请他们合租。方骄骄大他们三届,当年,临近毕业的方骄骄以支持男友创业的动人故事为由,把一大堆没用的"破烂"高价卖给了踏进校门不久的杨雪薇,而为支持理想买单的杨雪薇此后很长一段时间不得不用泡面来支持自己的胃,害得她因此得了胃炎,饮食一不注意就犯病,这辈子也不想再看见泡面了。后来方骄骄离开校园的时候专门去请杨雪薇吃了顿大餐——学校门口最有名的麻辣烫。那时候雪薇才知道,原来方骄骄那个刚在北京找到外企工作的男朋友姜楠为了买一身体面的西装去上班,刷了好几千的信用卡还不上,方骄骄才忍痛把男朋友送她的生日礼物,自己买的第一双高跟鞋,甚至她考上大学妈妈给买的一块手表等等有纪念意义的"宝贝"转手。本来杨雪薇对坚持理想的人最崇拜,没想到崇拜错了对象,还害得自己落了后遗症,不过方骄骄的有情有义倒是让人肃然起敬,就算落个胃炎也值了,方骄骄也对杨雪薇仗义地慷慨解囊没齿不忘,从此两人建立起牢固的友谊,后来尽管天各一方,也没有断了联系。

这次作为资深的北漂,方骄骄可没有再"坑"杨雪薇,她赔了半个月的房租遣散原来的合租室友,以很合理的价格把主卧租给雪薇和小志,自己住次卧。方骄骄说,被调到上海公司工作了半年的姜楠很快又要被调到美国总部工作学习,要一年的时间,中间也回来不了一两次,他们要攒钱买房,攒钱结婚,所以一直合租,她自己一个人住次卧就够了。雪薇再次被方骄骄对爱情的坚守感动,如果不是姜楠,她大概不会辛苦地留在北京,姜楠来北京她跟着,姜楠去深造她等着,等姜楠回来再执子之手，与子偕老。自己来到北京是为了事业，方骄骄留在这里是为了爱情。

雪薇找出当年买的方骄骄那块表，想着等他们结婚的时候，就把这个给姜楠，告诉他，他娶了个多么好的老婆，雪薇觉得如果自己是个男人，这辈子能娶到方骄骄这样的女人就算值了。然而佩服归佩服，在她和小志的世界里，则由小志充当方骄骄这个角色，无条件地支持她去实现理想，这个时候雪薇倒不觉得小志有多么伟大，多么重情重义，而是觉得他人如其名，胸无大志，当年两个人大概只是荷尔蒙过剩纠缠到一起，不然理想丰满、动力十足的杨雪薇也不会看上平平淡淡才是真的崔小志。不过话说回来，她之所以一直没有跟小志分手，也证明小志有足够的长处，够体贴，够专一，对她打左脸不敢给右脸，要星星不敢给月亮地好，这些优点支撑着他们勉强走过了大学生活，而从来到北京的那一刻起，仅有这些显然是不够了，一大波考验向他们汹涌而来。

跟方骄骄住到一起之后，杨雪薇发现一别数年，一个生活在首都，一个苟且在远方的两人已经产生很大差距，一对比自己简直就是个小土妞儿，清汤寡水的挂面头，没几件像样的化妆品，衣服虽然不少，跟方骄骄比起来一件拿得出手的都没有，以前觉得是自然美的，现在觉得是土，以前觉得是活泼可爱的，现在觉得只是土，用方骄骄的话形容，"说好听了叫'清水出芙蓉'，不好听就是个'外地小妞'"。

方骄骄呢，有两个大大的化妆品盒子，那些瓶瓶罐罐的护肤品大部分都是杨雪薇一直自认底子好觉得没必要买的，那些大大小小的彩妆更是她看都不好意思看的大品牌，其中不乏奢侈品，还有一瓶传说中的香奈儿五号，方骄骄特地说明，那是姜楠送的，这让杨雪薇更是羡慕，小志别说送香水，连香皂都不会送的，浪漫这个词杨雪薇已经快忘记长什么样了。还有那些分门别类搭配好挂起来的衣服，杨雪薇觉得基本上都可以穿出去参加同学婚礼了。这还不算完，门口的鞋架上摆了十来双各式各样的高跟鞋，最矮的也有五厘米，瞄了几眼都是商场的品牌鞋，真是让杨雪薇这种网购专业户自惭形秽。一直以为方骄骄特别会过日子，看了这些，杨雪薇对她大为改观，但方骄骄的解释也很有说服力。

"在北京混，既要拼实力也要讲包装，我这些衣服、鞋子好多都穿了几年了，虽然买的时候是挺心疼的，可是你穿出去又舒服又体面还能穿很久，毕了业就尽力少买那些穿一季就扔的衣服，算下来还是买好的更合算。"

杨雪薇茅塞顿开，觉得非常有道理，而且在北京做HR的方骄骄说服力越来越强，说得自己恨不得把那些破烂儿全扔了，但是看看钱包还是先算了，说好不花家里的钱了，当初说得那么理直气壮，现在也不能让几件衣服灭了志气。

至于那些大牌的口红、粉底、睫毛膏，方骄骄是这么说的：

"没两件大牌货跟同事们聊天都聊不到一起，没钱买包包，买个口红还是可以的吧，几百块钱既满足虚荣心又能更好地融入组织，少吃几顿就有了，还能减肥，又瘦又美心情又好，上班能提高工作效率，下班能和谐家庭氛围，看起来是多花了几百块钱，整体算下来真是赚到了。"

这个理论让雪薇心服口服，看看自己也工作了一年多，衣服没有人家穿的好，化妆品没有人家用的贵，不照样没有攒下钱？于是在雪薇的理想清单里，除了事业又明确了物质这一项。

小志觉得不然，有那个钱不如先买几样家具，日子又不是过给别人看的。好在杨雪薇已经不在这方面寄希望于他，而且有了方骄骄一起八卦，雪薇也顾不上管他玩游戏了，于是小志并不过多发表自己的意见，更加放肆地在虚拟世界里撒欢儿地撸啊撸。

姜楠去美国之前回来了一天，他的东西大部分都拿去了上海，也没什么好收拾的，只是回来跟方骄骄见个面。雪薇和小志本来就跟姜楠不熟，再加上人家时间紧迫，很识相地没回来打扰。

方骄骄特地喷上香奈儿五号，和姜楠两个人在床上举行了轰轰烈烈的告别仪式。临行，姜楠拿出一张十万块的银行卡给方骄骄，让她照顾好自己。方骄骄把卡收好，憧憬着等姜楠回来他们就可以买房，结婚，幸福地过他们的小日子。

杨雪薇虽然自己还不想结婚，可是觉得方骄骄既然这么想结婚过日子，就不应该让姜楠去美国，或者先把婚结了再去，毕竟隔着一个太平洋，一年的时间，会发生什么事情大家都说不清楚。其实方骄骄心里很清楚这一点，同时她也明白那样做的无用，姜楠那么爱面子，不会愿意在一无所有的情况下结婚，所以她宁愿什么都不做。

常常杨雪薇会很佩服方骄骄这样的女人，乍看上去不怎么起眼，可心里就仿佛永远有一根定海神针，足以支撑起一个强大的小宇宙。

没有太多时间顾虑别人的生活，杨雪薇要积极地找工作。不过始料未及的是学历不够辉煌、资历又浅的他们想在人才济济的北京找一份理想的工作，并不容易，尤其是她要转行进入影视营销行业，想找一家知名大企业，难乎其难，一个月下来，一无所获。尽管如此，杨雪薇并没有因小志唠叨几句"高不成低不就"而降低标准，她坚信输在起跑线上的人生再怎么追也很难拿到名次。

和很多个工作日的早晨一样，一件利落的衬衫加裙子，挽起长发的杨雪薇审视了一遍自己的简历放进包里，在车站又翻开本子看一遍面试地址，核对了站牌信息，随着拥挤的人群上了开过来的一辆公共汽车。

7月的北京，阳光很刺眼，高温让人瞬间出汗，杨雪薇挤在几乎快站不稳的车上一只手紧紧抓着扶手，一只手捂着包，抬头看着站牌信息，数了数还有十来站，瞄两眼旁边的大爷大妈、大哥大姐没有一个要下车的样子，只得转了转高跟鞋里站酸了的脚腕。杨雪薇不明白北京的大爷大妈干吗要一大早地跟年轻人抢交通工具，在家待着不凉快么？后来她才知道，北京的公交车是老头儿老太太的天下，地铁才是上班族的战场。

随人群下了车，擦擦汗，一座摩天楼耸立在眼前，面试地点到了，整理整理头发和衣服，鼓着腮帮吐一口气，走进去。

"你好，我是杨雪薇，我来面试的。"

前台美女抬了一下眼睛，"简历带了吗？"

"带了。"

雪薇递上简历，跟着这位短裙高跟鞋的前台美女进了一个会议室，会议室里已经有十来个人在等待。

雪薇很自然地跟大家打了个招呼，"嗨，大家好！"

有两个男生冲她微微笑了一下，其余并没有人回应，雪薇略显尴尬地找了个空位坐下，大家一个个被叫着名字，等了大半个小时，终于轮到她。

跟着负责面试的女孩，走进对面两男一女的会议室，有点紧张。和大多数面试套路一样，一个面试官让她自我介绍，杨雪薇讲出已经说得像台词儿一样的介绍，"各位领导好，我是杨雪薇，学的是外贸专业，毕业以后一直从事公关活动策划工作，我英语六级，听力口语都没问题，我来北京也是希望能够转行到影视行业做策划，嗯，谢谢。"

另一个面试官有点不耐烦，"我看你没有过相关经验，你为什么觉得你能做？"

杨雪薇说，"我非常喜欢影视行业，小城市没什么机会所以来北京，我策划是有经验的，也带过团队，转行我可以从基层做起，我想我能够尽快上手的。"

"你学的专业、经历跟要找的工作完全不搭，你对自己的人生没什么规划吗？"

"嗯，"杨雪薇拨了下头发，"我觉得在年轻的时候应该多尝试不同的选择，才会知道最想要和最适合的，现在我很确定自己的发展方向。"

简单攀谈几句，这场面试便结束了。

走出大楼，杨雪薇第一时间给男朋友小志打了电话，电话那头立马传来小志温暖的声音。

"宝贝儿，面试得怎么样啊？"

"我觉得可能没戏，别人都在里边好长时间，我才几分钟就出来了。"

"他们都问你什么了？"

"问我一年看多少电影什么的，我使劲儿地说四五十部，这不算欺骗吧？咱们好久没看电影了。"

"你傻呀，你应该说二三百部，这叫看片量，哎哟，你怎么还不如我呢。"

"连你也欺负我，回去我就恶补。"

"别生气，宝贝儿，着什么急啊，在北京找工作都是这样的，慢慢来。"

"你怎么能那么快找到工作呀，我这都一个多月了，一点进展都没有。"

"销售工作当然好找啦,先回家吧,晚上再说。"

在小志的关怀中挂断电话,又一路公交加地铁地奔赴下一个面试地点。

杨雪薇在这些高楼大厦里跟走迷宫一样,四处张望、游移不定的眼神透露着她初来乍到的身份,面前那些高跟鞋、裹身裙、讲究过的着装,修饰过的脸庞,一切都行色匆匆又生机勃勃。

路面很堵,雪薇有点着急,接下来要去面试的这家可是这两年在业内非常有知名度的企业,天浩娱乐,虽然成立不到五年,但创始人年轻有为资历不浅,尤其近两年完成几部特别有代表性的影视作品宣传,异军突起,正准备上市,无论如何不能迟到。翻翻钱包只有单薄的两百块和一些零钱,但还是在路边拦了一辆出租车,结果没走多远就堵着不动了,"早知道坐地铁了,还省钱。"杨雪薇心想着,伸着脖子往外看看,不远处围了一圈人,道路已经水泄不通,没办法,只好下车跑去附近的地铁站。

踩着高跟鞋一路小跑,经过人群望了一眼,好像有人倒在地上。"爱管闲事"的杨雪薇看看手表还是停下来,挤进人群里,是位老大爷,捂着腿直"哎哟",有人问他家人的电话,也说不清楚。雪薇走上去想扶起大爷,有人拦住,"姑娘,别给自己找事儿。"

看大爷穿得整整齐齐,人也干干净净,身边也并没有什么汽车、摩托车、自行车,想来不是碰瓷的,杨雪薇还是去扶了他。

一位大妈又急忙说,"小心讹上你。"

这大热的天,大爷急得一头汗,大伙儿挤得一头汗,干脆先把老人家扶起来再说。周围还有"热心肠"的大爷大妈要说话,杨雪薇说,"没事儿,我光脚不怕穿鞋的,改天您摔那儿,我也扶您啊。"

"嘿,怎么说话呢?""小姑娘不错!"周围人议论纷纷,也有人搭了把手把大爷搀起来,杨雪薇拦了辆出租车奔向医院,人群疏散开来。

老爷子出门没有带手机联系不上儿子,无奈,雪薇只好刷卡替他垫付了医药费,再看看手表,已经没有办法准时赶上面试了,干脆好人做到底,陪着老人看完医生,又打车把他送回家。

大爷独居在东城区胡同的小四合院里,可不是大杂院,是个独门独院,一推门,一只漂亮的小金毛扑过来汪汪叫。

原来大爷出门遛狗,可是老胳膊老腿儿跟不上体力矫健的小家伙,结果狗跑了,人摔了。看见聪明的金毛自己回了家,大爷顾不上腿疼,一脸愁容舒展开来。

活泼的小金毛跟着两人进了屋,杨雪薇忍不住说,"我就说您穿得这么整齐不能是碰瓷儿的,敢情您是土豪啊。"

大爷被逗乐了,"土这儿多得是,豪是个什么玩意儿?"

"大爷您还挺幽默的。"

"别叫大爷大爷的,多显老,你就叫我老王。"

"老王?那怎么行啊。"

"我儿子就这么叫。"

雪薇扶着老王去柜子里翻出个盒子,老王打开才想起儿子给的钱已经买了那只纯种小金毛,所剩不多已经不够支付医药费。雪薇想想没有拿,"您先留着吧,改天再给我也行。"又看看那只体力过剩的小金毛,跟大爷说,"这狗真可爱,就是小时候太闹了,您养个京巴更合适。"

老王在太师椅上坐下来,喘匀了气儿说,"我看见他的时候,他就一直盯着我汪汪、汪汪地叫,我一瞧,嘿,我们爷俩有缘,就把他牵回来了。"

逗着小狗的雪薇被老王的"爷俩"说得勾起回忆,"我爷爷以前也这样。"

"你爷爷身体还好吧？"

"他已经不在了，喔，他比您大很多。"

老王叹口气，"我们这些老家伙就剩下猫猫狗狗的陪着了。"说着想起儿子，老王起身找手机，脚一着地腿就不行了，雪薇赶紧扶老爷子坐好，又帮他找手机。老王打电话给儿子，说话很冲，"臭小子，要是没出差就快回来，你老子摔倒了。"

别看老爷子头发全白了，说话可是中气十足，也没多说，就这两句就挂了，又和蔼地对雪薇说，"谢谢你啦，姑娘，你把电话留给我，回头我让儿子把钱还给你。"

雪薇掏出纸笔写下自己的名字和电话，说，"我得赶紧去面试了，您要是有什么事儿也可以给我打电话。"

老王忙说，"哎呀，耽误你面试了，真是对不起。"

雪薇笑道，"嗨，没事，您好好休息吧。"

雪薇快步出门，被路口急匆匆的一个人撞得差点摔倒，那人也不道歉，一溜烟没影了。杨雪薇揉着撞疼的肩膀，没好气地嘟囔着自己这一天真是倒霉，见路口一辆违章停放的宾利让不宽敞的马路又拥堵起来，一边心里暗暗骂车主没素质，一边感叹做人的差距真是大，也不知道在北京屡战屡败的自己什么时候才能混到这一步。北漂短短一两个月，杨雪薇深感自己虽身在京城，可是和真正的这座城市之间却隔着千山万水的距离，无亲无故，人生地不熟，还连个像样的工作也找不到，这次帮助老王算起来还是和北京人的第一次亲密接触。叹口气，继续向地铁站走去。

飞奔到天浩娱乐公司的时候，面试自然已经结束了，正准备下班的前台告知杨雪薇他们这一季的招聘计划都已经完全结束了。

杨雪薇欲哭无泪地打电话给小志诉苦,谁知小志这次并没有安慰她,反而教训了她一顿,"你傻不傻,那老头肯定是骗子呀。"

"他不是骗子,我送他去的医院,他真受伤了。"

"你给垫了多少钱?"

"八百多吧。"

电话那头突然提高声音,"八百多?"

"你喊什么,他会还的,还留了我电话呢。"

"哎哟,你,你让我说你什么好,你这还没找着工作呢,就学雷锋做好事去了,你不知道什么叫碰瓷儿啊?我告诉你,这钱肯定是要不回来了,你以后可长点心眼儿吧。"

雪薇本来就难过,让小志这几句话激起怒火,"崔小志,为几百块钱你至于吗?喊什么喊,好人坏人我分得清楚。"挂掉电话,杨雪薇顿时觉得小志的好太过狭隘。

接着是一个又一个面试无果的傍晚,每天垂头丧气的杨雪薇回到家第一件事就是打开电脑看有没有新的邮件通知,只投知名大企业的她依然收获无几。

"叮咚——"

听到门铃响,雪薇应了声,"来啦。"

开门,是快递。

快递员问,"方骄骄是吗?"

"噢,是。"

"请签收一下。"

"谢谢啊。"

正自言自语,"方姐又买什么东西?"电话响了,把快递盒子放在桌上,飞奔过去,兴奋地接起来。只听电话那头传来,"你好,请问买房吗?"

杨雪薇吼了一声,"买毛线啊!"扔下电话,无力地倒在床上,电话又响了,雪薇接起来就吼,"不买不买。"电话那头愣了一下,一个温柔的女孩声音说道,"请问是杨小姐吗?我是王总的秘书。"

"王总?"

"是这样的,您帮王总的父亲垫付了医药费吧?王总让我转给您。"

雪薇拍拍脑门赶紧道歉,告诉了对方自己的账号。

看看手表下午六点半,小志和方骄骄都快回来了,雪薇爬起来去厨房拿起围裙套在脖子上,感觉像带了一副刑具一样开始煮粥,择菜,准备做晚饭。

一边狠狠地择菜,一边感叹,"想我杨雪薇不算才华横溢,倾国倾城,也还是品貌端庄,上得厅堂入得厨房,怎么连个实现理想的机会都没有呢,真是小姐的身子丫鬟的命,悲哀!"

"叮咚——"

雪薇去开门,"方姐回来啦。"

方骄骄一进门就甩掉七八厘米的高跟鞋,"回来啦,好香啊。"

"粥快好啦,马上炒菜。"雪薇跑进厨房掀开粥快溢出来的锅盖,又对方骄骄喊,"有你快递啊,放桌上了。"

"谢谢。"

"又买什么东西啦?"

方骄骄拆开快递,是一双可以卷起来的平底鞋。

雪薇在围裙上擦擦手,拿过鞋子,"我看看,哎哟,你居然买平底鞋,我还没见过你穿平底鞋呢。"

方骄骄笑而不语。

"是楠哥送的吧?"

方骄骄笑说,"自己买的。"

雪薇才不信,"得了吧,看你高兴那样。楠哥真好,知道你爱穿高跟鞋,还每天上下班那么辛苦,特地给你买这样的鞋,到公司脱下来放包里就行,楠哥太细心了,比小志强多了。"

方骄骄穿上鞋在镜子前照照,说着,"你知足吧,小志都给你买房了好嘛!"

雪薇叹气,"嗨,河北,我们又不去住。"

"口气还不小,现在河北的房价也不得了啊。"说起房子方骄骄停下臭美,她要是买得起"七环"的房子也早跟姜楠结婚了,无奈她的单身母亲供她上个大学已经费了九牛二虎之力,姜楠更是还有在读书的弟弟妹妹,都指望他出头呢。

雪薇没有感受到方骄骄的心情,接着说,"房子是他爸妈买的,我们以后总不能什么也不表示吧,再说了,我要是真住那儿,就等于跟他妈住一起,这我可受不了。"

方骄骄把鞋子放上鞋架,"你有点爱心好不好,那人家老了你能看着不管啊?"

"不是这么说,你知道我打从小学毕业就开始住校了,现在你让我跟我妈一起超过一个星期我都受不了,别说他妈了,而且小志妈吧,是一看就让人特绝望那种。"

"有那么恐怖吗?"

杨雪薇瞪大眼睛,"很恐怖——你一看见她,嘴巴还没动,眼睛就已经在问你,'什么时候结婚啊?'然后就是'什么时候生孩子啊?'再然后'女人这辈子最重要的就是丈夫和孩子',你说多吓人。他妈以前还是会计,按说也是个知识女性啊。"

方骄骄笑着问,"那为什么当初你们不在北京买房呢,付个首付也是够的呀?"

这又提到杨雪薇窝火的事,"这就是小志妈干的事儿啊,其实结婚根本就不在我的计划之内,我才多大呀,这倒好,房子一买好像就必须得结似的,我现在听到房子、结婚这俩词儿,就跟听到泡面一样恶心。"

这话说得方骄骄心里不是滋味,"你别得了便宜还卖乖,先把证领了,房子住不住都有你一份儿了呀。"

"哼,我才没那么庸俗,你说婚姻法保护的都是财产而不是爱情,一张纸非得把本该和而不同的两个人弄得笔管条直,真搞不懂结婚有什么意思。"

"唉,一听你这话就是亏没吃过,苦没吃过,什么都没吃过的人说出来的。说真的,你家小志人好、有房,长得还那么帅,你真要小心一点哦。"

雪薇却摇头,"男人啊,外表不重要,长得帅有什么用?"

方骄骄白了她一眼,"嘿,那你当初还不是因为人家帅得跟金城武似的才勾搭到一块的吗?"

雪薇撇着嘴说,"所以说年少无知啊。"

"你这话小志都知道吗?"

"我正在努力改造他,先凑合着,改造不成就拉倒。"

"能凑合的就是真爱,姐姐我的人生经验啊。"

"现在就算凑合我发现都越来越费劲,就说上次我帮那个摔倒的大爷垫医药费,小志好把我说了一顿,真是,一点胸怀都没有,结果怎么着,人家刚把钱还给我了。"

"那是你运气好,这事儿也不能怪人家小志,本来嘛,我们大家管好自己就不容易了,怎么着,你这都快列出十大罪状了,你俩还能不能结了？"

雪薇笑起来，"你这么想结婚，真应该先把证领了再放楠哥走。"

方骄骄叹口气，估计她也后悔没那么做。

紧接着雪薇又说，"不过楠哥定金都付了，也不差多等几天。十万呢，唉，小志什么时候能给我十万块钱呢？"

方骄骄哭笑不得，"那把十万给你，把你的房子给我得了。"

雪薇认真地说，"方姐说真的，如果小志亲手赚十万给我，比他爸妈给的全款房子在我心里要重要得多，可惜小志就没楠哥这个志气。"

方骄骄更加哭笑不得，"你说你这人，放着现成儿的主子不当，非得从丫鬟干起。"

两人对视一眼，都大笑起来，然后方骄骄继续劝导，"你呀别不知足了，我看小志对你够好的了。"

杨雪薇不以为然，"要不是他对我够好，估计早分了八百回了。"

对于杨雪薇这种不知道什么叫"知足"的人，方骄骄纳闷，"你看你生活衣食无忧，男朋友百依百顺，想结婚人家立马下聘，不想结婚人家随时候着，你还想怎么样，做人不能太贪心。"

但杨雪薇就是不知足，"我得看看他这个曲线一直没有波动的股票能不能被我培养成绩优股啊。"

方骄骄却说，"你不培养，人家的行情也是慢慢看涨的，可是你这个散户想炒成 VIP，那比登天还难，这就是现实啊。"

雪薇还是不服，"实在不行，咱们直接换个绩优股嘛，我的理想就是要有一个四十五度仰望的爱情和人生，那才完美。"

看着杨雪薇这么执迷不悟，方骄骄实在忍不住了，"大姐您治疗颈椎病呢，还四十五度仰望，要不说像你这种吃着碗里看着锅里的人迟早变成大龄剩女，其实在两个人的关系里面，一个人是永远没有办法完全满足另一个人的。"

雪薇觉得这个说法有点道理,再看方骄骄,开始起范儿,声情并茂地用朗诵腔配合着手势说,"人生,就像一座钟摆,总是在欲望没有满足的煎熬,和欲望得到满足的无聊之间来回摆动。"然后捧住杨雪薇的手,用慈祥的眼神深情地看着她,"妹子啊,记住了,千万不要做那摇摆不定的钟摆,让我们一起做那吃了秤砣铁了心的,那啥。"

雪薇"噗"地笑出来,"哇塞,方姐,在大城市混过的人就是不一样,我发现你现在都成哲学家了。"

方骄骄回屋换衣服,嚷嚷着,"赶紧给哲学家做饭吧,哲学家快饿死了。"

对于方骄骄来说,人生不是一道选择题,她认命,又愿意积极地去面对自己仿佛不太好的运气。对于杨雪薇来说,与其认命不如任性,人不折腾枉费此生,偏偏小志妈用一套远在河北的房子给身在北京的她念上了紧箍咒,一提起来就让她头疼。

"叮咚——"门铃又响了。

雪薇去开门,看见小志就抱怨,"哎哟,你们怎么都不带钥匙?"

小志笑呵呵地说,"你不是在家吗?今儿天可真热,我买了冰棍儿。"

"太好了,方姐,吃冰棍儿啦。"

方骄骄隔着门喊,"我不吃。"

雪薇拿着冰棍儿袋子凑过去,"怎么了,哎你大姨妈不是这个时候来啊。"

方骄骄瞪了她一眼,"你又知道?"

雪薇打算把方骄骄那根冰棍儿也吃掉,小志夺过去放进冰箱,"你胃不好,少吃凉的。"雪薇嘿嘿笑笑,招呼大家开饭。

杨雪薇的事业没有着落,厨艺也相当悲惨,却命好有一个把她当成宝一样的男朋友,想想如果没有小志做后盾,她可能不得不为五斗米折腰,哪还能有这样不达目的决不上班的志气。

在杨雪薇为着理想狂投简历时,方骄骄又宣布了个好消息,她升职啦。

雪薇不无心酸地笑说,"恭喜方姐,你得请客啊。"

方骄骄说,"嗨,我也就是升一个小小的 teamleader,改天咱们出去吃。"

小志说,"用不了一两年你就升经理啦。"

方骄骄撇撇嘴,"那得看我们经理能不能往上升了,她不动,我也甭想动,我们经理都快四十的老女人了,还没生孩子呢,以前压力大不敢生,现在想生生不出来了。"

雪薇说,"那你可以看看有没有机会跳槽。"

方骄骄哼了一声,"算了吧,我可不像你那么能折腾,我还得踏踏实实攒钱呢。"

小志又问,"你跟楠哥也快了吧?"

方骄骄嘴角不由得上扬,"等他回来呗。"

小志笑说,"那我们得开始攒红包了。"

方骄骄听了这话提议,"到时候咱们一块得了,谁也不用给谁红包。"

小志觉得这主意相当不错,看看雪薇,耷拉着眼睛没接茬。

一向事业心重的雪薇赋闲在家,小志知道她心情不好,安慰她,"别那么着急找工作,不还有我呢嘛。"

"那我也不能天天在家给你们当保姆啊。"

小志说,"周末回趟家吧,咱们去逛逛家具市场。"

雪薇回他两个字,"不去。"

小志挠挠头,"我爸妈想让咱们回去呢。"

雪薇拒绝,"不去,每次见到你妈就催着领证。"

小志凑过来,"咱们都老夫老妻了,也该把证领一下,等咱们领了证就把房子加上你的名字啊。"

杨雪薇一听这紧箍咒就冒火,"我就图你一破房子啊?"

小志撇撇嘴,"嘿,你还不着急了。"

雪薇噼里啪啦打着电脑,"我急什么呀,等你在北京买了房子再说啊。"

小志往床头一靠,"那你可等着吧。"

雪薇的无名火上来,"能不能有点志向!"

无辜的小志说,"我觉得现在就不错了呀,你看咱们刚毕业一年多,房也买了,北京也来了,你呢想工作就工作,不想工作就在家待着也行。"

雪薇愤怒,好不容易积累的感动一扫而空,她来北京是要打拼一片大大的天下,可不是要蜷缩在这小小的出租屋,"我们来北京干嘛来了,我可不在家待着。再说了,你那房也是你爸妈给的钱,又不是自己赚的。"

小志振振有词,"现在谁不是爸妈给钱买房买车,咱别心比天高,踏踏实实的好不好?你呢哪儿都好,就是不踏实。"

"你一点理想都没有,一点上进心都没有。"

"你先找到工作再说我吧,你这叫身在福中不知福。"

杨雪薇被小志唠叨得很烦,撅起嘴继续投简历,他们两个人只要不谈到事业一切都风平浪静,一提工作就吵架。本来想找不到理想的工作决不罢休,可是天天在家当保姆,时不时地被小志唠叨,这样的生活对雪薇来说大概比没饭吃还难熬。一直这样下去也不是办法,她无奈决定还是先干老本行,骑驴找马,进入工作状态再说。在北漂的起跑线上,她觉得又一次被小志绊住了脚。

第三章
Chapter 3

雪薇上班了，小志和方骄骄回到家就有饭吃的日子也不复存在了，于是三个人分工，谁先到家谁负责煮饭洗菜，第二个到家的负责炒菜，最后到家的刷锅洗碗。基本上按点儿上下班的方骄骄成了固定洗菜工，而小志虽然会做饭，可是一个大男人总是把厨房折腾得像战后遗址，让最晚回来的杨雪薇每次看到厨房都要撞墙。而就连这样有人洗碗的日子小志也没有享受太久，时常加班的雪薇常常等到小志和方骄骄夜宵都吃完了，人还没回家，再后来，方骄骄嚷嚷着夏天胃口不好趁机减肥，厨房就成了被大家逐渐遗弃的角落。

半夜了，雪薇坐在床上抱着电脑工作，小志洗完澡上床抱住她，"宝贝儿睡吧。"雪薇用胳膊顶住小志的肚子，眼睛没有离开电脑，"你先睡吧，我没忙完呢。"

"你不是不喜欢这个工作吗，还这么卖力。"

"喜不喜欢也得好好干啊。"

"真是三好员工，来，我给你揉揉腿。"

雪薇把小志踢开，"别捣乱，你先睡吧。"

小志抚摸着雪薇光滑的大腿，柔声细气地说，"哎呀老婆这么忙，我好可怜啊。"

雪薇有点不耐烦，"我说你怎么从来没在家干过工作的事儿啊？"

"我这叫公私分明。"

"你就是不求上进。"

"我们做业务的,大半夜的不能骚扰客户。"

"做业务更要在八小时之外跟客户搞好关系,再说了,你没事也多看看行业信息什么的,对你工作有帮助。"

雪薇一本正经地说话,但小志盯着她若隐若现的身体哪有心思正经地听,又凑过来,"是,老婆大人。你这看什么呢?电影营销?看这干吗?你又不干这行了。"

"燕雀安知鸿鹄之志。"

"老婆你看都几点了,赶快来安慰安慰小燕雀好不好?"

小志随手关了灯,雪薇压低声音喊,"哎呀,别闹……"

两人正要亲热,只听一阵急促的脚步声,然后卫生间关门声,呕吐声,冲水声……

雪薇把小志推开,小声说,"你有没有觉得方姐最近不大对劲儿?"

"怎么了?"

"不爱吃饭,还穿平底鞋,刚才,刚才应该是吐了吧?"

"好像是,要不你去看看,是不是病了?"

跟小志对话,雪薇总觉得费劲,因为什么都得说明白了,"看什么看,我是说,方姐会不会是有了?"

小志终于回过味来,"你是说?"小志用手在肚子上比画了一下,雪薇点点头,"你说姜楠这人靠不靠谱?"

这个问题小志回答不了,毕竟没怎么见过,说到底是人家的事情,他们作为外人还是不要插手插嘴的好,这个时候他只关心撩人的雪薇。可是雪薇想到方骄骄的怀孕不免多了一点担心,她可不想这种意外出现在自己身上,每次跟小志也是严格采取措施的,这会儿哪儿还有那个心思,手脚并用地抵制小志,不让他近身,两人折腾了半天,小志也没了兴致，这才睡去。

　　距离姜楠离开已经两个月了，方骄骄也怀疑自己是不是真的怀孕了，没有胃口，有时还恶心呕吐，这都是怀孕的症状，前阵子担心时间太短查不出来，干脆先买了平底鞋以防万一，现在经期都已经很长时间没动静，她觉得自己八成是有了。

　　方骄骄挺开心的，要是真有了，那就让姜楠回来一趟把证儿先领了，然后等孩子生下来，他正式回国，一家三口再好好办个婚礼，也是喜上加喜的事儿。方骄骄下班就去药店买了验孕棒，晚上趁杨雪薇和小志睡了，悄悄去卫生间照着使用说明笨拙地操作，心情忐忑、度秒如年地等了半天，验孕棒显示一条红线，对照说明书，没有怀孕。方骄骄不太相信，又回屋查电脑，百科也显示一条线没有怀孕，两条线才是怀孕。方骄骄还是不信，怀疑自己的操作和验孕棒的准确性，决定改天再去医院检查一下。

　　这些日子方骄骄莫名其妙地情绪起伏很大。前几天突然地很开心，时不时自己在那傻笑，这几天又愁云惨雾心事重重的样子，不明就里的小志感叹当初幸亏是和雪薇一起来了北京，这异地恋的滋味真是不好受。

　　这天雪薇下班回来看见方骄骄躺在床上人很虚弱，脸色惨白，天很热，可是她也没有开空调，看见桌子上放着几盒药，拿起来瞧瞧，是调节内分泌和治疗肠胃的药物。见方骄骄脑门上都出汗了，就给她打开空调，空调声"嘀"的一响，方骄骄说，"别开"，倒吓了雪薇一跳。关上空调，坐在方骄骄身边，摸摸她的头，冰凉的，看样子病得不轻，好像还哭过，雪薇轻声问，"方姐你怎么了，怎么突然病成这样？"

　　"没事，肚子疼。"

"去医院看了吗?"

"看了,那不是医生给开的药吗,吃了,好多了。"

"不会是肠胃炎吧?"

"嗯,被你传染了吧。"

雪薇担心地问,"哎呦你这是吃坏什么了?"

"没事,我想睡一会儿。"

"好,那晚上你想吃点什么?对了,我给你做鸡肉丸子冬瓜汤吧,很养胃的,我一犯病小志就给我做这个。"

方骄骄点点头,没有力气再跟她说下去,雪薇轻轻关上门出来。虽说丸子汤吃过无数次,可自己动手还是第一次,去买了鸡腿、冬瓜,雪薇便开始忙,小志跟同事们去吃饭了,她打电话问了小志怎么做。

首先要给鸡腿去皮,吃起来香的东西做起来真是没胃口。带上一次性的手套摸摸鸡腿,觉得有点恶心,又戴了一层,手刀并用的,总算把皮给弄下来了,然后是把肉从骨头上剔下来,这个比扒皮还难。雪薇心想早知道直接买鸡胸肉就好了,可是鸡胸肉又不好吃,看来自己每次犯病,还是挺难为小志的。终于剔完三个鸡腿,看看时间,居然用了将近一个小时,赶紧抓紧时间剁肉,切冬瓜,烧水。当终于看着一个个奇形怪状的丸子在开水里漂起来的时候,雪薇觉得就冲每次小志给她做这个汤的分上,以后要对小志好点。

虽然程序基本都对了,可是味道实在不能跟小志做的比。

方骄骄喝下第一口眼泪都流出来了,害得雪薇赶紧道歉,"不好意思啊方姐,我也是第一次做这个,以前都是小志做给我吃。"看方骄骄眼泪流得哗哗的,让雪薇无所适从,"真这么难吃啊?"

方骄骄缓了一会儿才控制住情绪,挤出个笑脸说,"没有,挺好吃的。"看着她有点艰难地坚持吃了半碗,雪薇更加不好意思,"下回我还是直接给你买得了。"

第二天早晨，方骄骄还是没有起得来床，她请了两天假。这个雪薇有经验，胃病最不容易养了，她给方骄骄煮了一锅小米粥，叮嘱她起来吃，便和小志上班去了。

这两年在小志的精心照顾下，杨雪薇的胃病犯得越来越少，因为早晨小志会让她必须吃早餐，中午小志会电话或者短信提醒她吃饭要细嚼慢咽，晚上如果不回家，小志还会电话唠唠叨叨地叮嘱她不要吃凉的，不要吃路边摊，就这样日复一日年复一年。雪薇经常说唐僧对孙悟空也没有这么唠叨，如果小志去念经，佛祖一定会感动的，可小志觉得佛祖都感动得一塌糊涂了，也没能把杨雪薇彻底感动了。

在方骄骄生病的这几天，杨雪薇一股脑把自己的各种养胃经验都传授给她，这大概是从福建回来几个月里最能够让她有成就感的一件事情了。

杨雪薇拿到第一个月薪水的第一件事，就是约方骄骄逛街，好好洗刷一下自己浓浓的外地人气质。与其说别人觉得她外地人气质，不如说她自己打从心底里觉得自己土。为什么要约方骄骄呢？一来她还没有更大的交友范围；二来跟好姐妹逛街比跟男朋友逛街爽，尤其是小志既不是买单侠又是个实用主义者，搞不好还要劝说她先买家具再添衣服；三来方骄骄可是资深北漂，已经被大城市的时尚气质熏陶得差不多了，可以给自己更多"专业"意见。

两个女人一碰面先从八卦开始，公司的女老板，男上司，邻座的小鲜肉，对面的臭三八，一天来所有在办公室积压的内心斗争一股脑全倒出来。所以说一个女人没有男朋友不一定阴阳失调，但没有一个女朋友，一定会内分泌失调。

杨雪薇见方骄骄今天穿得很是大方得体有气质，就让她照这个风格给自己挑两身,方骄骄却大倒苦水,"快别说我这件衣服了,昨天吧我起晚了,随便穿了一件就跑去上班,我们经理看见我说,'小方啊,女孩子要注意形象,你怎么穿成这样就来了,这可不是你的风格哦。'然后我为了弥补一下,今天特地把这件还没穿过的衣服穿上,嘿,你猜这位大姐怎么说?"

"怎么说,这件多好看啊。"

方骄骄学着她经理的腔调,"人说,'小方啊,你们这些小姑娘一天到晚地就知道打扮、约会是吧?把心思多花点在工作上吧,只有工作才不会辜负你的青春。'"

看着方骄骄的样子,杨雪薇大概想象得出那个画面,"哈哈,她这是羡慕嫉妒恨吧。"

方骄骄恨恨地说,"更年期的老女人,真是够了,自己不幸福也见不得别人好,我告诉你,你可别学她,今儿溜溜一天,大姐整个儿都是拿旁光看我。"方骄骄一边说一边斜着眼学,逗得雪薇直乐,"得得得,关心关心您自己的膀胱吧。"两人嘻嘻哈哈地走进洗手间。

雪薇出来时看见方骄骄正对着镜子补口红,一只手化妆,另一只挽着包包的手举着香奈儿的口红盖。

杨雪薇感叹,"啧啧,高级口红就是不一样,这又新买的?你不攒钱买房了?"

方骄骄端详着镜子里的自己说,"买房也不差这三四百,买不起名牌包,买个口红安慰一下还是可以的吧。"

杨雪薇点点头,"嗯,我也得来一个。"

方骄骄把口红收起来,"你有爱情的滋润,比口红管用。走走走,咱们先吃饭。"

"我还不怎么饿,先逛会儿呗。"

"吃饱了逛街比较省钱,这是我的人生经验,咱别在这儿说吃的,出去聊。"

出来方骄骄接着说,"这绝对是我的人生经验,你一定要相信,人肚子饿的时候吧,就看什么都想要,什么都想买,各种欲望那是噌噌地冒上来。吃饱了呢,比较容易理性思考,可买可不买的就不买了,省钱之道啊。"

雪薇纳闷,"你这都什么理论啊?"

方骄骄不管,拉着她往餐饮区走,"走走走,先吃饭先吃饭。"

从美食城出来,果然杨雪薇觉得口红不一定非买香奈儿,八十块的也是不错的,可是试了两个便宜货,跟方骄骄一对比,还是决定一定要买个好的,于是来北京几个月后,杨雪薇第一次跟着方骄骄走进隔壁的高级商场。

杨雪薇匆匆扫了几眼,那些牌子除了最常见的几个,说真的其余她连怎么念都不知道,再看看自己穿的这一身,棉麻森女系的小围巾顿时只剩下廉价,网上淘的项链跟狗链似的,三百块的包就像破了个洞一样扎眼,尤其鞋跟上还沾着灰尘。商场里弥漫的陌生香水味让杨雪薇觉得脸颊发烫,她摘下围巾搭在手臂上正好盖住包,而身上这件平时最看不出好坏的黑色连衣裙也让人觉得不舒服,跟着方骄骄四处看,整个人觉得都没有办法直起腰来在这里轻松地逛。人就是这么奇怪,隔着一条街道,几百米的距离,差别就是如此之大,杨雪薇从未如此真切地感受到,自己的自尊心、虚荣心会这么强烈。

在商场的中庭,是充满中秋气氛的巨大美术陈列,那种大气、美丽和创意让杨雪薇感叹,"真漂亮!"

"都是钱堆出来的,能不漂亮吗?来来来,拍个照拍个照。"方骄骄掏出手机,杨雪薇被拉着拍照,整个人都笑得不自然。

经过一家家店面,杨雪薇感觉自己都不好意思将目光停留在那些昂贵的包和服饰上过多时间,而有的和她们同样年轻的女孩子正在里面挑选,跟几个月前看到路口的宾利车一样的感慨,"都是人,怎么差距这么大呢!"

方骄骄递过来一个白眼,"现在觉得有钱好啦,人家小志上赶着买房你都不要。"

"这是两码事儿,不过真的要赶快努力赚钱呀。"

"凡是自尊心太强,又追求独立的女性,最后通常只有两个字来形容她们。"

"什么?"

"剩女!"

两人说笑着在GIVENCHY的专柜前停下来,跟平时电视剧里看到的情节一样,店员礼貌有余、热情不足地招呼她们。

方骄骄帮雪薇选了一个,"试试这个小羊皮。"

"羊皮?"

方骄骄看出她大概连小羊皮都不知道,当着店员又不好意思解释,便说,"桃粉色,适合你。"

雪薇用棉签蘸了一点,越小心翼翼越涂得不好,方骄骄帮她擦匀,又拿纸巾轻轻蘸了蘸。

看看雪薇的脸,方骄骄点点头,"不错,显得更有活力了,你这年龄和风格,不太适合特别艳的,这个很好看。"

杨雪薇一看价格,三百多,"哇,这么贵。"

方骄骄在她耳边说,"一分价钱一分货嘛。"

想了想,杨雪薇决定,"就要这个吧。"

方骄骄看着镜子里的雪薇,"气质就是不一样。"

跟方骄骄的理所当然不一样，这些年杨雪薇跟小志一次奢侈品店都没有逛过，看着微薄的钱包，觉得付钱都像是做贼心虚。不过小志这辈子大概都不会树立她这方面的自信，好在打从一开始杨雪薇就不指望靠小志，只是自己暗下决心，一定要成功，赶快成功。

看完了动不动就几万块的东西，再回到三四位数的地方，真心觉得人比人得死，货比货得扔，没办法，那里除了口红和香水，大概没什么她们可以轻松买得起的东西，而这里才是她们的战场。杨雪薇又跟方骄骄去试了各种衣服鞋子，试到第四家店，才从奢侈品中醒过神儿来回到现实，终于看中一套，翻翻价签也快到一千了，雪薇拍下来发给小志，很快，小志回："宝贝，你喜欢就买吧，早该给你买两件好衣服了。"

往常每当小志这么说，杨雪薇都很感动，虽然小志没多少钱，虽然小志胸无大志，可是小志对她好，但今天杨雪薇的心情不太一样。在那个巨大华丽的美陈面前，在那些动辄数万的奢侈品面前，杨雪薇第一次深切地感受到"物质"极大冲击了自己不堪一击的"尊严"。

可眼下，她还只是一个连理想大门都没有迈入的人。理想之心不可灭，杨雪薇暗暗给自己定下目标，在找到理想工作之前绝不再踏进那里，等踏进理想大门之后，再去那儿买一套配得上自己这张脸的名牌护肤品，为了理想的实现，为了物质的满足，不能气馁。

时间过得很快，转眼就到了中秋，一天杨雪薇接到一个陌生电话，这通电话让杨雪薇的人生一下子开始有了转机。

第四章
Chapter 4

杨雪薇收到曾经帮助过的土豪王大爷打来的电话，王大爷请她到家做客，雪薇正愁编不出理由不去见小志妈，就答应了，小志心里不痛快，也要跟着去。这些年，雪薇很少把小志介绍给她的朋友，甚至都没有带小志回过自己家，她总想把小志改造成自己满意的样子再让他闪亮登场，可不争气的小志总是达不到她的目标，同时她又想保留一块属于自己的空间，不被小志侵入的，不和小志分享的。而小志恰恰相反，他愿意把自己的一切都毫无保留地呈现给雪薇，恨不得他们所有的一切都是合为一体的，所以雪薇和小志在一起总觉得累，小志和雪薇在一起也不免会有憋屈。这次杨雪薇依然拒绝了小志，好好的一个晴空万里的周末，两人不欢而散。

看到雪薇，老王特别开心，那只长得飞快的小金毛也大了一圈儿，看见她像是还记得似的欢蹦乱跳地摇尾巴。老王带雪薇看他屋子后面的菜园子，各种瓜果蔬菜都是他亲手种出来的，正值金秋丰收时节，他特地以此感谢雪薇。

雪薇一边称赞大爷的手艺，一边暗自感叹这些种在起码十数万一平米土地里的萝卜白菜简直比人都值钱多了。这么想着的时候，雪薇又有些鄙视自己，怎么自己现在变得这么粗鄙功利，眼里心里看的想的都跟钱挂上了关系。

老王不高兴了，冲雪薇说，"又忘了不是，叫老王。"

雪薇竖起大拇指,"老王,真牛。"

老王又跟小孩似的笑成一朵花,"中午啊,咱们就用这里的菜做饭吃,你喜欢吃什么尽管摘,我还没有好好谢谢你呐。"

"您太客气了,这么点事儿您可别老放在心上。"

"你比我那臭小子强,他呀整天瞎忙,连顿饭都懒得跟我吃,哼。"老王说起儿子来总是恨恨的,刚才还笑容满面,这会儿又耷拉着眼,雪薇觉得有句话说得很对,老小孩,老小孩,人老了真是越活越回去。雪薇从小跟爷爷奶奶长大,两位老人去世后,她也到了上寄宿中学的年纪,跟父母的感情倒没有跟爷爷奶奶深,看着老王觉得亲切,笑说,"那今儿我就给您露一手吧,难吃您可别怪我啊。"

老王又乐了,"哈哈,我要是有个你这样的孙女那就好喽。"

雪薇随口问,"您儿子还没有孩子呢?"

老王脸一沉,"唉,不提这事儿了。"

看老王这把年纪,雪薇觉得他儿子起码也得奔四了吧,看来大北京晚婚晚育的优良传统相当根深蒂固,这样挺好,不会让人觉得一毕业就压力山大。

老王又问,"你工作的事儿怎么样啦?"

雪薇叹口气,"没找到特别满意的,先在一个公关公司干着呢。本来是想找电影营销工作的,一直没有合适的。"

老王说,"这样吧,你这个事儿让我儿子给你办。"

雪薇想大爷应该也就是随口一说,客气道,"不用,不用麻烦您。"

老王倒是不含糊,拿起电话就给儿子打,"别跟那个臭小子客气。"老王虽然上了岁数,办起事儿来还是雷厉风行,一个电话把儿子叫回来。

做饭的工夫老王的儿子来了,人还没进门,"老王,老王"的叫声就传进来了，果然如老王所说，这个儿子从来不喊"爸"。老王的儿子王义，中年发福的身材，手上的大戒指和腕子上的串儿很符合这个老北京的配置，只是和一身西装、大 logo 的腰带搭配在一起显得有些不伦不类，年龄嘛，看起来比雪薇猜想的还要大一些。

这爷俩说起话来一点不绕弯子，直来直去。

老王说，"吃饭。"

王义说，"我还有事，您什么事儿，说。"

老王叫过来雪薇，"这就是杨雪薇。"

听到杨雪薇的名字，王义一拍脑门，快步上前双手握住她的手表示感谢，两只眼睛就像铜钱儿一样又圆又亮，人很精神，说话干脆，跟他老爸一样中气十足。王义感谢完雪薇，抱怨老王没有提前说清楚什么事儿，害得他连份儿感谢礼都没有准备，老王又呛声儿子除了提钱就不会别的。见雪薇穿着围裙，王义又责怪老王怎么能让客人做饭，老王也很不客气地回呛儿子，"我没把雪薇当外人。"这话让杨雪薇心里涌起一股暖流。

雪薇有个习惯，就是每次认识新的人，她都会说一遍人家的名字，这样一下子就记住了，因为她觉得记不住别人的名字很不礼貌，可是直不愣登地叫人家名字更不礼貌，所以她就根据人家的名字发挥一句恭维的话，这样名字也记住了，对方通常也很开心，见到王义也是如此。老爷子介绍完，她就问，"王义，您是义气的义，仗义的义吧？"

这招果然屡试不爽，王义很开心地认领了自己的名字。

老王又说了一遍"吃饭"，三个人进了屋，杨雪薇让这爷俩不走寻常路的表达方式整地有点懵。

王义吃起饭来跟说话一样又快又稳，啪啪夹了两筷子雪薇炒的青菜，一点不客气地说，"你这菜炒得可是一般啊。"

雪薇的厨艺反正被人讽刺惯了也不觉得尴尬,老王倒是替她抱不平,一边喂着蹲在脚边的金毛一边说,"臭小子,我还没吃过你炒的菜呢。"

王义却说,"专业的事儿要让专业的人干,我给您找多少保姆了,怎么就一个也看不上?"说着轰走地上的金毛,"还有这狗,太闹腾了,上次摔得还不够啊!"

老王不开心,"不许动它,它能天天陪着我,你能吗?我们爷俩挺好,要保姆干什么,保姆又跟我说不到一块去。"

"嘿,狗比人亲。"

雪薇看爷俩又要锵锵起来,忙说,"以前我爷爷在的时候也特别喜欢小狗,金毛聪明,还能帮人做不少事儿呢。就是,老王,金毛小的时候活动量太大了,要长到一岁多才能安静下来,您老在院子里圈着他骨头会长不好的,您找个喜欢动物的保姆帮忙遛遛狗不是也挺好的吗?"

这么一说老王有点担心,俯身摸摸金毛的头,捏捏它的前腿,"好像骨头是有点细。"

王义趁势赶紧说,"还是雪薇说得对,明儿我给您找个能遛狗的来。"

老王点点头,王义满意地冲雪薇笑笑。

老王夹了一块肉想起什么又放下,对儿子说,"雪薇这孩子不错,你帮她安排个好工作。"又问雪薇,"你想做什么销来着?"

"电影营销。"雪薇赶紧咽下口中的饭回答。

王义看看雪薇,眼珠子一转就有了办法,当即给人打电话。

"凌总你好,我给你介绍个帮手啊,人没得说,好,我让她跟你联系,好好,改天一起吃饭。"放下电话跟雪薇说,"行啦,你回头就找这位凌总吧，天浩娱乐的总裁。"

"天浩娱乐？"杨雪薇没想到自己费了半天劲的事儿，王义一个电话就解决了。

"对，具体职位呢，去了再说，有什么要求你就提，我也是他们股东。"

"这真是太巧了，不瞒您说，我上次错过面试的就是这家公司，真是太谢谢您了王总。"

"我应该感谢你，要不是你帮忙，老爷子还不定怎么着呢。"办完事，王义就急着要走，跟他爸打招呼，"老王，我回头再给您找几个保姆，专门遛您的小金毛啊！"

老王嘱咐，"赶紧的，一定要喜欢小动物的。"

王义一挥手，"得嘞。"

王义走后老爷子又抱怨几句，嘴里抱怨，可雪薇听得出来，他们互相都关心着呢。

雪薇很快跟天浩娱乐的凌总通了电话，并约定一周后上班，为了能尽快入职，她放弃了现在公司的项目提成。

这天晚上方骄骄一进门就听到争吵声，自从他们住到一起，每个周五晚上好像都成了杨雪薇和崔小志的固定吵架日，搞得方骄骄都不敢早回，原因通常是小志要周末回爸妈家吃饭，雪薇不要去，但今天还有新内容。

小志质问雪薇，"你这工作好好的，怎么说不干就不干啊？"

雪薇也没好气，"我早就跟你说过啊，我不喜欢这个工作，我迟早是要换的呀。"

"你，你换工作说都不跟我说一声吗？"

"我这不是跟你说了吗？"

"你周一去新公司,今天才告诉我,你把提成拿了再走也行吧?"

雪薇吵得不耐烦,"机会比那一点点钱重要好嘛。"

小志不依不饶,"哼,我看在你心里什么都比我重要。"

雪薇急了,"多大个事儿啊,小志你别故意找茬啊。"

小志各种坏情绪混在一起,语气也重起来,"杨雪薇我发现你现在越来越不把咱俩的关系当回事儿了吧,行,我看我在你眼里屁都不是,你从来就没有把我当成一家人。"

每次绕到这个话题,杨雪薇心情就差到极点,她觉得自己和小志越来越没共识,尤其是小志这抱怨劲儿,简直了,跟他妈越来越像,这不,又念出雪薇的紧箍咒,"房子都装好那么久了,这婚到底结不结?"

雪薇直觉得脑仁儿疼,"我们不是说好了吗,先立业再结婚。"

方骄骄放轻脚步走到他们门口俯耳听,小志问,"你是不想现在结还是压根就不想跟我结?"

说到这儿,又进入了死胡同,雪薇扔下一句,"你爱怎么想就怎么想!"摔门出来,尴尬的方骄骄赶紧闪到一边儿,气急败坏的小志拽起鼠标"啪"扔到地上,摔烂了,紧接着又"咣"的一声,雪薇出了门,方骄骄左右看看,出去追雪薇。

方骄骄在院子里追上雪薇把她拉到附近的咖啡馆里,别说小志了,她也想知道雪薇在结婚这件事上到底是怎么想的。

雪薇不吭声,一圈一圈搅着咖啡,方骄骄看着心烦,按住她的手,"你说你俩差在哪一步啊?房子也有了,工作也都找到了,小志对你是一心一意的,你不会真看上别人了吧?"

雪薇双手直捶脑壳,长长地叹了一口气直直地看着方骄骄,方骄骄知道,她要说点心里话了,"这么说吧方姐,其实我曾经真的想过很多次跟小志分手，我觉得我俩性格不合适，我总是说，小志哪怕你一无所有，只要你有上进心你够努力，我都会跟你在一起，可是他不但自己只求安稳，也希望我找个安安稳稳的工作，我俩要是结了婚，这辈子一眼就看到头了，生活在那种给你设定好的日子里，太可怕了。"

对于杨雪薇的振振有词方骄骄理解但不能苟同，"你啊，就是什么都太顺了，什么都来得太容易了，所以你才会觉得好像一切都跟设定好了似的，其实没有人的生活是完全已知的，你只有走出下一步，才会真正地看到里面的风景是怎么样的，换作是我，生活在这种心里有底的日子里我会觉得特别幸福，如果有一天你走到了一个完全未知的世界里，那才是真正的可怕呀。"

在讲人生哲理这件事情上，杨雪薇佩服方骄骄，不过今天的话，她并不认同，"未知才吸引人呀，你知道我高考失败去潜水，那是我第一次下海就沉到10米以下的水里，那种压力让我的耳朵、心脏都快要爆炸了，那个瞬间我永远都不会忘记，我觉得我一定会死在海里，可是在适应了以后，你会发现深海里的世界太美了，你会越潜越深，会上瘾的。两个人在一起就好比游泳，一辈子待在游泳池里那得多没劲呀。"

杨雪薇的话引起方骄骄的感触，姜楠不就是她的那片深海吗，不踏实却够刺激，只是人不能永远活在海里，所以她在努力地往岸上游。她还是继续劝着，"咱们就说高考，你考完了填报志愿，总会填一个自己比较有把握的吧，你不可能考了400多分非报清华，最后连个二本都捞不上吧。"

"我当年高考的时候发高烧哎，要不是我妈非逼我上二本我肯定再复读一年的，真后悔没有坚持住，不然也不会像现在这样追得这么辛苦，我已经这么累地努力奋斗了，小志不帮忙也就算了，他自己不努力也不希望我努力,希望别人是跟他一样平庸的人,就跟这样能寻求他心理安慰似的。"

"这叫中庸之道,这也是有大智慧的。"

杨雪薇皱起眉,"哎哎哎,你别把我当成你们员工好不好?"

方骄骄摆摆手,"不好意思,不好意思,今天在公司忙活一天,还有点没转过弯来。不过你不希望小志要求你跟他一样,你干吗还要求人家跟你一样呢?再说你又不想傍大款当寄生虫,你不是口口声声说女人要自强吗?小志在感情上多付出一点,你在物质上多奋斗一点,这不正好互补吗?"

杨雪薇强调,"我不是要求他赚多少钱,我是希望他起码有个上进的态度。"

方骄骄这个老HR也被杨雪薇搅乱了,"这么说吧,你到底爱不爱小志?"

杨雪薇沉默,老实讲这个问题她自己都不敢问自己,小志给的爱简单、琐碎而又平庸,她渴望的那种浪漫、轰轰烈烈仿佛在两人认识没多久后就再也没出现过了,半天才说,"爱情这个词好像已经离我太遥远了,我们俩就是习惯?对,就是习惯了。"

方骄骄觉得情况不太妙,"那你真得好好想想了,你也老大不小的了,要是打算跟小志好好的呢,该结婚就结婚,要是真不合适,那你要早做打算,早做决定,反正人家一男的无所谓,你要老了黄瓜你当真那么容易找小鲜肉啊?"

"你这话怎么这么难听!"

"你别不爱听,在这个世界上大多数的女人遇到什么样的男人就会变成什么样的人,而女人是不可能改变一个男人的,真耗到青春不在的那一天,你这个白天鹅变成了老孔雀,后悔可就来不及了,到时候就算你鼓足勇气开个屏，稍微一抖，不好，毛儿掉了，敢问这只老孔雀的心理阴影面积得有多大？"

杨雪薇被方骄骄说得哭笑不得，"你说你要是个男的，或者我要是个男的，咱俩凑一对儿多好。"

方骄骄白她一眼，"行，回头咱俩要是都嫁不出去，咱俩就一块儿过，你现在好好想想，你到底想跟小志怎么样？"

杨雪薇也糊涂，"真烦，小志要是只对我好，别管我，我爱怎么样就怎么样那多好啊，时间要是能停下来让我清静会儿该多好。"

"时间就是专治你这种不懂珍惜的人，你呀，别等到了冬天才想起春天有多温暖。"

"你怎么又开始敲着小黑板给我讲道理啦，方老师。"

"我这么掏心掏肺地为你着想，真是的，你想清楚，不去改造小志，你愿意接受这样的他吗？如果不接受你要怎么办？"

方骄骄说得很对，其实杨雪薇明白自己的问题，只是不想去解决，就这么拖着，解决问题总要一方作出艰难的抉择，要么她回去居家过日子，要么小志放手让她这个风筝在天上飞，任何一种都不容易。

方骄骄知道雪薇和小志这种状态，除非两个人里有一个人妥协，否则他们之间还真的是危险了。

晚上杨雪薇睡到方骄骄屋里，方骄骄和事佬做到底，劝完一个劝另一个。

深夜的客厅亮着一盏小灯，方骄骄说，"雪薇有事业心这是好事儿嘛，你不是一直挺支持她的吗？"

其实雪薇摔门出去没多久小志就后悔了，想想也没什么大不了的事儿，何况是自己先发脾气的，方骄骄看着小志的样子觉得好笑，"你哪儿都挺好的，就是太把日子当日子过了。"

小志没明白，"那还能怎么过？"

方骄骄再提醒，"你想想，你炒一盘儿西红柿炒鸡蛋是不是还得放点糖，放点盐才好吃？日子过得太平淡了还有什么滋味？就说你俩自从住过来，我就没见你们单独去吃过饭，看过电影，逛过街，你也没给雪薇买过什么礼物吧？"

小志挠挠头，"她一直想在北京买房嘛，我不是想节约点多攒点钱。"

方骄骄感动于小志的用心，可他还是并不彻底了解雪薇，"当年我和雪薇素不相识，她都能为了支持我编出来的理想花了自己几个月的生活费，还害得自己落了个胃疼的毛病，她真正在意的并不是一套坐标北京的房子，而是那种为理想奋斗的精神，她和姜楠一样，你让他们老老实实过日子，他们非疯不可。我能理解姜楠，你怎么不能理解一下雪薇呢？"

这话说得小志不好意思起来，嘴里还狡辩着，"你说她干吗那么折腾？"

"你真正喜欢一个人，就要让她活成她想要的样子，而不是活成你想要的样子呀。"

做完了这一对的工作，他们是踏实地睡了，方骄骄却辗转难眠。这一晚上的话她像是对雪薇和小志说的，更像是说给自己听的，因为在她心里，藏着一个天大的委屈，她不能说，不敢说，怕说出来自己会崩溃，会承受不来，所以她用一遍一遍说给雪薇和小志的话告诫自己，既然选择姜楠就不该让他活成自己想要的样子。

不管怎么样，杨雪薇终于是要走进她理想的公司了，周一一大早起床，穿上自己最好看的衣服和方骄骄友情赞助的高跟鞋，认真画了个妆，按着早就查好的路线图，提前出了门。

走进天浩娱乐公司，迎面是前台刘敏敏的微笑，她们曾有过一面之缘，不过刘敏敏显然是没有印象了。她站起来，杨雪薇感觉她大概得有一米七多，平平的肩膀，瘦瘦的身材，天生的衣服架子，再配上一张鹅蛋脸，一双丹凤眼，很有一种明星的感觉，这样的前台，就是公司的活招牌。

刘敏敏笑起来不像身高那么有距离感，挺有亲和力的，"你是杨雪薇吧？"

雪薇也微笑着回答，"是，你好，我今天来入职的。"

刘敏敏从前台后面走出来，"凌总交代过了，我先带你去人事办手续吧。"

"好的，谢谢。"

"别客气，咱们以后就是同事了，我叫刘敏敏。"

雪薇看到刘敏敏穿的还是平底鞋，大长腿雪白雪白、笔直笔直的，心想她要是穿上高跟鞋估计一般男生都不敢往她身边站，跟在后面雪薇显得有些小鸟依人，不过也不忘恭维她一句，"敏敏，你名字真好听。"

走得轻快的刘敏敏回头笑笑，"谢谢。"

雪薇填完表格，交上了学历、身份证等复印件，被带到部门总监雅雯面前，随后有人来通知大家开会。

会议主持是公司副总 Lisa，她画着一丝不苟的妆容，像女魔头一样的精致穿着，那双深邃的眼睛不怒而威，看得人有点不敢放松。雪薇留意到她宽宽的眼皮，高挺的鼻梁，有一点像 M 形的嘴唇红得耀眼别致，一头自然卷曲的中长发显然是经过精心的保养打理，有一种柔润的栗色光泽，整个人十分欧美范儿，让人忍不住想多看几眼，雪薇觉得她的长相简直就是亚洲化的安吉丽娜·朱莉和安妮·海瑟薇的结合体，就是那种传说中放在人群里一眼就能看到的人，美得格外扎眼，这样的容貌这样的气质杨雪薇只能想到两个字形容，那就是"高级"。而这位外表完美的 Lisa 也在好几十人中一眼就看到坐在后面的杨雪薇，Lisa 愣了一下，随即眼中闪出一道锋利的光。

"新同事？" Lisa 问道。

雅雯在 Lisa 耳边轻声解释了一下，然后向大家介绍，"这位是新同事杨雪薇，在我的部门。"雪薇刚想站起来跟大家打招呼，只听 Lisa 冷冰冰地说，"继续开会。"还没抬起来的屁股又坐回去，有点尴尬地抓一下头发翻开笔记本。

会议结束之后，雅雯给雪薇交代工作，丢过来一打文件，手里举着一个 u 盘，"这是我们马上要执行的一个案子，你先看下资料，ppt 在这里，十一点开会。"雪薇接过 u 盘忙说，"噢，好的。"

雅雯的语言飞快而清晰，"这个 u 盘不能备份，看完要还给我，相关资料我后面会再发给你。"

雪薇又忙点点头，"知道了。"

在雅雯的脸上看不到什么多余的表情，口中也没有一个多余的字，那股严肃劲儿和 Lisa 有点像，不过眼神比 Lisa 要温和一些，一身得体的装扮不像 Lisa 那样张扬，却也看得出精致不便宜。雪薇不敢放松，开始翻看资料。没一会儿听到前台传来刘敏敏甜甜的声音，"凌总好！"雪薇抬起头，看到一位西装笔挺的男士大步流星地进了总经理办公室。

雪薇早已在网络上查过天浩娱乐及这位创始人凌天昊的资料，但还是侧过头小声问旁边的同事，"这位就是凌总吧？"

同事点头，"是啊，老板。"

凌天昊的声音、影像及本尊终于在杨雪薇的脑海中完全合成，没一会儿，敏敏来叫雪薇，"老板找你。"

跟着敏敏来到凌天昊的办公室门前，对面是副总经理 Lisa 的办公室，隔着百叶窗，雪薇看到 Lisa 的眼睛好像也在看着她，顿时感觉到有一股冲破墙体的杀气袭来，鸡皮疙瘩都出来了，敏敏敲了凌天昊的门，雪薇赶紧进去。

凌天昊很儒雅，三十多岁，正目不转睛地盯着电脑，深灰色西装就像是从他身体里长出来的那样看着舒服得体，左手戴着手表，无名指有一只简素的戒指，全身没有明显的名牌标志却处处显得精致非凡，这样的气质完全不像跟土豪王义有什么交集，他一下子就吸引了杨雪薇。

"凌总您好，我是杨雪薇。"雪薇说了一声，凌天昊的眼睛从电脑上离开望向她，突然就定住了，这种眼神像极了 Lisa 刚刚看到她的第一反应，但很快他又露出标志性的礼貌微笑，"雪薇，坐吧，欢迎你加入公司。"

"谢谢。"

凌天昊是台湾人，不管是说话还是动作都那么温文尔雅，简单的几句交谈就会让爱看偶像剧的女生一下子觉得距离近了很多，更何况雪薇在福建多年，还去过台湾，在心理上对眼前的这位上司少了些畏惧多了些亲切。

凌天昊说，"听王总说了你的事情，你很有爱心，相信你的工作能力也不会差。"

雪薇大概幻想台湾偶像剧太入神，竟爆出一句闽南语，"谢谢凌总。"

凌天昊很意外，"你不会也是台湾人吧？"

雪薇忙笑说，"不是，我在福建读书工作五年多，那时候觉得闽南语挺好听的，但是福建话和台湾话又不太一样，我是跟着电视剧学的标准台湾腔,您觉得可还行?"

凌天昊只是稍微点点头,"还不错,偶像剧看太多不会影响到你的成绩吗?"

"我是在不影响学习的前提下看的,我学语言比较快,英语没什么问题,法语也学过一点。"

"不错。"

雪薇意识到自己大概有点太放松了,赶紧认真地说,"公司的业务我会尽快熟悉的,我会非常珍惜这个工作机会,不会让您失望的。"

凌天昊微笑了一下,然后又用标准姿势说,"ok,行政上的事情可以找敏敏帮忙,工作上我会让雅雯带带你。"

"谢谢凌总。"

"去忙吧。"

杨雪薇走出办公室,随后 Lisa 进去,并拉上了百叶窗,雪薇很害怕 Lisa 这种自带杀气的体质,不用交手就后背发麻,加快步子走回自己的座位。

Lisa 两手支在桌子上,与凌天昊面对面发问,"这个人是谁招进来的,宣传部的人我都有亲自面试。"

"哦,是王义介绍来的,还没来得及跟你说。"

Lisa 压着火,"这个王义,以为他是投资人就可以随便塞人进来吗,我们是准备上市的公司,招聘要有我们的流程和准则,你怎么随便就答应他呢?"

凌天昊停下手里的工作,"王义第一次开口,杨雪薇帮助过他的父亲,我也不好推辞。"

"那是他的事,他怎么不把人请到自己的公司高薪厚职地供起来?以后大家都这么干,我们还怎么做事?"

面对 Lisa 的激烈反应，凌天昊心里明白原因，但他不想提及，只说，"他只是介绍一个最普通的员工，我看杨雪薇学习能力还不错。"

但 Lisa 显然对此事非常不满，"我给王义打电话。"

"有必要这样吗？"

"放心，我不会让他没面子的。"

凌天昊不想把事情复杂化，按下她的手，"何必呢？这不过是一件无关紧要的事，王义是我们的投资人，再怎么说，请他介绍来的人屁股还没坐热就离开都说不过去吧。"

Lisa 抓住凌天昊的手，触到那枚他从不肯摘下的戒指，过去那么久了他依然戴着那枚戒指，她怎么能不多心，但她还是沉住了气，凌厉的眼神忽然变得柔弱，"好，那就听你的吧。天昊，我们不是说好了，等公司上市的那一天我们要举办一场盛大的婚礼，我们改天去买戒指好不好？"

凌天昊不愿在公司谈论私情，但这个时候他没法再拒绝 Lisa，只好点点头。

在自己的座位上，雪薇此刻很用心地翻看文件，她非常珍惜这次来之不易的机会，进入理想的行业，进入理想的公司，来到北京的梦想从这一刻开始终于发出了第一棵芽。

怀揣雄心壮志的杨雪薇不会想到就是此刻，老板的办公室里公司两位最高决策人正在讨论让这个刚进门的小职员离开的问题，她更无法想象都还没有机会表现的她，到底哪里得罪了 Lisa，使她看自己一眼就这么如坐针毡，要将自己扫地出门。

快速的节奏让雪薇没有那么多闲暇时间去胡思乱想，雅雯召集部门开会，会议室墙上开着项目投影，雅雯坐在最前面，两边坐着另外七八个人。

开始之前雅雯说，"先给大家介绍下新同事，杨雪薇。"

雪薇站起来打招呼，"大家好，很高兴跟大家一起工作，请多指教。"

同事们鼓掌表示欢迎，掌声和笑脸让雪薇稍微放松了一些，部门会议不像公司会议那么气氛紧张，大家也能随意说一两句话，对面的小帅哥光光先开口，"嘿，又多一美女，以后叫我光哥就行了。"

杨雪薇自然是谦虚地叫声"光哥"。

大家嘻嘻笑了几声。

旁边胖胖的姑娘小美啪地一拍光光胳膊，"叫他光姐。"

光光一根手指头戳回去，字正腔圆地说了两个字，"讨厌！"

雪薇忍不住暗笑，光光梳着流行的两边短中间长、额前上翘的头发，带着粗框眼镜，看着很是时尚清爽，不过说起话来的确有那么一点点娘炮。

小美又调侃雪薇，"那排是直的，这排是弯的，你坐哪边？"

这话把雪薇说得一愣，只听大家哄堂大笑，正尴尬着，依然没什么表情的雅雯拍了下手终止闲谈时间，大家也立刻安静下来，"好了，以后慢慢认识吧，这个项目本周就要启动宣传，最后的细节也确定下来了，时间很紧张，我把最终的执行方案再跟各位过一遍，大家的分工也再明确一下。线上的宣传周四启动，放出第一款海报，下周开始路演，在之前确定的几个城市之外，这次又增加了这几个三线城市，我和光光会全程跟，其他人会根据情况提前安排你们需要去的城市。北京、上海这几个重点城市我们要全体跟，凌总也会去，这个项目是我们下半年的重点，客户也盯得很紧，大家要特别谨慎。"

雪薇竖着耳朵认真听，把重点内容都记在本子上，此刻她觉得什么都是重点，满满记了一大篇儿。

雅雯继续说着，"另外，MB 的项目方案光光你尽快按照我的要求修改出来。"

光光皱皱眉头，"方案我今天就能做好，不过咱们是不是再想想办法约到莫阳，那个白经理真是太难搞了。"

莫阳的名字划过杨雪薇耳边，她又振奋了一下，莫阳可是京城著名富二代，父亲莫世铭是德高望重的成功企业家，他自己也经营投资多家公司，能够跟这样级别的人物合作，可是职业生涯里质的飞跃。

不过看来公司跟莫阳的合作并不十分顺畅，只听雅雯严肃地说道，"连他手下的项目经理都搞不定，还指望能搞定大 boss 吗，认真做好自己的工作吧。"

光光耸耸肩。

会后雪薇问光光跟 MB 的合作遇到什么问题，光光只是唉声叹气地说，"以后你就知道了。"

雪薇不再多问，抓紧时间对着电脑看起项目资料。

正忙着，看到凌天昊走过来，只见他俯身在雅雯电脑前，不知道他们在讨论什么，过了一会，凌天昊微笑着拍拍雅雯的肩膀，直起身，雪薇忙低下眼睛。

第一天的工作就像打仗一样，新的领域、新的同事，从头开始的杨雪薇充满信心和动力，她投入百分之百的热情，恨不得把自己所有的能量都调动起来，在这里她没有任何优越感，同事们不是名校毕业就是海归精英，或精明强干或资历深厚，想在这里突出重围，要走的路还长得很。

下班后雪薇和同事们一起出门，她发现光光拎着 Prada 的公文包，手上玩着车钥匙，撩了下头发的雅雯戴着 Chanel 的耳钉，连年纪轻轻的前台敏敏都斜挎着 LV，大家不光有能力有光环还几乎人人都有名牌加持，雪薇想起自己曾经的愿望，没回家直奔了奢侈品商店。

说好的找到理想工作就给自己买一套对得起自己这张脸的化妆品，可是火速地兜了一圈儿，雪薇才发现一套名牌化妆品起码要四五千，更多的，价格都超过自己一个月薪水了，痛苦地权衡之下买了一盒Givenchy的粉饼，勉强算是跟之前买的口红凑成一套。环境对一个人的影响很重要，即使像杨雪薇这样并不算拜金的女孩，天天被那种氛围包裹着，也会慢慢同化，她对方骄骄买名牌化妆品的理解又深了一层，不过她不会像姜楠一样刷爆信用卡，她会把奢侈品作为动力之一，更努力地去工作。

回到家，小志已经坐在电脑桌前打游戏了，一听到门响，立马关了屏幕，分居一个周末差不多消了气的两个人面对面都有点不好意思，小志先开口，"今天上班还顺利吗？"

"还行。"

小志从身后拿出个玩具熊，雪薇最喜欢毛绒玩具，往常她一生气，小志就会用各种各样的毛绒玩具逗她开心，她接过玩具熊，笑一笑，算是结束了两个人的冷战。可是隔着皮包摸着刚刚买下的高级化妆品，25岁的杨雪薇发现洋娃娃和棉花糖已经不能再带给自己满足和快乐。

看着被放在沙发上的玩具熊，方骄骄觉得他们俩这种不剖析事情的根本原因，不认真面对解决的做法，等到问题爆发的那一天，情况可能会更糟糕。

第五章
Chapter 5

有了充分的工作动力,雪薇立马摆脱起床困难症,早早地打卡上班,而刘敏敏已经在公司了。

"我以为我很早了,没想到你更早。"

刘敏敏热情地微笑说,"我妈老说我笨鸟先飞嘛。"

看到刘敏敏脱下高跟鞋换上平底鞋,雪薇纳闷,"人家都是路上穿平底鞋,上班穿高跟鞋,你怎么反着来啊?"

刘敏敏无奈,"我在公司穿高跟鞋还让不让你们活了?"

想想也是,她光脚都有一米七往上了,雪薇笑说,"你这身材这气质,不当模特真是可惜了。"

雪薇刚回到自己的座位坐下,雅雯就脚下生风似的走进来。

雪薇忙打招呼,"早,总监!"

雅雯头也没抬回了句,"早",包刚落在桌面上,电话就响了。

"喂,凌总,好的,知道了。"

简短两句挂了电话,雅雯对雪薇说,"这次的项目你也全程跟吧,好尽快进入工作,下周起会有二十多天的连续出差,安排好自己的时间。"

雪薇没想到自己能这么快参与项目,很兴奋,开心地说,"好的,没问题。"然后给小志发信息,"先给你备个案,公司刚通知,下周起我要出差二十来天。"小志看到这个信息又瞪大了眼,"啊,去哪儿啊?

怎么刚上班就出差?"雪薇回,"电影宣传,晚上再说吧。"

Lisa 进门,整个公司瞬间安静下来,她戴着墨镜,丝巾包着头,那感觉比明星还明星,只是那股杀气如影随形。

旁边的光光和小美凑一块儿小声嘀咕,光光说,"要不要赌一个星期早餐,Lisa 肯定又跟凌总吵架了。"

小美说,"你怎么知道人家吵不吵架?"

光光说,"你没看她戴着个大墨镜,眼睛哭肿了呗。"

雪薇不由自主地凑近了听,雅雯伸过头来,"工作是不是不够多,你们很闲啊?"

小美吐吐舌头,大家把头都缩回来,光光还不忘冲雪薇挤个眼睛。

中午大家出去吃饭,光光叫上了雪薇,还有小美和敏敏组成新的午餐 F4,楼下快餐店人很多,到处都熙熙攘攘的,敏敏说要减肥,只点了青菜饭,光光和小美知道她是要省钱。

光光坐在雪薇对面,热情地说,"以后有什么事儿就跟哥说,哥罩着你啊。"

敏敏和小美捂着嘴直笑,聊了一会儿雪薇才问,"Lisa 看起来挺严肃的。"

光光向四周撒么一眼,伸着脖子说,"老板娘!"

小美也凑上去,"你们说他们今年会不会结婚啊?"

光光撇撇嘴,"我看悬。"

敏敏不以为然地说,"要说 Lisa 也没有多优秀啊,凶巴巴的,一点女人味都没有。"

光光冲她挤挤眼,"哪儿像敏敏你这么玲珑有致,娇嗲软甜是不是?"

敏敏哼一声,"讨厌!"

光光只顾着说话，不小心油滴在衣服上，雪薇忙从钱包里拿出片湿纸巾给他，光光赶紧擦，"谢谢，你还挺细心的。"一边又说，"打赌，昨天Lisa跟老板肯定吵架了，赌一顿火锅，赌不赌？"

敏敏说，"就知道赌，人家吵架关你什么事？"

光光笑说，"他们炒散了，换你当老板娘多好。"

敏敏嘟起不算小的嘴，"哎呦，你讨厌死了。"

小美也神秘兮兮地说，"估计Lisa又向老板逼婚了。"

雪薇惊讶，"逼婚？他们还没结啊？"

"没——有。"

雪薇问，"那，不会是凌总还没离吧？"

光光咯咯地笑，"你们女人在这方面的想象力果然不一般。"

敏敏不悦，"谁说凌总结过婚了，别造谣啊。"

雪薇问，"那凌总怎么戴着戒指呢？"

敏敏一斜眼，"哎呦，杨雪薇你观察得够仔细的，没发现你还挺有心计的哦。"

雪薇一阵尴尬。

光光招招手，又把大家的脑袋凑到一块，"我告诉你们，谁也不许跟别人说啊。"

小美忙点头，"不说不说，肯定不说。"

光光又向四周一瞧才说，"其实啊，凌总以前有个女朋友，差点就结婚了，后来那女的出国就再也没有回来，Lisa在老板最低谷的时候跟他一块儿撑起了这个公司，你们女人吧一旦付出了就一定要用婚姻来绑架男人，老板估计还想着以前那位呢，Lisa逼婚不成成了怨妇，我们啊，都自求多福吧，没事儿可千万别招惹Lisa，指定没有好果子吃。"

小美听得很是惊讶,"不会吧,光光,你是怎么知道的?"

光光一挑眉,"我是谁啊!"

敏敏问,"那凌总以前女朋友漂亮还是Lisa漂亮?"

光光摇摇头,"我也没见过前女友啊,不过能让凌总这么念念不忘的,必然是仙女儿级别的,肯定比你们几个强多了。"

敏敏伸手打光光,小美托着胖胖的脸说,"像凌总这样又帅又有内涵又会赚钱又专一的男人谁不喜欢啊!"

敏敏给了小美一个白眼,光光笑小美花痴,而杨雪薇觉得什么都不重要,自己在公司的发展才最重要。

晚上回到家,小志看见雪薇就问,"你怎么刚进公司就出差啊,比公关公司还催命?"

雪薇可是兴奋得不得了,"是呀,本来我还以为没我的份儿呢,太开心了,这次可以跟整个宣传的流程,没想到这么快就能参与项目了。"

小志不满意地嘟囔,"都谁去啊?"

"好多人呢。"

方骄骄对小志说,"人家以后就是天天能跟大明星一起混的人了,紧张吧?"

看着雪薇傲娇地摇头摆尾,小志还真的紧张起来,"你们公司不会也有潜规则吧?"

"人家放着大明星不潜,潜我一小宣传啊?"

方骄骄看看雪薇,"你捯饬捯饬绝对不比那些明星差。"

雪薇扑过来抱住方骄骄的大腿,"老板,快潜我,我要红。"

两人笑作一团,小志叹口气。

项目首场发布会在北京,杨雪薇尽管做公关期间大大小小的活动也做过不少,不过这次的心情不一样,特别期待,特别兴奋。

那天,她打起十二万分的精神像第一天工作那样认真谨慎,雅雯戴着耳麦飞快地从通道走过,一路通过耳麦跟执行人员沟通着,舞台正在进行最后的调整准备,台下除了前几排贴着名字的预留座位,后面坐满了邀请嘉宾和媒体,中间两层密密麻麻的长枪短炮,都在等待这个年度大片发布会的正式开始。一切布置停当,Lisa进来巡查,雅雯跟在后面汇报,Lisa偶尔点点头,以示认可,最后,她向会场扫视一圈,然后那目光停在雪薇身上片刻。没过多久,各种西装革履和精心打扮的男士女士陆陆续续走进来,有的人雪薇在新闻里见过,像某某著名导演、演员,更多的她并不认识,但她知道那些她不认识的或许就是某个影视集团的老总,大片的幕后推手,真正的大boss,因为她看到凌天昊和Lisa在不停地亲自热情接待这些人。

耳麦里传来雅雯的声音,"所有主创嘉宾都已经到贵宾室了,活动还有十分钟正式开始,灯光音乐准备,主持人开始暖场。"

突然一个员工急急忙忙地走到Lisa身边,在她耳边不知道说些什么,雅雯跑过去神情跟着紧张起来,两人随后跟那个员工往外走,雪薇心想是不是出什么事了,也跟出去。来到贵宾休息室,只见这次活动的重要嘉宾,影片的女主角蔷薇一身性感的礼服光着脚在向工作人员发难,"你怎么做事的,这个牌子的鞋一定要比我的脚小半码,没有混过时尚圈就不要到我这里来做事,这让我怎么穿,我走不稳摔倒让明天新闻头条写我故意摔跤博版面啊,这部电影我拿到影后啊,我要不要做这么低级的事情啊?"

雪薇还是第一次看到明星发怒的样子,她突然想起什么,悄悄地飞跑出去,那个职员很害怕地连连道歉,"对不起,对不起蔷薇姐,我以后一定会注意的,对不起。"

蔷薇还要继续发难，Lisa冲过去，"蔷薇姐，还有五分钟活动就要开始了。"

蔷薇不买账，"你什么意思啊？"

Lisa冷静地说，"我想你也不愿意迟到让那些媒体乱写的吧？"

蔷薇不开心地皱着眉头，"是你工作有问题。"

刚刚飞奔出去又飞奔回来的雪薇气喘吁吁地拿出一对没有打开包装的高跟鞋半垫，"蔷薇姐，这对半垫是新的，您看是不是稍微将就一下，大家以后会更加注意的。"

又看到一个新面孔，蔷薇挺直腰，叉着双臂抱住胸，"你又是谁啊？你还挺会打发人的。"

雪薇边拆包装边说，"我看现在去换鞋子无论如何也来不及了，垫一下总会舒服一点的，我刚出去的时候看到外面有好多记者，今天这里不止我们一个活动在办呢。"

这里的吵闹声引起外面经过的几个人的注意，最前面一位六十多岁看起来是领导人物的先生驻足向里面看了一眼。

见蔷薇昂着头侧过身伸出脚，大家你看看我我看看你，雪薇忙俯下身把半垫垫在鞋子里，又亲手给蔷薇穿上，周围的人也是看呆了，蔷薇没再说什么，一扭身子总算是站了起来。

外面跟在那位先生身边的人说了句，"莫主席，您这边请。"一行人走进另一间贵宾室。

这里雅雯引领蔷薇走出去，Lisa回身冷冷地看了雪薇一眼，雪薇也忙起身跟出去。

蔷薇和一众主创上了台，雪薇站在后面心咚咚咚跳得厉害，此刻恐怕她比这部电影的投资人、主创还要激动，尽管公关出身的她早经历过无数次这样的场面，但这次不一样，这是她梦想正式开启的一刻，雪薇挺直地站在自己的岗位上，攥攥拳头，手心里全是汗。凌天昊走过她身边，轻声说了句，"去后面坐吧，不用在这儿站着。"

雪薇"哦"了一声，还没反应过来，凌天昊已经走开坐到自己的位子上，她悄悄走到后面坐下来，没有注意到Lisa凌厉的目光。

明星、嘉宾们粉墨登场，台上的蔷薇笑容灿烂，性感优雅，谈笑风生，十分配合，跟刚刚后台的盛气凌人判若两人，就这样首场发布会顺利地完成了。

晚上还将在这里举办晚宴，雪薇早早换好了一身简洁不失优雅的黑色小礼服，这件衣服并非廉价的网购款，是她狠了狠心花两千多买下来的，就为了今晚的活动，涂上时刻带在包里的名牌口红，补了粉，等待着和这些她一直仰望而不可触及的人同室推杯换盏。杨雪薇属于那种不打扮看起来清汤寡水，但很适合化妆的女人，尤其是那一双风情妩媚的眼睛，穿上礼服高跟鞋，绾起头发，可以用惊艳来形容。

趁着没人，雪薇站到台上去，屋顶巨大华丽的灯光照得桌上的高脚杯像水晶一样闪光，她深吸一口气然后侧着脸看着台下，从舞台这头走到演讲台那边，在演讲台后面站定，幻想着有一天自己指点江山呼风唤雨的情景。

突然门口出现一个凌厉的目光定定地望着她，没想到这个时候Lisa会进来，雪薇忙走下台，她看到Lisa就紧张，也还从来没有跟Lisa单独相处过，何况是这么近的距离。

Lisa面无表情的脸上突然出现一个微笑，"你去蔷薇的房间看一下她还有什么需要？"

雪薇看看时间，"现在去？还有一个小时呢，会不会太早了？"

Lisa透着锋利的眼神看着她，"你不是也这么早打扮好了吗，女明星事儿多，别再出什么岔子。"

雪薇不能不听从 Lisa 的吩咐，可是她一个小小职员也实在不便贸然去找大明星蔷薇，想想这事儿归雅雯负责，便说，"那我马上去跟雅雯说吧。"

"不用，她在忙别的事，你去就可以。"

雪薇觉得 Lisa 像是故意刁难，硬着头皮说，"好的，那，我是不是过一会再去比较好？"

Lisa 皱起眉头，"这里我来负责还是你来负责？"

雪薇觉得寒毛都竖起来的感觉，"我，我，我马上去。"

刚走两步，Lisa 又叫住她，"等等。"

雪薇站住。

Lisa 走过来盯着她打量一番，眼中除了杀气，还有点阴阳怪气，"你穿成这样是要抢主角的风头吗，蔷薇的性格你看到了，我提醒你，低调点对你没有坏处。"

杨雪薇第一次被人这么数落，心里一阵委屈，可也不能说什么，低下头，"那，我去换件衣服再上去。"

跑回房间，脱了狠狠心才买下的礼服，换回下午那身套装，去洗手间擦掉口红，眼睛有点痒，泪水在打转，有委屈有气愤，雪薇攥攥拳头，没让眼泪流下来。

乘电梯上酒店高层的套房，雪薇在心里暗暗发誓，总有一天她一定要穿上漂亮的礼服站在舞台中央，让人不敢指着自己的鼻子冷嘲热讽。

来到蔷薇房间前深吸一口气刚要按门铃，手却被人抓住，雪薇吓了一跳，回头见凌天昊"嘘"了一下把她拉走。

"凌总怎么是你？"

凌天昊也一脸疑惑的表情，"你跑到这儿来干什么？"

"我来看看蔷薇有没有什么需要帮忙的。"

凌天昊带着点不愉快,"你是她的保姆吗?"

显然给蔷薇穿鞋的事凌天昊已经知道了,雪薇被这句话说得又一阵委屈,只是那个时候她该怎么办呢?

凌天昊继续说,"还有你要记住,如果别人没有事先通知你,明星私人的时间和空间不要随便打扰,你是挂着工作牌才可以上来的,你做事这么不专业,以后没有人敢跟我们合作了,知不知道?"

雪薇已经完全明白是Lisa在整她,可怎么跟凌天昊说呢,只好点点头,"是,凌总,我知道了。"

凌天昊又问,"房间安排的事情,你有负责吗?"

"没有。"

凌天昊叹口气,带她下楼。

雪薇看了看凌天昊,还是想跟他解释一下下午的事,"凌总,下午的事情,我是怕耽误发布会开始的时间,对不起啊。"

"你是好心,不过在这一行你这么做没有人会感激你,而且蔷薇她不过是刚刚得志,要耍威风罢了,她不敢真晚上台的。"

"噢,我知道了。"

凌天昊稍微笑了一下,"好了,这些小事别放心上了,以后时间长了就知道怎么做了。"

一个浅浅的微笑让雪薇舒缓了下纠结的情绪,"嗯,谢谢凌总,我会努力的。"

回来现场,大家应该都去换衣服化妆了,这里空空荡荡的,雪薇走向后台旁边的工作台,却听到外包合作公司两个女生的谈话。

女生A,"你说杨雪薇是不是得罪他们领导了?"

女生B,"怎么了?"

女生A，"刚才Lisa叫她去蔷薇房间啊，听说黄制片进了蔷薇房间就没出来，八卦新闻一直爆料蔷薇是靠睡了制片人才拿到那么多资源的嘛，Lisa这不是叫雪薇去送死吗？"

女生B，"是不是啊？这个Lisa可够狠的啊。雪薇肯定是得罪人了，现在不知道死得多惨呢。"

女生A，"不过也没准儿，就下午她那两下子，我看也不是一般人。"

女生B，"呵呵，哎，你说蔷薇和制片人的事不会真被她撞见吧？"

女生A，"哇，不知道明天会不会又有大新闻爆出来啊，嘿嘿嘿……"

女生B，"要真是那样，杨雪薇以后算是没法儿在这圈儿混喽。"

杨雪薇的脑袋"嗡"的一下，立时就懵了，她没有想到敲了门事情会有那么严重，Lisa为什么要这么做，她看起来是不大喜欢自己的样子，可是自己才来公司没几天啊，不可能得罪人，是不是误会？可是，无缘无故的Lisa偏偏这个时间让她去找蔷薇，而且凌天昊那句话什么意思，"如果别人没有事先通知你，明星私人的时间和空间不要随便打扰，你是挂着工作牌才可以上来的，你做事这么不专业，以后没有人敢跟我们合作了"，凌天昊的话是不是在暗示自己？难道那些绯闻是真的？雪薇起身快步走出宴会厅，到外面去透气，她与Lisa无冤无仇，甚至从前根本都不认识，没有任何交集的呀，她怎么也想不明白，她更希望这不过是一场误会罢了。这时候方骄骄跑过来，雪薇才突然想起她答应把方骄骄假扮成外包公司的人带进现场看看新鲜的。

方骄骄一脸兴奋，"好激动啊，今天都有什么大明星啊？"

雪薇说，"不光有大明星，还有很多大人物呢，晚上的安保挺严的，你跟着我别到处走啊。"

方骄骄点着头,"知道知道。哎,你不是准备了件礼服吗,怎么穿这个呀?"

"我觉得那件衣服还是太露了,不好意思穿。"

方骄骄纳闷,这可不是杨雪薇的风格,看看自己,再看看大家,都是正式礼服,"还好吧,露一点肩而已,这样的场合没问题啊,你穿成这样才不好,跟服务员似的。"

雪薇只是笑笑,"时间也来不及了,就这样吧。"

方骄骄掏出自己的香奈儿口红给雪薇涂上,还把一对耀眼的"大钻石"耳环摘下来给她戴上,然后后退一步端详,"嗯,这样还有点霸气女总裁的意思。"

"都给我了你怎么办?"

"今天是你的主场嘛!"

杨雪薇一下子被方骄骄的举动感动得鼻子有点酸,没有任何一个人在意这个对自己职业生涯最重要的时刻,只有方骄骄把这当成她的主场,雪薇紧紧抓着方骄骄的手,"方姐,你真是我最最最好的朋友。"

两个人正傻笑着,王义到场,雪薇忙打招呼,"王总,您来得挺早啊。"

王义看着杨雪薇眼熟又有点陌生似的,突然,铜钱儿眼一亮,"杨雪薇?哎呀,真是人靠衣装佛靠金装,你这么一打扮,漂亮!差点认不出来啊。"

雪薇笑说,"王总您过奖了,"又拉着方骄骄给他们彼此做了介绍,"这位是我们的投资人王总,这位是方骄骄,嗯,负责现场工作的。"

晚宴星光璀璨,推杯换盏,异常热闹,被折腾了一天的雪薇激动之情已经大大降了温,她远远地看到蔷薇投向制片人、投资方那些暧昧的眼神,灿烂的笑容,还起身去跟他们敬酒,她也看到有的人像她这样的，根本无法近他们那桌的身，各色人等，就像一场鲜活的戏在这里纷纷上演。

杨雪薇和同事们坐在最后面的一桌，吃了一会儿她才把方骄骄从外包公司那桌拉回自己身边。方骄骄看着明星那边很是激动，"哇，没想到可以和大明星坐在一起吃饭啊，我能过去要签名吗？"

雪薇告诉她不行。

方骄骄还是眼巴巴地瞅着那边，"为什么都不让过去呢，我们只能坐在这里吗？"

雪薇吃着自己盘里的食物，"能坐在这里不错了，等我们混到那个地位再说吧。"

方骄骄感叹，"真羡慕他们。"

雪薇却说，"与其羡慕人家，不如咱们自己努力。"

方骄骄笑笑，"我是没那个心了，等你混上位，记得帮我要签名啊。"

方骄骄看得都顾不上吃饭了，杨雪薇心情有点复杂，看着跟凌天昊坐在一起的Lisa可真是光彩夺目，此刻正毫不吝啬地向贵宾们展示着优雅的笑容，她美得像天鹅，而自己是没有王子的灰姑娘。

王义走过来从背后拍了拍雪薇，雪薇一回头，看到王义爽朗的笑，"雪薇，我得敬你一杯。"

雪薇忙站起身，"那可不敢当，应该我敬您。"

"那不行，我得先敬你一杯，我们家老爷子可常常念叨你呢。"

"今天能站在这，我不是还得感谢您嘛。"

"你敬我一杯，我敬你一杯，干脆咱俩喝个交杯得了，哈哈哈。"

周围同事跟着起哄，雪薇的脸噌地就红了，虽然这个王义江湖气十足，但也实在没想到他这个时候会突然说出这样的话，方骄骄都听傻了,还好凌天昊及时过来。

"王总,我还找你呢,莫主席一会就到,我们过去敬杯酒。"

王义的铜钱儿眼又一亮,"哎呦,你可以啊,把他都请过来了。"

"碰巧莫主席今天也在这里开会,真的很难得他肯过来露个面。"凌天昊又招呼同事们,"我们大家一起敬王总一杯,谢王总支持赏光。"

大家纷纷站起来,王义一抬手,看着杨雪薇说,"不忙,我跟雪薇还没喝呢。"

方骄骄紧张地看着雪薇,真替她担心。

雪薇正不知所措,只听凌天昊说,"雪薇,王总亲自过来,你应该先干为敬。"

她反应过来忙举着酒杯一仰头,半杯红酒干了,对着王义一笑,亮亮杯底,王义一瞪眼,伸出大拇指,"爽快",一抬头也干了,大家鼓掌纷纷干杯,然后王义笑逐颜开地跟着凌天昊走了。

方骄骄吓得直拍,"吓死我了,你还好吧,这人怎么这样啊?"

雪薇说,"这就是王大爷的儿子,我这工作就是他给介绍的,他也是我们公司的投资人之一。"

方骄骄又吃一惊,"啊?他不会是对你有意思吧?"

"没有,估计就是开个玩笑。"

方骄骄还是紧张,"你没看他刚才两眼放光那样,难怪小志天天那么担心你,我要是你男朋友,也不能同意你的工作,太复杂了,还好有你老板啊,不然不知道会怎么样。"

看着方骄骄担心的表情,雪薇又感觉一阵暖暖的,此刻在这偌大的会场,只有她才会真正地关心自己吧,拉拉她的手,"我知道怎么保护自己的。"

刚松一口气,只听舞台上主持人介绍,"让我们用热烈的掌声欢迎莫世铭先生光临。"随着音乐,莫世铭众星捧月一般走进来,在主桌一直空着的位子落座,随行的还有一个女人,看上去三十岁出头,很是精明强干的样子,远远的,雪薇觉得她有点眼熟,但注意力立马放在莫世铭身上,他可是莫氏财团的主席,旗下有金融、地产、能源等等企业,也投资很多文化公司。莫世铭一向低调,除了高端媒体和峰会,鲜少看到他的报道,而这次能见到真人非常难得,雪薇看到连凌天昊也要排着队去给他敬酒。

方骄骄瞪大眼睛看过去,"这不就是那个花花公子莫阳的爸爸吗?"

"嗯,莫氏财团的主席,听同事说我们公司在争取他们的投资,如果成功了,等上市股价一定暴涨。"

方骄骄深深地感叹,"哇,莫爸爸就这样坐在我们的不远处,好想在胸前挂个牌子去那桌求包养啊。"

雪薇笑道,"那也要有人家蔷薇那样的胸啊,哈哈。"

她们看见蔷薇扭着低胸长裙里的身体,去给莫世铭敬酒,又是握手又是主动拥抱,莫世铭旁边的女人狠狠瞪了她两眼。

方骄骄小声说,"没想到这个蔷薇这么风骚,我还挺喜欢她演的电影,明天又该被狗仔八卦了吧?"说着举起手机想拍照,被雪薇拦住了,提示她会场有保安监控的,就算她拍了照片也会立刻有人来要求删除,"听说莫世铭很不喜欢曝光,有他在,就算蔷薇自己想炒作也不敢乱发新闻的。"

方骄骄在脑子里搜索一下,"除了跟他儿子绑在一起,好像是没怎么见过他的新闻,哎,你看旁边那女的是谁啊,那么年轻,不会是传说中的女朋友吧?"

雪薇摇摇头表示不知道,方骄骄感叹,"有钱人的世界真复杂。"

方骄骄八卦心大起,"哎哎,你说莫世铭的女儿叫莫丹阳,儿子叫莫阳，一个比一个字少，要是这女朋友再生一个，是不是得叫'莫莫'啊。"

本来心情不是很好的雪薇听方骄骄这么一说，实在忍不住笑起来，这竟是当晚她最开心的时刻。

莫世铭逗留的时间并不久，他走后，蔷薇、黄制片等人也纷纷离场，送走了大家，就剩下公司的这些人，方骄骄看他们还要再续的样子，就先开溜了。

凌天昊举起酒杯向大家敬酒，"最近辛苦大家了，这个大项目对我们公司很重要，今天这一炮打得非常漂亮，接下来的半个月路演各位还要打起精神，项目结束后除了正常的奖金，每人再发一个红包！"

众人鼓掌欢呼，凌天昊继续说，"这次Lisa为项目付出得非常多，来，Lisa我要好好敬你一杯。"

灿烂地笑了一晚上的Lisa开心地举杯一饮而尽，雪薇又在人群的掩护中认真地看了看她，她不笑很冷，笑起来却是甜的。

大家结束已经夜里十二点了，小志在酒店门口等雪薇，出来的时候，雪薇给大家介绍，打了个招呼，各奔东西，她看到Lisa上了凌天昊的车，看来她老板娘的身份果然是公司公开的秘密。

杨雪薇没有时间去想首映事件的究竟，因为接下来每一天过得都像打仗一样，飞机、酒店、活动、会议，一个城市接着一个城市，一项工作接着一项工作，她认真地做好每一件安排给她的事情，哪怕是拍照、打印或者更加琐碎的事情，没有Lisa在场，倒也没人刻意刁难。

试用期还没过的杨雪薇已经连续上班一个多月没有休息过了，战斗完这个项目的宣传，公司终于给他们几个放了两天假，雪薇真的累到崩溃，身心俱疲的那种，回到家就窝在床上不能动了，简单地洗了洗就沉沉睡去,当她再次被电话吵醒的时候,已经是第二天中午十二点。

电话里传来小志温柔的声音:"懒猪,起床没?"

"被你吵醒啦。"

"十二点啦,太阳晒屁股啦。"

"烦人,我都有八百年没睡过一个懒觉了。"

"怕你饿坏了,起来吃点东西接着睡。"

"不饿,不起,饿也不起。"

"你真是铁打的身子、吸铁石的床啊。"

"嗯,我要努力做一颗对社会有用的螺丝钉。"

"我是螺丝钉,你是螺丝帽。"

"滚——"

"哈哈,好了,起来吃点东西啊宝贝,冰箱里有饭,拿出来热热,粥是早晨煮的。"

"好啊好啊,真啰嗦。"

挂掉电话,才发现小志从十点半开始发过来的几条信息,伸个懒腰,嘴角上扬。所以她即使觉得跟小志性格不合,还是无法离开小志。

休息过后,雪薇神清气爽地去公司,依然有敏敏的笑脸相迎。

"哇,雪薇,出差这么久还这么精神!"

雪薇笑笑,"那是你没看到我昨天的样子。"

"辛苦辛苦。"

在座位上坐下来雪薇就开始写项目总结报告,忙了一上午到中午敏敏来找她吃饭才发现雅雯没有来上班,光光和小美也没有来上班,和敏敏走去楼下的快餐店,问,"大家都去哪儿了?"

敏敏说,"光光和小美去见一个难缠的客户,雅雯休假了。"

原以为自己够勤奋了,没想到光光和小美更勤奋,忙问,"什么客户啊?"

敏敏依然吃着减肥餐,"去给 MB 的领导送文件,其实项目都谈得差不多了,可那边就是不签合同。你们总监去泰国休年假了,公司奖励,全程报销,羡慕吧?"

雪薇想着 MB 的问题,倒没把泰国旅游放在心上,应付了句,"是吗?"

敏敏眼睛里又冒出火花,"Lisa 去欧洲度假是不是更厉害?"这次说的没有羡慕倒很是嫉妒,雪薇已经听惯了光光她们说敏敏吃醋老板娘的八卦,笑说,"人家是合伙人嘛。"

不过敏敏很快又神采飞扬地说,"凌总还说,今年的业绩也能圆满完成的话,年底就大家一起去玩。哇,好期待啊。"

雪薇觉得像刘敏敏这样没什么心计,开开心心做个花瓶的女孩大概不会在职场有什么发展,趁年轻好好包装自己找个人嫁了可能就是她们的人生目标。

第六章
Chapter 6

一连几天，雪薇没有看到 Lisa，也没有看到凌天昊，然后就是周末。离开办公室的时候收到凌天昊发来的信息，"刚进公司就一直加班，辛苦了，做得不错，下周会让人事部给你提前转正。"雪薇兴奋坏了，要不是公司还有人在，真的要开心地跳起来，这意味着她的付出得到了肯定，意味着自己在理想之路上又进了一步，意味着自己一直以来忐忑的心情总算可以稍微安定一下。雪薇开心地畅想起周末要怎么度过，和小志去一直计划的游乐场疯玩？还是和方骄骄去美容、shopping？大脑神游了一圈也没想到，得意洋洋地回到家里，还没来得及把自己的喜悦跟大家分享，小志就提起周末一起回家的事儿，心情顿时像过山车直接从山顶滑落谷底。

面对雪薇的不快，小志叹了口气，无力再多说，两人怏怏地吃了饭，各做各的事情，各睡各的觉。

也不知道什么时候，方骄骄突然来敲门，敲得很着急。

"怎么了方姐？"看着一脸泪水的方骄骄，雪薇顿时困意全无。

"姜楠出事儿了！"

小志也慌忙穿上衣服出来，"出什么事儿了？"

方骄骄一边哭一边说，"不知道，他公司打电话说他辞职了，我一直打他电话，怎么打也打不通，他肯定是出事了，怎么办啊？"

这个消息让雪薇和小志都吃了一惊，"楠哥不是才出去几个月吗，好端端的怎么会辞职?"

方骄骄上气不接下气地说，"我也不知道，他出国跟公司是有合约的，他辞职毁约要赔偿公司损失，他写的联系人是我，公司打电话来问我情况。"

雪薇听得稀里糊涂，"什么意思，难道要你赔偿吗?"

方骄骄摇头，"不是，公司问我姜楠有什么想法，为什么做出这样的决定，我他妈怎么知道什么情况，我已经给他打了好几个电话了，一直没有人接，一定是出事了，一定是出事了。"

看她哭得跟泪人一样，雪薇和小志也着急，可是人又不是在国内，报警都不知道怎么报，只得一边安慰着方骄骄，一边想办法，"你跟楠哥家人说了吗?"

"没呢，我怕他们担心还没说。"

"对了，找大使馆，咱们应该报警让警察联系那边大使馆。"

小志也忙附和，"对对对，我现在就打110。"

雪薇生气，"不是打110。"

"噢对，我去查电话。"

方骄骄抱着雪薇只知道哭，小志刚找到电话，雪薇又想起什么，拦住小志问方骄骄，"楠哥公司的人说他失踪了吗?"

方骄骄停住哭仔细想想，"没有，就说找我了解情况。"

"那还是先别报警了，你有没有他公司比较熟的同事的电话?"

方骄骄抹一把眼泪，"有，我跟他们几个同事吃过饭，我认识小刘。"

"那先给他打个电话吧，看看他知不知道是怎么回事儿。"

方骄骄忙打给小刘，小刘让他们别着急也别报警，姜楠并没有失踪，公司就是找他的家属了解了解情况，这就是公司的一个正常程序，走完程序扣除姜楠的各种费用就可以正式解聘了，因为他的表格上填的紧急联系人是方骄骄，所以公司就给她打了电话。方骄骄又问小刘，姜楠是不是犯什么错了，还是出了什么事儿。小刘支支吾吾地说没有出事儿，但具体情况还是联系上姜楠直接问他好了。小刘解释完就匆匆挂了电话。

雪薇安慰方骄骄，"人没出事儿就好，两地有时差，也许这会儿姜楠正睡觉呢。"方骄骄看看时间，那边应该还不到早晨七点，只能再等一会再打电话。怕方骄骄出什么事儿，雪薇便到她屋里陪着她，雪薇困得直打盹，但方骄骄眼睛一眨不眨地盯着时间，也不知道她是怎么熬到八点钟的，几乎一秒钟都没有耽误就拿起电话拨了过去，依然无人接听，这么折腾了两三回，等电话终于接通的时候，雪薇已经睡了好几觉了。

方骄骄急切地问，"姜楠，姜楠是你吗？你怎么了，是不是出什么事儿了，说话呀，啊？"

在阒寂无声的深夜，迷迷糊糊的雪薇听到电话里姜楠的声音，"我们分手吧。"

雪薇一下子坐起来，方骄骄愣了一会儿，问，"是不是出什么事儿了，别担心，告诉我。"

但听到的依然是那句话，"我们分手吧。"

姜楠说他要留在美国，他要成为美国人，给方骄骄的十万块算是分手费，希望以后不要再联系。已经泪崩的方骄骄并不相信，又问，"是不是出事了，告诉我。"

杨雪薇清楚地听到电话里的声音，"方骄骄我再说一遍，你听好，我们结束了，我要成功，我要成为美国人，我要结婚了，跟美国人结婚了，从我出去的那一天我就没想过要回来，方骄骄就算我对不起你，我把这几年攒的钱都给你了,也算是仁至义尽了,我们在一起永远不会成为有钱人,永远不会成为上等人,不要再找我。"

电话里响了很久很久忙音,雪薇关了它,抱住方骄骄,一句话也说不出来。

杨雪薇感到方骄骄整个身体都在发抖,眼泪止不住地流,像没有氧气一样大口大口地呼吸。一直到天蒙蒙亮,眼泪已经流干的方骄骄打电话给姜楠的父母,从他们躲躲闪闪的口气里证实了姜楠的分手宣言,看来所有人早就知道了这一切,只有她一个人蒙在鼓里,愣了一会儿,方骄骄那张惨白脱相的脸,突然号啕大哭起来。

小志听到声音跑过来,雪薇冲他摆摆手,让他出去。

不知道哭了多久方骄骄才缓过气来,她的嘴像纸一样白,眼像血一样红。

方骄骄和姜楠之间,一件仿佛板上钉钉的事儿,就这么完了。

雪薇去给她倒了杯水,却说不出一句可以安慰的话。

半天,方骄骄哼了一声,那张不成人样的脸笑了一下,"这他妈是姜楠能干出来的事儿,我方骄骄算瞎了狗眼。"

"这样的男人不值得你这么难过。"

"雪薇,好好珍惜小志,他是个好人。"

方骄骄的样子让雪薇看得眼泪也噼里啪啦地掉,只能更紧地抱着她,"方姐你还有我们,我们会永远在你身边,喝杯水休息一会好不好?"

方骄骄抹一把鼻涕眼泪,"没事,我们去逛街吧。"

方骄骄爬下床拿过自己的包,从钱包里翻出几张卡,一张一张摆开,"这张卡里是我的嫁妆,我家没钱,给不了我什么,我给自己存了五万块钱当嫁妆。这张卡里有五万,自从我认识姜楠,我就每个月往里打八百，不管遇到什么事儿我都不动这个钱，我们两家条件都不好，我不想让姜楠自己一个人攒钱付首付，我还算有志气吧？"

杨雪薇泪崩，"有，特别有。"

"这张卡里有不到一万，我每次逛街忍不住花钱就先去吃饭，因为吃饱了就不那么容易冲动花钱，我把省下来的那些就存这卡里，我想等我结婚那天，我就用这钱买婚纱，我不穿别人穿过的，我就买我最喜欢的那件……这张卡……"举着姜楠的"分手费"，方骄骄哽咽，雪薇听着方骄骄的这些话哭得比她还厉害。

方骄骄把卡狠狠摔在床上，"走，逛街，姐今儿就把它花了，姐今儿他妈的买爽了再吃饭。"

第二天，杨雪薇主动提出跟小志回去他父母家吃饭，坐在大巴车上，歪着头想着方骄骄的事情，是方骄骄刺激了她，方骄骄的爱情被现实斩断，她没能从那个迷人的海底游上岸，没能从姜楠身上得到那种脚踏实地的生活，或许真的等到能够提供各种踏实生活的小志也找了别人，她大概也是哭都来不及了吧。

那天，小志的表弟表妹带着表弟媳、表妹夫还有表妹家的孩子也来他们家吃饭，一大桌子人东拉西扯，小志的妈妈还是三句话不离主题，"你看看人俩人早结婚早生孩子多好啊，趁我们现在还走得动，给你们带带孩子多好，哎哟，宝贝儿，真乖，吃这个吃这个。"

杨雪薇笑而不语。

小志妈又说，"北京压力就是太大了，你看薇薇这新工作换得一两个月不让休息一回，咱们离北京多近啊，你们都不能回来，家里多好是不是？"

小志吃着他妈给夹的肉说，"妈，我们天天在家守着您，您可就该嫌我们烦啦。"

小志妈又给他添一筷子菜，"我不烦，你们回来啊，咱们这儿也能找到像样的工作，你看你那发小儿小三儿不挺好的嘛，家里开个小厂子，赚的可比你们多，人家都开宝马啦。"

小志笑着说，"唉哟，咱家不是没有厂子给我当富二代嘛。"

小志妈被儿子呛得又好气又好笑，看看雪薇，给她夹个鸡翅说，"我知道薇薇工作能力强，不过女孩子嘛，差不多就得了，早点结婚生孩子这对你也好，那些生得晚的，体力也不行了，身材恢复得还很慢，薇薇你说是不是？"

杨雪薇已经开始头疼，敷衍着说，"阿姨您懂得还挺多。"

小志妈还没完没了地唠叨着，"阿姨是打那时候过来的，还能不知道？我可等着你早点改口呢，呵呵。"

本来雪薇也是受方骄骄的情绪感染才要回来，可是一进入这样的情境，心态立马被打回原形，这些弟弟妹妹、大侄子小外甥一准儿是小志妈请来给自己看的，每次见到小志妈雪薇都觉得心好累，小志的不求上进，小富甚至没富即安的心态还真是得他妈妈的真传，没准儿要不是小志妈这唠唠叨、唠唠叨的样子，她还能下了领证的决心呢。

雪薇忍着不耐烦吃了饭，帮着收拾了碗筷，又陪大伙儿聊了一会天，一直到两点多钟才提出要走，小志妈不让，非让他们睡会儿午觉再走，小志说还真有点困，可是雪薇很难忍受这一点，毕竟两个人还没有领证，虽然已经同居，可是在长辈家里，觉得同床而眠心里不是滋味。小志妈大概也看出这一点，就说，不然你们去新家歇会吧，你们也没买家具，我给弄过去一张床，好歹能躺会。这一说起来，小志妈又收不住了，"说起这新房，都装修完多长时间了，我们给你们买家具又怕你们看不上，钱都给你们了，你俩什么时候去把家具置办置办，住不住的也像个样子，啊？"

雪薇不说话,小志爸看出她不太高兴了,打个圆场,"孩子们的事儿让他们自己看着办吧,你就别跟着瞎操心了。"

小志也看出雪薇这脸色已经有点不好看了,就跟他妈说,"妈,回头我俩商量商量,我们还是先走了,好长时间没休息了,明儿还得上班。"

小志妈还追着问,"唉,不去新家啦?"

小志爸拽拽小志妈,"你呀,你该去睡会午觉了,薇薇工作努力这是好事,小志应该学习,不过也不要累坏了身体啊,有空多回来看看我们。"

雪薇可算是得救了,忙说,"谢谢叔叔,那您跟阿姨也多注意身体,我们就先走啦。"

老两口把俩人送出来,返程一路无话。

周一上班,杨雪薇在楼下超市买早餐,见有花卖便挑了一束盛开的桔梗,即将迎来转正,她的心情就像这花儿一样绽放。可还没高兴一会儿,就被雅雯叫到小会议室谈话,雅雯除了没有杀气,行事作风跟Lisa很像,听说她是Lisa一手培养起来的,是Lisa的心腹。无论如何,杨雪薇尊重且小心地面对自己的顶头上司。雅雯除了对她的能力表示肯定,更重要的是警告她不许在办公桌放花,理由是在这种把女人当男人用的环境里,这些东西会影响效率。既然总监发话了,杨雪薇表示以后不会再这么做,而雅雯却要求她立刻把那瓶花扔掉。

杨雪薇不知道雅雯为什么那么敏感,但还是乖乖把花瓶拿出去,在门口遇上刚进公司的凌天昊,赶紧闪到一边让路,看着那束盛开的花,扔进垃圾桶还真有点舍不得,正巧打扫卫生的阿姨过来,雪薇便把花儿送给了她,阿姨开心地感谢雪薇,说还没人送过花给她呢。

阿姨赶着打扫卫生,便把花儿带去了咖啡间,正巧凌天昊来倒水看到那瓶花，阿姨说是雪薇送给她的，凌天昊仿佛很喜欢这束花，问阿姨是不是可以转送给他，还答应阿姨下次过节的时候一定送她一束玫瑰作为交换，阿姨痛快地答应了。

原本只是小小的一瓶花，杨雪薇无论如何也想不到会给自己惹来很大的一个麻烦。

Lisa来跟凌天昊讨论工作，进门就看到桌子上那瓶桔梗，说完工作出来，Lisa特地走到杨雪薇那边看了一眼，然后把雅雯叫走。

在Lisa的办公室，她问杨雪薇的情况，雅雯如实说能力不错，工作很认真。作为心腹她自然看得出Lisa不喜欢杨雪薇，很不喜欢，不过为什么要跟一瓶花过不去，雅雯也不知道究竟。长久以来对于有点姿色又容易接近凌天昊的人Lisa都不喜欢，所以聪明的雅雯一早就对Lisa表了忠心，唯她命是从，既有能力又听话，还在外表上从不超越女上司的她，这才在公司一众外表不俗、能力不错的女生中得到重用，占稳了地位。

雅雯知道Lisa不是来听她说人好话的，垫了两句，又说，"不过她资历比较浅，有时候会用点小聪明，我想以后慢慢锻炼会好的。"

Lisa说，"真正有实力的企业不需要耍小聪明的人，我们发展节奏这么快，哪儿有那么多时间给人慢慢锻炼。"

"我明白，我会多跟大家沟通。"

"你的部门是公司最核心的部门，如果有不合适的人你尽可以提出来。"

"好，好的。"

聪明如雅雯也会遇到难题，Lisa的意思很明显是针对杨雪薇，甚至要把她扫地出门，这个扫雷的工作就交到了她手上，而凌天昊不管是因为投资人王义的关系还是其他的原因，看起来又对杨雪薇比较照顾，夹在这一对不那么和谐的情侣上司中间生存，雅雯的日子相当不好过。

凌天昊愣愣地看着那束桔梗，从手机里翻出张照片，是一个女孩儿笑容灿烂的毕业照，长长的头发，手捧一束桔梗花，乍一看跟杨雪薇很像，尤其是那双慵懒而妩媚的眼睛。

遵从 Lisa 的指示，雅雯给杨雪薇安排了一项很繁琐的工作，要她整理近五年的影视数据做分析，并且只安排了杨雪薇一个人做这项工作，还命令三天完成。杨雪薇属于工作效率非常高的人，埋头苦干一天，晚上又加班到深夜，第二天下午便交了工，原本以为会得到上司的欣赏，没想到收到的是严厉的批评，"如果只是把网上的数据抄下来这么简单的工作，扫地阿姨都可以做，没有分析对比你交给我一堆废纸有什么用？"

尽管被批评，雪薇反思还是心服口服的，确实是自己不够用心，于是沉下心来认真地做图表，做分析，一整天几乎都没上厕所没抬头，直到渴得不行了才发现杯子里没水，一起身感觉脖子差点断了。光光看了看她，让她赶紧休息一下活动活动。去咖啡间喝了口水，伸展一下僵硬住的身体，总算缓解了一点点疲劳，雪薇不觉得辛苦，反而很有满足感。倒了水回来瞧见雅雯捂着肚子好像很难受的样子，悄悄问她怎么了，雅雯大姨妈来了，工作太累，公司空调开得又大，她肚子疼，雪薇因为有胃疼病，不管什么季节包里总带着暖宝宝，赶紧拿了两片让她贴上，一个小小的举动让雅雯觉得对雪薇的发难有点过意不去。看看桌上的一摞文件，雅雯让雪薇帮忙叫敏敏来把这些文件送去凌天昊办公室，雪薇想举手之劳何必跑过去叫敏敏，没等雅雯拦住就颠儿颠儿地跑腿去了。

走进凌天昊的办公室，放下文件正要离开，突然发现在他的桌角，放着一束桔梗花，而且就连那花瓶都是自己的，"怎么会在这里？"雪薇纳闷，但也没敢多停留，回到座位有手机信息，打开来是雅雯，"没安排你的事情不要随便去做，以后记住。"刚刚还热心地帮了人，一转眼就受到冷冰冰的"回报"，不过做都做了多想无益，雪薇继续埋头工作。

这回杨雪薇长了记性，做完分析报告没有直接提交给雅雯，而是转向光光，毕竟光光行业经验丰富又摸得准雅雯的好恶，让他先帮自己过一遍总不会错。光光不愧是妇女之友，不但帮她找出问题，还告诉她解决办法。其实雪薇这么做不光是为了应付领导，她是真的珍惜这份工作，真的希望在这行有所发展，所以她要把每件事做好，要把所有能用的资源都利用起来，要用比上司更严格的要求对待自己。

一件事刚做完，Lisa又让雅雯安排杨雪薇去MB公司送合同，以每个人都要独当一面为由不准她给杨雪薇安排同行的人，但雅雯对Lisa再唯命是从，这次也担心雪薇真的被人玩出事，因为MB的项目经理白经理是出了名的难缠、好色，之前她部门所有人都是见识过白经理为人的，她自己也从来不单独去会此人，跟MB的项目谈了那么久，他迟迟不肯在合同上签字，就是因为没占到他想要的便宜。

一无所知的杨雪薇接到任务还挺开心，以为雅雯给她机会了，等按照联系方式打完电话开始担忧，因为对方给的见面时间是晚上十点，地点是位于六环的拍摄片场酒店内，她努力争取过其他的时间，但对方坚决表示拍摄很忙，不来就不要见了，杨雪薇不想还没出师就退缩，只得答应。

半夜、酒店、男客户，杨雪薇着实纠结，可既然已经接了任务且约好对方，不去肯定是不行的，这种心情让杨雪薇上个洗手间都要对着镜子给自己加油，她正看着镜子里的自己鼓劲儿，不妨雅雯从洗手间出来。

"怕了可以不接受这个工作。"

雪薇忙说,"不是,我在想客户可能会提什么问题,提前准备一下。"

"我们的工作就是这样的,没去过片场吧?"

雪薇摇摇头。

雅雯总算是笑了一下,"女生学会保护自己很重要,公司现在很忙,每个人都有一大堆的事情要做,我没有办法帮你安排其他人,不过八小时之外有没有人肯花时间帮你,看你自己的了,我想你还不至于混得人缘儿太差吧?"

没想到口口声声安排自己一个人去的雅雯突然说出这番话,这是要拐着弯儿地考验自己吗?雪薇忙说,"我懂了,谢谢总监。"

雅雯整整头发往外走,丢给她一句,"我什么都没说。"

杨雪薇看着她的背影,然后看着镜子里的自己,又不懂了。

其实雅雯不说,雪薇也一定会叫小志跟她去的,只是那样免不了又要跟小志吵架,又要被小志唠叨离开这个好不容易才得到的工作。有了雅雯的指示,雪薇就可以找同事帮忙,她问光光是不是可以帮她,光光痛快地表示没有问题,而且必须得一起去,因为他怎么会不知道白经理的嗜好,整个天浩娱乐,除了小美这型的不入他法眼,剩下的哪一个不让他惦记。

晚上光光开车带着雪薇,小志实在不放心还是打了车跟上去。

路上光光试探着问,"雪薇啊,你是不是得罪谁了?"

雪薇也觉得自己好像得罪了谁似的,可是实在想不出自己哪儿做得不妥。

光光又说,"你知道雅雯每次约白经理会叫谁一起去吗?"

这雪薇哪里会知道。

光光一挑眉,"小模特。"

雪薇纳闷,"小模特,叫小模特去干吗?"

"你真不明白假不明白?"

"明白什么?"

"实话跟你说吧,这个白经理非常好色,属于雁过拔毛型的,我们都去过n次了,他就是不签合同,为什么?公司的妞一个都没让他得逞呗,你要不是得罪人,公司会这么整你?你好好想想,可别说是我告诉你的啊。"

雪薇心里咯噔一下,怎么会有这种事,这就是说雅雯明知道对方是狼却偏偏让自己羊入狼口?进公司一个多月,扪心自问她非常认真非常勤恳,连见了扫地阿姨都客气地微笑。Lisa?该不会又是她吧,那自己到底怎么得罪了她,哪里得罪了她?雪薇实在想不出。

酒店的位置在快到郊区的温泉区,雪薇和光光坐在大堂吧点了咖啡等人,跟进来的小志被雪薇使了个眼色坐在另一边,服务员拿来酒水单,小志一看都好贵,就要了一杯十块钱的白水。雪薇给白经理打了几个电话人都没有下来,等了快半个小时终于有人来请他们两人进去,看着他们走了,小志去了个卫生间,出来发现水杯已经被端走了,只得又花十块钱点了杯白水。

雪薇和光光被带到温泉区,原来白经理知道雪薇不是一个人来,自己的目的达不到就干脆整整这个小妞,让他们到温泉区,这里不换衣服不让进。雪薇压着火直接把浴袍裹在自己衣服外面,冲到门口看到毛巾架上放着防水袋,便扯了一个,等光光换好衣服已经找不到她去哪儿了。

雪薇被带到白经理那儿,白经理正跟一帮男男女女在池子里玩得热火朝天。助手跟他说了句话，白经理从池子里出来，只穿了条紧身小泳裤，全身圆滚滚的也看不出什么男性曲线，他上下扫了一眼雪薇，"你穿成这样去北极啊？"

雪薇沉住气，微微一笑，"你好白经理，我是杨雪薇。"

只见他喝了口水，色眯眯地说，"脱衣服一起玩，傻站着干吗？"

雪薇知道没有再多说的必要，反正大家轮番儿也没把合同签下来，自己能见到人任务也算是完成了，"我看我们还是改天再约吧，按照您的意见修改的合同我带来了，您方便的时候看一下，我就不打扰了。"

一脚迈进温泉池的白经理又走回来，看到雪薇手里的纸袋，拿过去，"这是要给我的合同吗？"

"是，合同交给您了，您有空慢慢看吧。"

杨雪薇要走，被白经理叫住，"别走啊，"说着把资料向池中一个比基尼美女扔过去，"Ann 帮我念念。"那个美女没反应过来纸袋已经丢过去了，忙用手挡住自己，尖叫着，"啊，讨厌，砸到人家的胸你赔啊。"

纸袋掉进水里，白经理故意很紧张地大声说，"哎呀，你怎么不接住，你看你看。"

美女抱怨，"你怎么不说一声先。"

"都叫你接啦。"

"哼，你怪我。"

"别只顾着自己的胸。"

"很贵的。"

两个人打情骂俏的腔调杨雪薇实在看不下去，刚抬脚要走，被人绊了一下，然后不知道被谁推入水中，白经理还在岸上大叫，"啊呀杨小姐你怎么自己去捡啊，我叫 Ann 捡起来就行了。"一群人哄堂大笑。

还在找雪薇的光光听到这边的吵闹声跑过来,只见雪薇像落汤鸡一样跌在水里,赶紧跳进去把她拉起来,雪薇气得手都在抖,一抹脸上的水,弯腰去池子里摸起浸透的文件袋走上来放在凳子上,说了句,"白经理,合同我送到了。"

在众人口哨、起哄中光光扶着雪薇走开,白经理喊着,"小妞挺有个性啊,别走一块玩儿。"

杨雪薇很恨地说,"这种杂碎怎么当上 MB 经理的?"

光光撇撇嘴,"so 他妈 what,这个人人品是渣得可以,但做过的项目跟经手的女人一样几乎没有失手的。"

雪薇和光光离开,刚刚的一幕倒是被一个人看在眼里,MB 的老板,莫世铭的儿子,莫阳。

一个看起来也就刚发育好的年轻女孩陪在莫阳身边进来,正在起哄的一帮人以及嚣张的白经理都顿时安静下来,莫阳指着走开的雪薇和光光问,"这里不是包下来了吗,那是什么人?"刚刚还趾高气扬的白经理忙点头哈腰地回答,"是天浩娱乐那边送资料的,送资料的,我已经打发他们走了,您放心。"莫阳看看桌上那个水淋淋的资料袋,打开从里面抽出放在防水袋里的合同,并没有浸湿,又看看大家,说了句,"继续玩儿啊",一众人又热闹起来,莫阳拿起那份合同揽着年轻女孩向前走去。

在更衣室里,加班了几个晚上做报告的杨雪薇吹着头发,吹着衣服,眼泪又开始打转,她既委屈又不服,人生还从来没有遭受过这份侮辱,被人这么折磨连个为什么都搞不清楚。外面小志还在等她,如果看到她这个样子,小志一定又让她放弃工作,她不甘心更不能以这样的方式结束自己短暂的梦想。做几个深呼吸,把眼泪憋回去,洗干净脸,整理好自己出来。光光已经在门口等了,看到她忙问怎么样,雪薇只是让光光帮她一个忙，这件事一定不要告诉她的男朋友小志。

越挫越勇的杨雪薇隔天就跟什么都没发生过一样继续上班，雅雯已经从光光那里听说了昨晚的事，不过没有料到的是从雪薇脸上她没有看到丝毫的情绪，她只是像平时一样向她汇报合同已经送到，其他一概不提，这倒让雅雯对她另眼相看起来。

没有抓到杨雪薇的"毛病"该怎么向 Lisa 汇报？没等雅雯想好，Lisa 又甩过来几张照片，那是一个月前蔷薇电影首映后的那场晚宴，照片上杨雪薇身边有一个陌生女孩，Lisa 以怀疑杨雪薇串通外人窃取公司机密为由要发落她，让雅雯去找切实证据。

一波未平一波又起，还一件事比一件事严重，雅雯也从未见 Lisa 对谁这么大费周章过，她知道 Lisa 对工作严谨、一丝不苟，她知道 Lisa 对认为可能存在威胁的女员工看得很严，她知道 Lisa 对凌天昊爱得辛苦，可是 Lisa 也同样对她自己要求严格，同样对有能力的人提拔培养，难道，看起来热情坚韧的杨雪薇真的犯了什么不可饶恕的错误？

这天，心有余悸的小志一会儿一个电话，一会儿一个信息地"关心"着雪薇，搞得忙碌的雪薇又不耐烦起来，压低声音在电话里跟小志说，"别打了，我没事，我还有好多工作呢。"还没说完，雅雯叫她，忙挂掉电话跟着进了小会议室。雅雯谈起那次晚宴，问她那天现场都有些什么人。雪薇立马想到方骄骄，一边应付雅雯的话一边暗自琢磨对策，这件事说大不大，说小也不小，这种活动朋友混一混的事常有，可是经过一段时间的被"折磨"，雪薇敢断定自己又要麻烦了，不过很快，她想到解决办法——王义。

果然雅雯把一张照片放在她面前，照片中自己旁边那人正是方骄骄，雅雯警告她如果没有证据证明方骄骄的合理身份，她有可能被开除。看来都等不到跟王义"串通"了，雪薇说，"她叫方骄骄，那天我碰到王义王总，是他让我帮忙照顾方骄骄的，其他的我也不清楚。"说完还故意问了一句，"有什么问题吗？"这个答案完全出乎雅雯的意料，原本还替雪薇担心，想着怎么样帮她在 Lisa 面前美言几句，看来竟没有这个必要，雅雯耸耸肩，结束这场"质问"。

Lisa 怎么会满意这样的回答，直接把照片发给王义，然后电话就打了过去，问王义认不认识这个女孩。

王义想起那次的碰面，他多精明的一个人，其实当时就猜出来雪薇的小伎俩，只是认为小事一桩没必要揭穿，就说，"认识，朋友。"

Lisa 不依不饶，"她，是你的朋友？"

王义反问，"有问题吗？"

Lisa 继续试探，"没有，就是翻看一些照片，觉得这个人没有见过，你知道那天的晚宴有很多重要嘉宾，在场的人我应该都有接触过的。"

王义笑道，"不好意思不好意思，那天看你太忙没有跟你打招呼，下次注意。"

Lisa 也只得说，"王总说哪里话，你认识就好。"

挂了电话，计划再一次没有得逞的 Lisa 怒火中烧，看到凌天昊进办公室，气冲冲地过去，然后把百叶窗"刷"关上，随后凌天昊又把它打开，然后 Lisa 又关上，雪薇看到旁边的光光歪着嘴笑了笑。

杨雪薇的转正申请表还放在凌天昊桌上，Lisa 拒绝签字，把照片给凌天昊看，坚持认为杨雪薇损害了公司利益，而王义在替她打掩护。

凌天昊真的不想再因为这些事看 Lisa 胡搅蛮缠，紧皱着眉头问，"一个投资人有什么理由替危害自己利益的人打掩护？"

"你们两个都被杨雪薇迷惑了吧？"

"一个想危害自己公司利益的人不会加班做工作，不会大晚上地跑去给客户送合同。"

Lisa没想到凌天昊这么快就知道了这些事,凌天昊向她递过去一份文件,Lisa翻开,竟然是莫阳亲笔签字的合同。

"你见过莫阳了?"

凌天昊说,"这是杨雪薇的功劳,我们跟白经理纠缠了那么久,她却让莫阳亲自签了合同,我下周会去上海跟莫阳见面,他对我们的方案还有点意见。"凌天昊把桌上的申请书推给Lisa,"就算将功补过给她转正也还说得过去吧,你是她部门的老大,这个字我直接签不好。"

Lisa抓起那张纸刷刷划了两笔,百叶窗又"刷"地被拉开,伴随着这个动静,半个公司的人为之一震,杨雪薇打了个激灵,对这个声音产生了生理敏感。

凌天昊举着两只手揉揉眉心,按了电话叫人事经理去他办公室。

不管过程再怎么曲折,杨雪薇终于成为即将上市的天浩娱乐公司正式一员。

成功转正拿到奖金加红包的杨雪薇买了一堆好吃的还有红酒回家跟小志庆祝。小志也给她准备了"惊喜",一只大大的玩具熊。

雪薇把玩具熊丢在一边,"我们都奔三了好嘛,你这礼物能不能有点进步?"

小志挠挠头,"那你喜欢什么你告诉我。"

雪薇懒得废话,"算了算了,赶快做饭吧。"

小志弄好饭菜开了酒对雪薇说,"来来来咱们开始吧,方姐说不回来吃了。"

雪薇叹口气,"我看方姐且得缓一阵子呢,那个姜楠真够不是东西的,就这么不清不楚地把方姐甩了。"

小志说,"我看方姐离开这种人是好事。"

雪薇认同，"说得也是，方姐应该立马找一有北京户口，有房有车的气死那孙子。"

这话小志倒是不大同意，"嘿，我看咱俩要是分了，你能干得出这事儿来。"

雪薇说，"你要是能干得出姜楠那种事儿来，我保证一滴眼泪也不掉，扭头我就傍一大款去。"

小志嬉皮笑脸地说，"宝贝儿，我呀这辈子就跟你好了。"

雪薇笑着白小志一眼，小志把酒倒上举起杯，"来，祝贺女强人这么快就步入正轨，恭喜发财。"

这话雪薇爱听，"干啦！"

两人一饮而尽。

小志竖起大拇指，"哎哟呵，美女好酒量。"

雪薇摆摆手，"哪里哪里，再倒。"

小志一边拿起酒瓶一边说，"出去可别跟别人这么喝啊，就你这酒量，人家喝死你。"

雪薇没理小志，把领到的项目红包"啪"地往桌上一拍，眉梢嘴角的笑都溢出来了，冲小志抛个媚眼，"帅哥，今晚本姑娘就包你了，来，给洒家满上。"

小志给她少倒了一点，"瞧你那小人得志的样儿，还洒家了。"

"我这不就跟你这样嘛，跟别人可矜持着呢。"

两人又举杯，眼看雪薇又要干，小志忙拉住，"慢点喝，慢点喝。"

雪薇正开心哪里拦得住，一杯见底又嚷嚷，"倒酒，你看，两个月以前你还为了我换工作的事儿跟我翻脸，现在我转正，加薪，拿提成还能领红包，这个月我总收入可是超过两万啦，而且，MB 的项目执行下来，我就赚到了人生的第一桶金，最关键的是，我终于靠自己不懈的努力成功进入影视行业，你说我这工作换得对不对？"

小志却说，"我可不是因为你换工作的事儿跟你生气啊，我是因为你换工作都不跟我商量一下，再说了，我宁愿你赚得少点，踏踏实实的。"

"你以为我不想跟你商量啊，你跟你妈一样，保守思维，什么都图个安安稳稳，恨不得找个铁饭碗混日子，我们为什么要来北京，整天瞎混在福建不是更舒服吗？"

"我觉得是挺舒服的呀，是你非得回来。"

两人又锵锵起来，雪薇一拍桌子，"嘿我这暴脾气，要不是我坚持，你还在福建养老呢，我要跟你商量，能痛痛快快来北京吗，你能让我换工作吗？"

"怎么不能啊？"

"还说，你能吗，你能吗？"雪薇指着小志的鼻子把他的话顶回去。

小志也借着酒劲儿数落起雪薇，"咱们两个人过日子你不能只替自己着想，做事永远只图自己痛快。"

"做什么事都不痛快，那还活个什么劲儿啊？"

"宝贝儿，你说咱俩踏踏实实过日子多好，老实说，我还真后悔来北京，你看你现在一天到晚不着家，你这工作我是真不怎么喜欢，那个圈子乱七八糟的，那些娱乐新闻，不是潜规则就是宫心计，像你这种一根直肠子还颇有姿色的，能不让我担心嘛。"

正得意的杨雪薇这会儿根本体会不到小志实实在在的担忧，还笑嘻嘻地说，"颇有姿色这事儿不假，可是乱也是人家明星的事儿，我连边儿都沾不上啊。"

"听你这意思，还巴不得是怎么着？"

"哎你还别说，万一哪天华谊兄弟看上我呢？"

小志哼地一笑，"华谊兄弟有点难，海尔兄弟你考不考虑？"

雪薇被逗乐了，"去你的，干杯干杯。"

"吃点菜别光顾着喝酒，咱们不求像那些有钱人一样挣多少钱，住什么豪宅买什么名牌，老婆孩子热炕头，平平淡淡才是真。"

说了半天，两人还没凑到一个频道上，"小志，你知道在我心里咱们两个人之间最宝贵的是什么吗？"

小志嘿嘿笑，"什么，快说。"

"就是我们的感情是最纯粹的，这是用什么都换不来。可你知道我最不喜欢你什么吗？"

"什，什么？"

"不求上进。我发现我是使着劲地往上走，你是拼了命地把我往下拽啊，咱可以不住豪宅，不买名牌，可是你总得奋斗过才可以说这些话吧，我们才二十几岁，不能够是上班打卡混日子，到点儿下班领薪水，做着那些毫无热情的事，见了谁都跟人家说，我他妈上辈子造了什么孽干这份儿工作，你说这么活着干嘛，干脆一头撞死得了。"

"你还真别听嘴上天天这么说的人，小日子过得都滋润着呢，再说了，大家不都是这么过的吗，你为什么就不行？"

这话让雪薇气又上来了，"人家怎么过你就得怎么过呀，那你去当张三李四好了，你为什么是小志啊，对了，还有你这名字，小志，就注定你这辈子没什么大志向。"

小志也开始急，"我是没什么大志向，这么多年我还真没看出来，杨雪薇你自从来了北京，这心可是越来越大了。"

雪薇又干了一杯，"心有多大，舞台就有多大。"

"我看你是喝大了。"

雪薇赌气，"我就喝，来，干杯。"

一杯酒，杨雪薇又一口气喝掉了。

看着杨雪薇的样子小志泄了气，"不吵了不吵了，吃点菜，都是你爱吃的。"

已经喝得晕晕乎乎的雪薇又笑起来，拍拍小志的脸，"就喜欢吃你做的菜。"

小志咕咚又干了一杯，鼓了鼓勇气，说，"宝贝儿，咱们领证吧？"

杨雪薇愣了一下，她没有想到小志这个时候突然又提起这个事，吃到一半的菜呛到了，雪薇猛烈地咳嗽，越咳嗽越觉得头晕，晕着晕着还想吐，起身飞奔向厕所，哇的一下整个人无比难受，而小志呆呆地坐在那里，眼睛像胃一样空。

和小志的感情还没有着落，杨雪薇不知道她又被卷入另一场感情战争。

第七章
Chapter 7

在凌天昊的家里,Lisa换了柔软的真丝睡裙,很妩媚很性感,完全不是在公司盛气凌人、冷硬的样子,她走去凌天昊的背后给他揉揉肩膀,凌天昊还在电脑前忙着看一份《影视新媒体行业CG发展报告》,Lisa附身抱住凌天昊,"还在看这个文件?"

凌天昊揉揉眉心,"虽然这两年CG发展很快,不过我们国内大多还是停留在人力层面,这方面的学者和工程技术人员才是核心,我觉得现在布局对于我们这种体量的公司还是为时过早。"

"但这是趋势啊,上次不是跟莫主席谈了这方面的情况,他还挺有兴趣的。"

"他更愿意考虑CG技术在各个领域的应用,只针对影视传媒我看他会认为回报不足。"

"不谈工作了,休息一下,我想跟你说件事。"

凌天昊把她拉开去沙发上坐下。

Lisa说,"Donnie的公司现在发展得很好,他们挺缺人的,我想,把杨雪薇介绍给他吧。"

又说到杨雪薇身上,看来Lisa是不铲除杨雪薇誓不罢休了,凌天昊拉着Lisa的手说,"你想得太多了,何必这么针对她呢?"

Lisa手指感觉到凌天昊手上的那枚戒指,忍不住生气,但还是压着火,"她还挺有本事的,工作做得有声有色,又让老板念念不忘。"

凌天昊不想吵架,"你把自己的员工介绍给竞争对手,人家以为你安排卧底呢。"

Lisa 把脸贴到凌天昊面前,"对于我来说,她不是卧底,是炸弹。"

凌天昊沉默一会儿,换了个话题,"是不是工作压力太大了?你说最喜欢巴黎的空气,自由浪漫,要不你去住一阵子,好好放松一下心情。"

Lisa 开始沉不住气起来,"天昊,我说喜欢巴黎浪漫是因为跟你在一起呀,这几年再怎么辛苦的日子我们都一起过来了,我只是希望我们能够永远在一起,可是我觉得现在我的生活被人打乱了,我怎么能够安心?"

凌天昊拍拍 Lisa 的肩膀,"对不起,是我只顾着工作不够关心你,那,等忙完这段时间,我陪你去巴黎,去普罗旺斯,去爱琴海。"

Lisa 按捺不住,"你不要岔开话题,你知道我在说什么。"

凌天昊皱起眉头,"Lisa,不要无理取闹好不好?"

"是我无理取闹,还是你心里有鬼?天昊,五年了,你还在想着她,现在你爱屋及乌,连长得像她的人你都喜欢?"

"你说到哪儿去了,我们的生活跟人家有什么关系,杨雪薇她完全不知道是怎么一回事,你对她的所作所为她已经够忍耐了,你还想怎么样?你会不会太敏感了?"

终于说到这个话题,Lisa 再也忍不住,"你以为我想这样,是你逼我的,我自认我足够理性,足够克制,但我是个有感情的人,你根本忘不掉范程,从我看到杨雪薇的样子我就更加知道你忘不掉那个女人!"

"Lisa,Lisa,Lisa,你什么时候变得像个泼妇一样?你处处针对杨雪薇,叫她去撞破蔷薇的糗事,叫她半夜三更去见什么色鬼客户,你怎么会变得如此丑陋？"

"我泼妇，我丑陋？当初范程害你害得还不够？要不是我，你不仅会倾家荡产还可能去坐牢，你为什么还要记着那个女人？"

许久不曾有人提过的范程的名字让凌天昊愤怒了，"你干吗还要提那些事，你干吗非要揪着过去不放？"

Lisa被吓得愣了一下，然后从抽屉里翻出一个相框，是那个捧着桔梗花女人的照片，是那个跟雪薇长得很像的女人的照片，她哽咽地指着照片，"看看这个，看看你手上的戒指，凌天昊，她在你心里从来没有过去吧？从你看杨雪薇的眼神我就知道她从来没有在你心里过去过，我为你做了那么多，等了那么久，到头来我得到什么？"

"你想要什么我全都给你，房子，存款，公司的股份，我可以给你的都给你了，你还想怎么样？"

"我要的不是钱，我告诉你，我不会放过那个女人。"

"我不想跟你吵，我们都冷静冷静，今晚你在这里吧。"

凌天昊拿了衣服出去，Lisa把相框摔得粉碎。

杨雪薇大概无论如何也想不到自己竟然因为这样莫名其妙的原因被卷入别人的情感纷争，她只知道转了正拿了奖金，得买点礼物去看望她的贵人老王，还给小金毛带了狗粮。

老王家胡同口又堵车堵得厉害，依然是因为那辆违章停放的宾利，杨雪薇纳闷怎么就没有拖车把它拖走呢？"爱管闲事"的她又忍不住出手了，从包里翻出签字笔正要往车上写字，想了想还是在车窗上先点了一个小点儿，用手指擦擦好像擦不干净的样子，要是万一被车主索赔还真是赔不起，别人违章停车不对，自己损坏人家的车也得吃不了兜着走啊，翻翻包拿出本子撕了张纸，写上"请勿妨碍公共交通"，又画上一只狗，嘟囔着"挡路狗"，把纸卡在雨刷器上。

走进老王家见没关门,王义也在,他来给老爷子送东西,雪薇没看到小金毛,便问老王,王义抢着说,"大活人站在这儿,你怎么先问狗啊?你瞧狗粮都有,也没我什么事儿。"

"我,我不知道您在这儿。"

看雪薇的样子王义乐了,"跟你开玩笑呢。"

雪薇觉得王义跟自己说话总是不太正经的样子,也不想多待,跟老王寒暄几句便告辞了。

没过两天,又接到王义的电话,要她下班到公司见面,电话里说得匆忙,也没来得及问清楚是公是私,要不要向雅雯汇报呢?毕竟王义是公司股东,可是见面是下班以后的事,想想还是避免节外生枝吧,先去看看有什么事。

在王义的办公室等了快半小时,终于等到人讲着电话匆匆赶来,又等他打完半天电话,杨雪薇站起身礼貌地打了招呼。

"走,去吃饭。"王义也不多说,就往外走。

"吃饭?"雪薇以为到办公室来会有什么正事呢。

"到点儿了不吃饭吗?"王总的语气就跟两人是老熟人似的,可雪薇不那么认为,"还有谁?"

"跟我走吧,不会把你卖了的。"

"王总真会开玩笑,您找我有什么事儿吗?"

"吃饭啊,咱俩不能一块儿吃饭吗?"看着雪薇一脸慌张,王义笑说,"你可还欠我一个人情呢。"

雪薇没明白。

王义提醒,"方骄骄。"

雪薇恍然大悟,原本还以为自己搪塞雅雯的话奏效了,没想到竟然是王义在背后帮了忙,只听他又笑呵呵地说,"咱俩还算心有灵犀吧?"

雪薇不好意思地说,"谢谢王总,我以后会注意的,那这顿应该我请才对呀。"

"那这么着,我请我的,你请你的,今儿就别跟我争了。"

两人笑着走出去,跟着王义下到车库,一辆黑色的宾利车灯亮起,这辆车看着眼熟,走近了雪薇想起来,这不就是在王大爷家胡同口见过两次的挡路狗吗?居然就是王义的车,雪薇心想,坏了,自己还给人贴过小纸条,该不会被发现了吧,这顿饭该不会是鸿门宴吧?

王义打开副驾车门,"杨小姐请。"

雪薇不自然地笑笑,"您还是叫我雪薇吧,您自己开车啊?"

"平时司机开,今天这不是请你吃饭吗?"

"那我们去哪儿啊?"

"你看你这么紧张干吗,怎么样,坐得还舒服吧?"

雪薇点点头。

"知道这什么车吗?"

"宾利。"嘴上这么说,心里却直呼"挡路狗"。

"顶配,八百万。"

其实杨雪薇第一次坐宾利,本来还有一些小激动,可是一方面想着纸条的事儿,又被这两句话把她的激动给压了下去,脑子里只剩下三个字,"土大款!"

"给你讲个段子,"王义继续得意洋洋地说,"有一个暴发户去车展,在一辆豪车面前站住,看旁边站俩车模,问这多少钱,人家告诉他三千万,哥们一拍胸脯,买了,等交完钱那俩车模转身就走,哥们急了说你们不能走。你猜怎么着,他以为三千万是一车带俩妞儿呢,哈哈哈哈哈。"

杨雪薇也笑,她笑的不是段子,是眼前这个土大款。

王义还没完呢,"不瞒你说,我这车也是这么来的。"

当时杨雪薇一口血差点没喷玻璃上。

王义解释,"不过我当时可不是想把那车模据为己有,我是看她们穿着个大高跟鞋都快站不住了,我想我花了钱她们就可以把衣服穿上走了吧,嘿,刷了卡才知道不是那么回事儿,她们还得接着站。"

雪薇挡着嘴不好意思笑出来,"原来您是怜香惜玉啊!"

"哎,你说对了,我这人最怜香惜玉。"

"那是不是第二天就上新闻了?"

"嘿,这算什么,我遇见的新鲜事儿可多了去了。"说着从扶手箱里拿出一张纸,雪薇一看多么熟悉的字体,心想完了完了,果然说到正题了,这回是要栽了。

王义的笑容在雪薇眼里瞬间变得诡异起来,只听他说,"你瞧,这人挺有意思吧,一看就是个女的干的。"

"你怎么知道?"

"男的有这么矫情的吗?别让我知道是谁。"

雪薇想王义肯定是知道了,不然不能找借口约自己出来,不能一路上这么旁敲侧击,事已至此,反正对方有错在先,自己可是热心提醒,便试探道,"要是知道是谁干的,您打算怎么办啊?"

"怎么办?我先狠狠批评她一顿,再跟人赔礼道歉呗,哈哈。北京的交通真是没辙啊,就老爷子那胡同你说往哪儿停?"

原来如此,杨雪薇松了一口气,这个王义倒也有点意思。

两个人说着车子拐进一条小路,越往前走越安静,路也黑起来,然后忽然拐进一个院子,门口的灯不太亮,有礼宾员来开车门。

这里的人对王义都很熟的样子,一路招呼着他们进了一个包间,也不知道王义小声跟服务员说了点什么,她出去换了另一个人进来点菜。

晚餐只有两个人,但王义要了火锅点了一大桌子菜,还没动筷子先敬雪薇一杯酒,感谢她对老爷子的帮忙,然后说,"看你这么能干,我现在有点后悔啊。"

"为什么?"

"当初不应该把你介绍给凌天昊,应该让你到我公司来。"

"那我现在不就是给您打工嘛。"

"我是说到我的投资公司来。"

雪薇笑说,"您的那些生意,我哪儿懂啊。"

"不会可以学啊,凌天昊现在给你开多少钱,我加一倍怎么样?"

雪薇还是第一次遇到这种事儿,"王总,您真会开玩笑。"

"我认真的,你考虑考虑。"

雪薇有点紧张起来,心想这王义到底什么意思,只说"现在的工作挺好的,我特别喜欢"。

"我们家老爷子常说,滴水之恩当涌泉相报,你说我天天吃几千块钱的饭不能看着你吃几十的呀。"

"这顿,几千?"雪薇睁大眼睛。

王义点头确认。

"那,几千啊?"

王义想一下,"大概五六千吧。"

"那您不是要跟我 AA 吧?"

"你看你说哪儿去了,只要你喜欢,我可以天天请你吃。"

说到这儿雪薇看着王义的眼神觉得确实不对劲儿了,好像明白了点什么,王义大概不只是滴水之恩这么简单,忙说,"不不不,王总,王叔叔……"

"等会儿等会儿,怎么改叔叔了?"

"您这,"雪薇上下扫王义一眼,暗示他的年龄,"叫叔叔不合适吗?"

"当然不合适,我有那么老吗?"

"您不老,但按辈分就得叫叔叔。"

王义放下筷子,"这从哪儿论的辈分,你叫我们老爷子老王,我也叫老王,咱俩平辈儿。"

雪薇说,"老爷子的事儿呢我也就是举手之劳,您给我介绍这么好的工作我已经感激不尽了,以后您就别再提了,咱俩就算扯平,这顿饭这么贵,我看我吃多了消化不了,一顿就够了。我现在虽然赚得不多,不过我的工作很有前途,要不您也不会投资是不是,我会努力工作,不会总吃盒饭的。"

"行,我挺喜欢跟你聊天的,来,喝一口。"

王义又把桌上的什么神户牛肉、深海生蚝转到雪薇面前让她多吃,这种状况杨雪薇不太适应,只想赶紧吃完赶紧走人。这时候,原来那个经理敲门进来,把一个袋子递给王义。

王义把这个Chanel的袋子放在桌上转到雪薇面前,"送你的。"

以杨雪薇的性格是喜欢有才胜过有财,虽然也虚荣爱名牌,可更希望通过自己的努力换取,对又是大餐又是奢侈品的这一套不大放在眼里,摇头说,"我不要。"

王义看出雪薇有些不快,笑说,"你看你这脾气还挺倔,跟老爷子还真像。"

雪薇又把袋子转回去,王义干脆起身拿到她面前,"也不看看就不要。"

"不就是化妆品吗，我不要。"

"这只是我的一点心意，你可别多心。"

"您的心意我心领了。"

王义本来就是个急脾气，推来推去的就烦了，"不是，买都买了，你不要那我给谁去啊？"

"给您太太，要不女朋友？"

"你少拿我开心，我说你们凌总是不是经常干这事？"

"我们凌总是好人。"

"哎哟，凌天昊可是个大情种啊。"

杨雪薇觉得在这种情况下谈论自己的老板很不合适，便说，"反正我不能随便收您东西。"

"怎么能叫随便呢，"说着王义又从口袋里掏出那张画着"挡路狗"的纸放在雪薇面前。这下雪薇紧张了，看着她的神情，王义笑说，"我不是说了嘛，我得给这位女士赔礼道歉，这就是道歉礼物。"

看着那张纸，雪薇的底气没了一半，说话结巴起来，"您，怎么知道是我？"

王义指着桌子，"不然还有谁会画我们家的金毛？"

雪薇往纸上一看，紧紧闭上眼睛，痛恨自己的疏忽大意。

王义哈哈大笑，"来，咱们喝一杯吧！"

雪薇尴尬地举起酒杯。

吃完饭王义把雪薇送回家，小志问化妆品哪儿来的，雪薇为避免越解释越说不清楚就说客户给的，每人一份。

等小志回屋，方骄骄拉着雪薇小声问，"你跟我说实话，真是客户送的？"

"你看像我自己买的吗？"

"什么客户这么大方？"

跟方骄骄这种吃过一碗泡面、睡过一张床的超级闺蜜，杨雪薇只好坦白，"还记得王义吗？"

听到这个名字，方骄骄不淡定了，她可还记得交杯酒的事情，"王义，他要泡你吧？"

"就是对我表示一下感谢。"

方骄骄这么有人生哲学的人怎么会相信这种话，可是自从跟姜楠分手后她对自己产生了怀疑，"唉，你还真是命好，人家扶老大爷过马路遇上碰瓷儿的，你扶老大爷过马路工作也解决了，还赚了套香奈儿。"不过方骄骄还是警惕地提醒，"就算是这样，你也得防着点王义，相信我，他看你那眼神儿绝对有问题，你可别吃了亏啊。"

雪薇哼一声，"我那么容易吃亏的吗？"

方骄骄往小志屋看了一眼压低声音问，"王义可是家财万贯的吧，要是他真的追你，你会动摇吗？"

雪薇又哼哼一笑，"他的装备是顶配的，可内核是简装的，我可不喜欢土豪这一款。"她特意把"土"说得很重。

方骄骄看着小志的屋门叹气，如果一直这样下去，等雪薇遇到她喜欢那款的，他俩就真悬了，更何况在崔小志废寝忘食打游戏通关的时间里，杨雪薇用惊人的速度在职场上通关升级，短短几个月的时间，她已经不是那朵未经雕饰的清水芙蓉，她日渐自信的气质，精心收拾过的妆容，从内而外地把自己从外地小妞渐渐变成时尚白领，她目标明确又全力以赴，看起来，前途真是一片光明……

第八章
Chapter 8

在天浩娱乐公司,每次老板和老板娘战争过后气氛都很沉重,Lisa的杀气弥漫在各个角落,所有人大气都不敢喘,跟MB签了约之后,前期工作量又特别大,每天都工作到精疲力尽,杨雪薇觉得这些日子身体完全是靠意念在支撑着。

又一个疯狂加班的夜晚,一直忙到夜里十一点,所有人都下班了,杨雪薇要离开的时候发现凌天昊的办公室灯还亮着,便走了过去。

他目不转睛地盯着电脑,这样认真的神情对把事业放在第一位的杨雪薇是有极大感染力的。

雪薇敲了敲门,"凌总,很晚了,您还不走吗?"

"噢,雪薇,进来吧。"

"没有打扰您吧?"

"不会,"凌天昊看看手表,"已经这么晚了,最近辛苦了。"

"不辛苦,我接触这个项目比较晚,需要多做点功课。"

"这个项目你有很大的功劳。"

"大家已经把基础打好了,我只是歪打正着吧。"

凌天昊打断她的客气话,"你不用这么谦虚,你对工作的用心大家都看在眼里。"凌天昊说着收拾一下东西,"一起走吧,我送你。"

"不麻烦您了,我自己打车就行。"

"有些事情可以路上聊,走吧。"

刚好雪薇收到小志的信息,"还没下班?我去接你吧。"

雪薇回复,"路上了。"

凌天昊说,"我们接下来的工作会越来越多,这样的节奏吃得消吧?"

雪薇忙回答,"嗯没问题,能做自己喜欢的工作,我觉得幸运还来不及。噢对了,您说还有事情要聊?"

凌天昊笑道,"我现在要跟你说的就是,照顾好自己的身体,平衡好生活同样很重要。"

"呵呵,是,老板!"

路上一辆摩托车飞驰而过,随后一辆跑车追过,凌天昊突然问,"介不介意多花十分钟的时间陪我去个地方?"

说着,他已经跟在刚刚那辆摩托车后面停在了一个小酒吧的门口,摩托车上下来的人摘掉头盔一头长发散落下来,是个女孩,她推门进去,门边墙上一个很酷的 logo 就是这家店名了,"THE MUSE。"追在后面的跑车上下来一个男孩,也随后进去。

门店很小,雪薇犹豫了一下还是跟凌天昊进去,她不是担心出什么事,她是担心已经告诉小志在回家路上了,如果回去晚了小志又要唠叨。经过一段窄仄的走廊,里面算是别有洞天,地方不大,墙壁的格子里摆满了各种酒瓶,很有情调的爵士曲在飘荡,有些诱惑的精致浪漫。

此时刚刚的女孩已经扎好头发,戴上了手套走去吧台后面,跑车男孩依然跟在她身边,她看见凌天昊欣喜地扑上来就抱住了,"你来啦!"

凌天昊也亲昵地叫了声,"裴裴!"

雪薇一下子反应不过来是什么情况,她只看到那女孩俯在凌天昊肩上露出的两弯眼睛,好似雾水朦胧,带着令人迷醉的纯情,空气中飘过《My One and Only Love》的音符,这情景像极了偶像剧里令人心驰神往的男女主角,两个人抱着并没有放开的意思,刚刚跟在旁边的跑车男孩不悦地离开。

男孩一出店门,女孩立刻跳开,拍一下凌天昊的肩膀,眨眨眼睛笑嘻嘻地说,"谢啦,天昊叔叔!"然后打量一下雪薇说,"这一定不是传说中的Lisa喽。"

凌天昊这才介绍,"我同事杨雪薇,这是罗裴。"

两人互相打个招呼,女孩便拿着酒瓶去吧台后面忙了起来。

看着杨雪薇一脸的疑惑,凌天昊解释,"她是我一个朋友的女儿,刚才那个男孩是一个她不喜欢的追求者。"

雪薇这才明白,"原来是英雄救美啊,您都被叫叔叔了?"

凌天昊笑道,"谁让我跟他爸是朋友呢,况且我年龄也快大她一倍了。"

雪薇低声问,"富二代?"

凌天昊摇头,"其实她父母经商失败已经离开这里了,自己一个人在这里读书,今年大学二年级,她父母托我照顾她,不过她很坚强也很独立,这里是她自己赚钱开的,生意还不错。"

"那您一定很照顾她生意啦。"

"她未必需要我的照顾,事实上有时候我还要感谢她。"

说着,罗裴端了亲手调的两杯酒摆在面前。

雪薇问,"我们还没点吧?"

罗裴说,"天昊叔叔不需要点,你的这杯先尝尝看吧。"

雪薇又对凌天昊说,"您开车还是别喝酒了吧。"

罗裴说,"放心,这一杯没有酒精。"又特意告诉凌天昊,"新鲜的口味可以尝试一下，不过不一定适合哦。"

雪薇看到两个人很默契地目光交流一下，然后各忙各的，她想罗裴应该对她和凌天昊的关系有些延伸的猜想，不过看不出那带有什么样的感情色彩，朋友式的调侃还是其他的什么疑忌。

凌天昊对雪薇说，"你的一定有酒精，很晚了，你可以不喝的。"

凌天昊要招手叫服务员，雪薇拦住，"我倒是挺想尝一下的，"喝一口，"哇，好爽口，感觉一下子精神了。"

"看来我们两个人今天真的工作很累了。"

雪薇忙摸摸自己的脸。

凌天昊笑说，"你看起来还不错。"指指墙上旋转的投影 logo "THE MUSE"。

雪薇说，"我想起有一部电影，《第六感女神》。"

凌天昊眼中闪过一丝亮光，兴奋了一下，"没错，就是第六感女神。"

"她？"雪薇对这个女孩产生了好奇，"这么说我已经从内到外的疲劳状态了？"

"忙完这几天，要好好给你放个假。"

"谢谢老板。"雪薇犹豫了一下，还是问，"Lisa 没有来过这里吗？"

"没有。哦，帮我个忙，不要跟同事们说来过这。"

雪薇点点头，她猜想可能凌天昊不想引起不必要的误会，可能这里是他平时享受安静的个人空间，她有点高兴跟仰慕的老板关系进了一步，也有点后悔跟着进来。

喝完一杯刚好十分钟，凌天昊去吧台跟罗裴说些什么，然后继续把杨雪薇送回家。

杨雪薇不知道送完她凌天昊又返回了 THE MUSE，正如凌天昊所说，罗裴不一定需要他的帮助，而他却需要一个这样的空间，和罗裴静静地坐一会儿，享受一段孤独放空的时光，可以不说话，喝至微醺……

隔天，凌天昊约好了莫阳，亲自带了雅雯、光光和雪薇飞赴上海，公司的气氛连续很多天压抑紧张，三个人走出办公室有一种逃离苦海的感觉，谁知到了上海才知道公子哥儿莫阳已经飞到 LA 过平安夜，不过还好他没有彻底放鸽子，安排了他的全权代表以及白经理等人恭候凌天昊到来，白经理的眼睛在杨雪薇和雅雯身上来回游移，可是这次的决定权不在他手里，再垂涎三尺也只能过过眼瘾。

这天，公司也是浓浓的节日气氛，圣诞红包抢得不亦乐乎，连扫地阿姨都没有失望地收到凌天昊承诺的玫瑰，感动得笑泪齐飞，说她家老头子这辈子都没有送过她玫瑰。Lisa 在家安排好了烛光晚餐，希望等待凌天昊回来给他一个惊喜，也借这个机会缓和跟凌天昊的矛盾，然后两人共度浪漫良宵。

谁知，这晚凌天昊没有出现。

杨雪薇的胃炎犯了，没有办法上飞机，光光主动提出留下来照顾他，但凌天昊还是坚持自己留下来，照顾一个病人比面对 Lisa 要轻松得多。

凌天昊看着病床上的杨雪薇不免想起范程，数年未见从不曾忘怀的那个人，这样静静地看着她，静静地想些以前的事情，也算是种解脱。凌天昊买了一束桔梗放在雪薇床头，那是范程最喜欢的花，她曾经说桔梗象征永恒的爱，只有懂得把握的人，才能得到幸福，可惜他们两人与幸福擦肩而过，但爱却在凌天昊心里成为永恒。

Lisa 并不知道发生了什么，算着飞机降落的时间给凌天昊打电话，打不通，打给雅雯才知道她和光光已经到达北京，而凌天昊和杨雪薇则滞留在上海，Lisa大发雷霆，狠狠地责备雅雯为什么不第一时间告诉她，光光看着夹在老板和老板娘之间的雅雯，觉得她也怪可怜的。Lisa要求雅雯立刻给她订票去上海，可是平安夜的机票并不比春运好买，电话那头还在声嘶力竭地怒吼，"我不管用什么办法多少钱，总之我今天一定要到上海。"

机场都没出的雅雯随便找了个地方坐下，把能上的网站都看了，能打的电话都打了，可这一晚不管是经济舱还是超级头等舱都显示没位子，Lisa还在一个电话一个电话地催，雅雯都崩溃了，一向端庄的她嘴里念着"FUCK"，一边抱怨"像催命一样催我有什么用，有本事搞个私人飞机去啊"，一边又跑去售票处跟人理论，简直是拿出了打架的姿态。光光急中生智想起在国企集团工作的表姐，她们经常会临时帮领导处理这种问题又有订票渠道，或许会有办法，两人度秒如年地等了半天，表姐果然没让他们失望，帮忙搞定了一张超售机票。

雅雯还是不太踏实，"这样能保证一定登机吗？"

光光对表姐的能力完全没有怀疑，"放心吧，这可不是一般人能买得到的。"

雅雯还是不放心，"那要是没人退票怎么办？"

光光没想到工作能力不差的雅雯还是个单纯的耿直girl，笑说，"什么叫潜规则，我们拿到这张票就说明会有一个倒霉蛋即使到了机场也上不了飞机。"

雅雯明白过来，无奈地摇摇头。

刚办完这件事还没缓过气来，凌天昊又打来电话，让雅雯给他们定酒店，要离医院近一点，又是一顿忙碌，雅雯苦笑回北京干嘛，反正也没有约会，还不如留在上海省心。正吐槽突然想到一件事，忙问光光，"Lisa去上海的事情要不要告诉凌总？"

这种事就算机灵如光光也拿不准主意,"告诉吧,就等于打了Lisa的小报告,不告诉吧,万一被Lisa突击检查到不该看到的事,那火山可就要大爆发了。"光光挠挠头问,"凌总让你定几个房间?"

看着雅雯伸出的两根指头,光光放下心来,松口气打开自己的箱子翻找东西,"那这事儿咱们就别咸吃萝卜淡操心了,工作的事儿万死不辞,人家感情的事儿,躲远点,以免误伤。"

雅雯叹口气,"说的也是。"

光光从箱子里拿出充电宝递给雅雯,雅雯才发现自己的手机快没电了,"谢谢你。"

"总监你这么客气我可不适应。"

"我平时很不客气吗?"

光光嬉皮笑脸地说,"还行,还行。"

两人排队打车,光光问雅雯去哪儿,大过节的除了回家雅雯还真不知道可以去哪儿,吃饭都是双人餐,电影院都买不到单张票,想着受那些男男女女约会的刺激,不如干脆请光光吃饭,便问,"你有约吗?"

"没有。"

"哎,你,没有女朋友吗?"

光光一挑眉,"我眼光这么高,哪儿能轻易交女朋友呢。"

雅雯乐了,"走,请你吃饭。"

路上不出意外的巨堵,雅雯的肚子都咕噜噜开始叫了,她不好意思地裹裹衣服,光光从包里掏出一块巧克力递过去。

"你怎么什么都有?"

"那是,出门在外一定要粮草充足。"

雅雯把巧克力掰开一人一半,光光又说,"现在的女生真是活得越来越粗糙了,别说让你们照顾男人,照顾自己都成问题,你看杨雪薇。"

雅雯嚼着巧克力,"所以你这个妇女之友才会有地位啊。"

突然光光问,"哎,你折腾杨雪薇那些事儿都是 Lisa 安排的吧?"

雅雯收起笑容不说话,光光看得出他没猜错,"咱们赌一顿烤鸭,肯定是 Lisa。"

雅雯用转向别处的眼神验证了光光的猜测,所以聪明的光光很快就明白这其中的玄机了,意味深长地说,"我算是知道杨雪薇得罪谁,得罪什么了。"

"上司的事情,不要瞎猜,更不要背后说闲话散布谣言。"

"放心,Madam,我保证背后从来没说过你坏话啊。"

雅雯冷笑,"我也没有什么坏话可让你们说。"

"是是是,那是,像您这样又有气质又有能力还能在 Lisa 手底下混得风生水起的人必然是双商感人。"

雅雯被光光奉承得忍不住笑,"你少拍马屁。"

光光又凑过来,"我能不能弱弱地问一句,是老板招了杨雪薇还是杨雪薇招了老板啊?"

"少八卦,谁也没招谁,爱出风头的人不管男女上司都不会喜欢的。"

"啊——"光光若有所思,好像又明白了什么,看来是杨雪薇的优秀打翻了 Lisa 的醋坛子。也难怪光光做业务做得好,听话总能听出隐藏的重点。

等到杨雪薇在医院输完液,人稍微好一点,两人才想起看手机,已经被电话短信轰炸了,Lisa 在疯狂地找凌天昊,小志在疯狂地找杨雪薇,可不管是焦急、关切、愤怒,这一晚他们注定是天安门的星星看不到黄浦江的月亮了。雪薇回给小志说明情况，又听了老半天的唠叨，而凌天昊打给Lisa时，对方已经关机了。

雪薇与小志持续电话粥，凌天昊离开了一会儿避免尴尬，当他带来水果回来时，雪薇才匆匆挂了电话，"好了好了，不跟你说了，我都说了一百遍了我没事了，老毛病嘛，明天就回去了。"

电话里依然听到小志的关怀，"千万别吃凉的，想办法弄点小米粥。"

凌天昊笑笑，雪薇忙放下手机，觉得有点不好意思，看到摆在床头的桔梗开得特别好，杨雪薇想起那次桔梗事件，自己丢掉的花竟然出现在凌天昊的办公桌上，不免满心疑问，也顺便转移话题，"凌总您喜欢桔梗花吗？"

"还好。"

"我挺喜欢的，不过公司不让养花，我以后不会拿去公司了。"

凌天昊明白了原因，必然又是Lisa做的事。

杨雪薇觉得自己好多了，便让凌天昊赶紧回北京，她可不想再被人揪住小辫子大做文章，可是凌天昊说，"你身体还没好，再说今天恐怕很难买到机票了，我让雅雯订了酒店，回去休息吧。"杨雪薇想想也没有别的办法，都怪这该死的胃病来得真不是时候，事已至此，也只好这样，便拿了那束花出院。

这个时候正是外面热闹的时候，无数人涌到街上等着看十二点的烟花，到处都洋溢着圣诞的气氛，车行很慢，让本来就胃不舒服的杨雪薇一阵阵恶心，好在雅雯定的酒店并不远，干脆下车走走呼吸新鲜的空气，上海的冬天不像北京的冬天那样冷得刺骨，走走还是蛮舒服的。街上到处都是亲昵的情侣，杨雪薇笑大家能把每一个节日都过成情人节，又很抱歉自己的胃痛让凌天昊过不成节。

看到路边还有很多叫卖水果鲜花的小贩,杨雪薇买了个苹果送给凌天昊,"送给您凌总,平平安安。"

"真是中国式圣诞,谢谢你。"

路过卖橙子的,热闹的气氛杨雪薇又忍不住买了橙子,"既然是中国式圣诞,就再祝您心想事成。"

拿着橙子凌天昊不免又想到范程,以前,范程可从来不准他吃橙子。

杨雪薇看凌天昊出神,问,"凌总你还好吧?"

"噢,我在想你这是要集齐水果召唤圣诞老人吗?"

"哎,那我晚上要把袜子挂在床头看看明天能不能收到礼物。"

凌天昊看着杨雪薇笑了,"祝你好运!"

不过他们没等到圣诞老人而是等来了Lisa,凌天昊送完杨雪薇刚刚回到自己房间,就听到敲门声。

凌天昊打开门大吃一惊,"Lisa,怎么是你?"

Lisa柔声细语地说,"本来想等你回北京烛光晚餐,不过上海也挺浪漫的,碰巧这里有你最喜欢的红酒。"

Lisa走进来,眼睛四处看看,只有凌天昊一个人,"杨雪薇好点没有?"

第一次听Lisa说出不是针锋相对的关于杨雪薇的话,凌天昊倒有点不太适应,"好点了。"

Lisa透过落地窗看外面的风景,"雅雯还挺会办事的,这个房间的景观不错。天昊,不要怪雅雯,是我要求她说的,对不起,那天是我太过分了,我向你道歉,原谅我好不好,今晚我只是想跟你一起度过。"

"过去的事情都已经过去了。"

Lisa的胳膊圈住凌天昊的脖子,"天昊,是我太爱你才会做一些不理智的事情,请你原谅我。"

面对温柔的Lisa,凌天昊也没了脾气,"让你担心,是我的问题,应该请你原谅我。"

这一夜十二点的烟花格外灿烂,Lisa没有失望地和凌天昊度过浪漫一夜,喝红酒赏月景,回忆往事,Lisa倒是真的爱凌天昊,越是爱得强烈,占有欲越是强烈,范程走了,她怎么能允许来一个翻版的范程。

而杨雪薇第二天醒来才知道Lisa来了,她一早打电话到凌天昊的房间想叫他去吃早餐,接电话的却是Lisa,Lisa从没那么亲切地问杨雪薇身体好点没有,杨雪薇说好多了,问他们吃没吃过早餐,Lisa说凌天昊在洗澡,叫她自己去吃。

虽说大家都知道凌天昊和Lisa的关系,但毕竟他们从来没有在公司公开过,这个电话打得杨雪薇尴尬至极,而且Lisa还告诉她她的男老板在洗澡,真是有点混乱,不用想,Lisa一定是来查岗的,不过也还好是她来了,不然有这样一位嫉妒心爆棚的女朋友,自己和凌天昊"单独"度过一晚,真是跳进黄河也洗不清了。杨雪薇匆忙处理了那束桔梗花,到餐厅也没什么胃口,简单吃了点粥。

Lisa趁凌天昊洗漱帮他收拾行李,把本来就很整齐的衣物、用品更仔细地放进行李箱,一打开箱子,看到一个礼品盒,那是一只装着Penhaligon香水的精致盒子,Lisa会心一笑,凌天昊还是很把自己放在心上的,这瓶内地并没有出售的香水一定是凌天昊托人特地从境外买来送她的圣诞礼物,Lisa没有拿那只盒子,她要等凌天昊自己来送给她。

收拾完毕,三个人便一起返程。

出租车上，杨雪薇坐副驾驶，凌天昊和 Lisa 坐后排，机场凌天昊和 Lisa 合推一个车走在前面，杨雪薇自己拎着箱子跟在后面，飞机上凌天昊和 Lisa 坐同排头等舱，杨雪薇一个人坐经济舱，很明显凌天昊不自在，Lisa 刻意秀恩爱，直到空姐把分割的帘子拉起来，杨雪薇才不用再看他们的表演，终于松了一口气，仿佛累的不是表演者而是观众。Lisa 那么漂亮又那么优秀，杨雪薇真不明白她怎么有那么强烈的嫉妒心，又那么没有安全感。

回到北京，果然一个可怕的谣言在公司蔓延，大家都在背后小声地议论杨雪薇故意装病企图勾引老板，要不是 Lisa 及时赶到，还真要让她奸计得逞了，传得连敏敏和小美都开始怀疑了。

这天杨雪薇一进公司就觉得气氛不对，敏敏没往常那么热情，大家看她的目光也都怪怪的，走到自己的座位上刚坐下来光光就像小狗一样凑近在她身上嗅来嗅去，一副神经兮兮的样子，又皱眉思索片刻，突然两眼张大，用力地压着惊讶的嗓音，"Penhaligon!"

杨雪薇惊奇，"这你都知道？"

光光得意，"我是谁啊！"

雪薇笑笑没说话。

光光，"别告诉我你在网上买的假货啊。"

雪薇，"我就不用也不会去买假货吧。"

光光，"男朋友送的？有品味啊。"

香水是凌天昊送的，机场分别时，凌天昊悄悄把这份礼物放在客户给的每人都有的礼品袋里，杨雪薇也是到了家才发现，打开看时，有一张小卡片，繁体字写着"圣诞快乐！"还画了一只圣诞袜，她便知道"圣诞老人"是哪位了。可她怎么可能说出是凌天昊送的，即使对着妇女之友光光也不能说，按说老板送有功之臣点礼物以示奖赏也无可厚非，可送的是香水，偏偏又是在流言纷飞中送的内地都买不到的很有品味的名贵香水。

光光不是一般人，她这一结巴，光光心里明白了八成，伸出食指指指总经理办公室的方向，再看她的表情，光光就肯定自己猜中了，深深叹一口气，"杨雪薇，你完了。"

"不至于吧？"

光光犹豫片刻，"我其实还是相信你的。"

杨雪薇急忙说，"你当然要相信我。"

光光，"你知道圣诞节你跟老板留在上海大家背后是怎么说的，现在又……"

雪薇，"那天我真的是病了呀，你和雅雯都知道的。"雪薇闻闻自己身上的香水味，又看着光光，"给病号一个小小的奖励，没那么严重吧？"

"奖励不在大小，关键是这个很特别！"

雪薇四下看去，同事们奇异的目光纷纷迅速从她身上移开。

杨雪薇知道这种女员工与男老板的花边新闻多么喜闻乐见，解释可能就越描越黑，不如不出声让它赶紧过去，至于那瓶高级香水只好尘封箱底再也不用了，真没想到光光的鼻子会这么灵，还对这么生僻的香水品牌有所了解。不过让光光这么一说，雪薇不免在心里再次疑问，"凌天昊为什么会带她去 Lisa 都没有去过的酒吧，为什么会留在上海亲自照顾她，为什么要送这样一瓶不平常的香水呢？"雪薇甩甩头，她知道自己不应该这么想，她认为独特的、难得的也许对于凌天昊来说是司空见惯、信手拈来呢！

雅雯进来，大家都盯着自己电脑不说话了，雪薇也忙调整了自己的状态，雅雯递过来一个 u 盘，让她交给刘敏敏去打印文件，准备开会用。

雪薇领命去前台交代敏敏，敏敏闻到她的味道，淡淡地问，"你用的什么香水啊？"

雪薇说，"我也不知道，室友的，随手喷了一下。"

"哦。"

"快帮我打印吧，一会儿开会要用了。"

正说着Lisa进来，两人忙向Lisa问好，Lisa吩咐敏敏一会儿有客人来访，这一走近，也闻到了雪薇的香水味，她眉头皱了一下，转身径直走向办公室。

雪薇看着Lisa的背影舒口气，心想一瓶小小的香水居然引起大家一连串的反应，看来以后在工作上任何一个细节都要万分留意了，曾经凌天昊也说过，往往一件重大的事情会因细枝末节的成功而显得与众不同，相反，也有可能就败在一个看似微不足道的细节上。不过眼下事已至此，不管别人怎么说自己就当听不见吧，事情总会慢慢过去的。

没想到的是，此后Lisa竟表现得大度起来，不再处处刁难，听到同事们的闲言碎语反而还会说他们几句。流言总是像一场瘟疫，汹涌而来，去若抽丝，一天两天，一周两周，杨雪薇都不敢接近凌天昊，甚至不敢去看凌天昊，同事们看她的眼光，说话的腔调也不再像从前，"勾引老板"、"为了上位不择手段"这样的话时不时飘过耳边，这一切雪薇都极力地去忍。没错，跟MB的合作刚刚开始，完成这个项目，对她非常重要，不光可以赚到一笔不菲的奖金，还可以占稳她在公司的位置，甚至之后轻松地跳槽到另外一家知名公司，总之，春天来临之前，就让寒风更猛烈些吧。

不过有一点杨雪薇错了，这场流言不是瘟疫而是打不死的小强，

Lisa就是要利用这个机会让她知难而退，既然不能开除她，那就想办法让她自己走，Lisa表面维护杨雪薇，暗中却煽风点火，另一边也加快对凌天昊的软磨硬泡，钻进牛角尖的Lisa迫不及待地希望和凌天昊尽快结婚，她怎么会容得下杨雪薇这个眼中钉，只是对于杨雪薇没想到她这么有定力，对于凌天昊，她逼得越紧，他的态度越冷淡。

Lisa不仅在公司里下着功夫，她还找出杨雪薇的入职登记表，紧急联系人那栏她填的是崔小志，Lisa了解到那是杨雪薇的男朋友，她找人调查到崔小志的工作单位，又安排人在小志那边吹了点风，暗示他看紧自己的女朋友。不出意外，崔小志立刻就紧张起来，开始每天三个电话五个信息地追着杨雪薇，还时不时地出现在她的公司楼下等她下班，可这一切不仅对Lisa的问题于事无补，更加剧了杨雪薇的逆反，这样的小志不要说被仰望，就连距离那种互相扶持、互相理解、共同进步的感情也越来越远。

等莫阳在LA度完假回到北京，又跟凌天昊一行见面会谈，这次Lisa也跟着参与，对于雪薇来说这是第一次见到莫阳本人，而对于莫阳，已经是第二次见到雪薇，不同的是，这次双方都穿戴整齐。整个项目谈得很顺利，聊完合同内的工作，莫阳又说，"我知道你们曾经跟我父亲谈过CG投资的事情，我也想听听你们在这方面的想法。"

凌天昊说，"那次只是刚好莫主席问起来，我跟他讲了下CG目前在国内外影视领域的发展情况，并不是谈投资。"

莫阳盯着凌天昊，"据我所知你们公司的体量不大，股东结构也很简单，我只是好奇地问一句，你们计划引进投资只是为了上市的事情吗？"

Lisa想说话，凌天昊拦住她，"其实作为营销公司，我们不像片方和发行方那样会垫付大笔资金，所以我们现金流状况还不错，相对没有风险,不过有利有弊,就像我们这次的合作,项目成功了我们也只是拿固定的费用,赚再多钱我们也没有分账,未来我会希望把公司向策略平台的方向发展,参与市场分账,打破传统业务和盈利的天花板,引进投资的主要目的是为了快速整合平台。"

莫阳点点头,"凌总的想法我很赞同,我看这样吧,这个项目就这么定了,另外我们可以再签一份合作备忘录,你的策略平台计划我有兴趣。"

"谢谢,那先祝我们合作愉快!"凌天昊向莫阳伸出手,"没想到莫总做事这么雷厉风行,不输令尊。"

莫阳看一眼杨雪薇,对凌天昊说,"你做事专业,眼光长远,你的人肯努力,执行力够强,我没什么好担心的。"

雪薇没想到事情这么顺利,更没想到莫阳做起事来倒是一本正经,完全不是印象中的 playboy,想到内部的人比外人还难应对,也是深感无奈。

果然莫阳刚走,Lisa 就冷嘲热讽地说她,"莫大少都对你褒奖有加,真不愧是王总推荐的好帮手,这个项目你可是头功啊。"

自从进入公司应付 Lisa 已经成了常态,雪薇倒也不慌不忙,"是领导教导得好,功劳都是大家的。"

雅雯见风头不对,忙借口修订方案带雪薇和光光先出去了。

Lisa 又转向凌天昊,"我们不是一直想在 CG 方面有所发展吗,刚才你怎么那么说?"

"关于 CG 的事我跟你讲过,我们在这方面还不具备抗风险能力。"

不知道两个人是不是又会大吵一架,总之逃出来的雅雯他们三个人算是松了一口气。

好在项目谈妥,公司的全年度计划也圆满完成,接下来可以开开心心地准备迎接新年了。

紧绷的神经好不容易松弛一点,杨雪薇想约方骄骄下班一起逛个街,可是方骄骄还没有彻底从她的失恋阴影里走出来,她哪儿也不想去,雪薇想到了 THE MUSE,姐妹俩去喝喝酒好好聊聊天,也许是个不错的选择。

两人在酒吧门口一碰面方骄骄便问,"小志不来吗?"

雪薇才不希望小志加入,说,"现在是咱们的闺蜜时间。"

"哎哟,怎么他舍得对你放松监管啦?"

"我的天啊,咱俩出来他都盯着,那真的要立马分手一分钟都不能耽误。"

"行啦,他爱你才会这么紧张,谁让你的工作环境那么复杂。"

"我们哪儿复杂了?"

两人说笑着进到店里,才刚刚七点多钟,罗裴却已有醉意,雪薇去打了个招呼,罗裴对她印象深刻,"嗨,雪薇。"还想说什么,看到方骄骄,问,"你同事吗?"

雪薇介绍,"我闺蜜,方骄骄。"

"哦,你好,我叫罗裴。"

雪薇补充,"这儿的老板,她很厉害的。"

方骄骄微笑,"你好罗裴,幸会。"

罗裴这才又问,"天昊叔叔会来吗?今天有好酒。"

"凌总应该在忙吧,我不清楚。"

喝了酒的罗裴也听得出这样的回答显然是经过思考加工的,保持了员工和上司之间应有的距离。

两人找了个安静的角落坐下来,方骄骄问,"你们公司的人经常来的?"

雪薇回答,"不知道,我只来过一次,觉得还不错。"

"跟凌天昊?"

雪薇说是。

方骄骄追问,"就你跟他两个人?"

"你什么意思啊?"

方骄骄叹气,"难怪小志整天那么担心,说说吧,什么情况?"

雪薇忙说,"小点声,罗裴跟凌天昊很熟的。"

方骄骄向吧台瞧一眼,"那么远听不到啦。"

"她很聪明的,用眼睛不是用耳朵的。"

"好好好,那你就快点说什么情况啦?"

"没情况,就是有次加班晚了凌天昊送我回家,正好遇上这个小姑娘被人纠缠,凌天昊帮她解围就来过一次这里,她是凌天昊一个朋友的女儿。"

"凌天昊送你回家啊?"

看着方骄骄的八卦脸,雪薇解释,"加班晚了,顺路而已。"

"公司那么多人呢,怎么就送你啊,老板哎。"

"老板也是人,我替公司卖命到半夜三更的好吗!"

"那上次呢,上次你病在上海,他亲自留下来照顾你呢?"

"难道要我一个人死在上海啊,真不应该把你约到这儿来。"

方骄骄凑近问,"凌天昊是不是很符合你那种仰望四十五度的高级恋爱目标啊?"

杨雪薇也凑近一点,"我想凌天昊更符合这位小罗美女的恋爱目标。"雪薇把第一次到这里来的情形跟方骄骄叙述一遍。

方骄骄听完感叹,"你们那个 Lisa 还真是危机重重啊,前有狼后有虎。"

"我呢不是狼,不过罗裴有可能是猛虎,真想告诉 Lisa 她需要紧盯不放的不应该是我而是这个小妹妹。"

方骄骄觉得这事有意思了,"信不信,凌天昊早晚会跟 Lisa 分手!"

杨雪薇感觉她不能再八卦老板了,她差点忘了这家店的名字叫"第六感女神",她差点忘了罗裴那双看似整天醉眼迷离的眼睛异常敏锐。

"不说了,我们喝酒吧。"

两人碰杯,方骄骄一口干掉了。

方骄骄突然感慨,"咱们好久没有这么一起聊聊天啦。五年啦,咱俩还在一起,真好!从学校门口十几块钱吃得无比满足的麻辣烫到都来到北京,咱们还在一起,真好!"

方骄骄的话让杨雪薇一时感触良多,"你说人和人之间最好的关系是不是就像我们这样,鼓励不要求,欣赏不干涉,影响不改变。"

方骄骄深刻认同地点头。

雪薇又说,"为什么男女之间的关系不能这样?"

方骄骄笑说,"友情只需要用心,爱情还需要承诺啊。"然后她还是忍不住又问,"又一年快过去啦,你和小志呢,该给人家一个承诺了吧?"

这个让杨雪薇不敢细想又无法逃避的问题随着时间一天天地过去也越来越紧迫地需要解决,方骄骄明白她的纠结,自己感情的失败让她对两个人之间的关系看得更加透彻,她说,"舍不得放手就好好珍惜,走不下去就当断则断。"又说,"不过我还是要多说一句,茫茫人海,能遇见一个恨不得把心都掏出来给你的,太不容易了。"

看着方骄骄喝得有点猛,雪薇拦住,"慢点。"

方骄骄深吸口气,看破红尘的样子,"你不用担心我的,其实我想通啦。"

"想通什么了?"

"人都是自私的,我当初跟姜楠在一起喜欢他什么,图他是个潜力股呗,他为了更高的目标更好的生活离开我,这没有错,他错在吃相太难看了。在爱情游戏中,尽早揭示真相也许看似残忍却比辛苦忍耐地假装好人要来得善良,两个人不是非要弄到山穷水尽、万不得已。"

杨雪薇懂,她了解,所以,她无法选择,只好举杯说,"管他呢,来,咱们两个要永远在一起。"

方骄骄没有碰杯,说,"友情不需要承诺。"然后一饮而尽。

第九章
Chapter 9

这一年天浩娱乐的年终晚会气氛非常热烈，作为成绩不俗的新晋员工，杨雪薇本来有资格在全公司面前出出风头的，但这次她尽量低调，默默拿了赚来的第一桶金，而荣誉，在她的坚持下，变成雅雯所带领的团队一起享受，经过这么多事情，杨雪薇更加清楚，想要长远地发展就要明确目标不图眼前风光，她学聪明了。

当晚，男同事们西装革履，女同事们盛装出席，热闹得一点也不亚于明星走红毯。雪薇只是穿了一件稍微正式一点的裙子，就像光光说的，像雅雯一样不显山不露水。她不是默认了这样的生存之道，反而是想用这个方式让自己更加深刻地记住这一天，她告诉自己，忍耐，总有一天，那个站在舞台上最耀眼的人会是她，杨雪薇。

年终盛会自然邀请了公司的众多合作伙伴，王义一看到雪薇就上前调侃她不会打扮，可惜了一张脸。

雪薇只是说，"我又不是主角，打扮得那么漂亮干嘛，再说我也没那个资本。"

精神抖擞的王义大概没有体察到她的情绪，继续开着玩笑，"谁说你没资本，我就不信范冰冰脱了衣服有你漂亮。"

对于王义的口无遮拦，雪薇说，"王总您能不能说话注意点，小心人家范冰冰告你。"

王义解释，"我的意思是她们不打扮也是普通人，普通的人打扮起来那也是倾国倾城的。"

"您就是说我很普通呗。"

王义无奈一笑,"我发现我说话老得罪你。"

"您是老板我是员工,您怎么会得罪我呢。"

看出雪薇没什么兴致,王义说,"这样吧,就算我说错话,过几天我们公司的年会邀请你一起参加,作为赔礼道歉,我私人赞助你一件高级定制的礼服,你们凌总和Lisa都会去的,你不用担心我欺负你。"

王义还以为自己给了雪薇面子,可是提到Lisa,雪薇心里不是滋味,低人一等就要看人脸色,连穿一件漂亮衣服的资格都没有,唯一能做的就是低调、忍耐。

这时光彩夺目的Lisa向他们走过来,笑盈盈地对着雪薇,还意外地跟她碰了杯,说着辛苦之类的客套话,又对王义说,"王总,谢谢你介绍雪薇加入我们公司,她真的很优秀,MB的项目有她很大的功劳呢。"

王义摆摆手,"嗨我就是说句话,强将手下无弱兵嘛,成绩都是你们的。"

Lisa见王义看雪薇的眼神,起了个念头,"噢对了王总,我这有朋友从云南寄过来的特产,改天让雪薇给你送到公司。"

"那先谢谢你啦。"

Lisa又对雪薇说,"回头你跟王总约时间吧。"

雪薇愿不愿意也得笑着答应。

王义这样的老江湖何等洞悉人性,几句话就明白了Lisa的意思,正心想她什么时候提高情商会办事了,结果雪薇刚走开他就被Lisa拉到一边问,"王总你太太一直在美国呢吧?"

王义举到嘴边的酒杯又放下来,Lisa怎么又突然跟他聊起这个,即使这么多年的合作关系,他们也很少提及个人私事,他可不喜欢自己的私生活被摆到台面上,心照不宣才算聪明。

Lisa并没顾及王义的反应,接着说,"你太太把你一个人留在这儿她还真放心呢,总是一个人不觉得寂寞吗?"

王义淡淡地说,"我这把年纪,哪儿像你们这么有激情。"

Lisa看着不远处的杨雪薇说,"其实现在的年轻人还挺开放的,她们不一定只选单身,而且还更喜欢成熟男人的魅力呢。"

其实Lisa不是不知道王义最不喜欢提私人生活,可是她顾不了那么多,她恨不得不择手段地把杨雪薇这个眼中钉赶紧除去。

王义冷下脸来,"别说别人了,你跟凌天昊怎么样?"

"待会儿你就知道了。"

这时,主持人宣布抽奖,整个现场气氛热烈起来,主持人有请凌天昊抽出当晚的特别大奖,奖品是一条名牌钻石项链,台下都欢呼起来,女孩子们的目光无比期待,男士们直呼抽到大奖要当即向女朋友求婚。

所有人的目光都聚焦在凌天昊手中,他抽出的号码是08号,随后追光灯落在Lisa身上。沉静片刻,掌声欢呼声四起,不知道谁起了个头,大家开始有节奏地鼓掌呐喊,"Lisa,Lisa,Lisa,Lisa!"直到她走上舞台,凌天昊从礼仪小姐手里接过项链递给Lisa,Lisa打开要凌天昊亲手为她戴上,音乐,欢呼,掌声把他们包围住。Lisa的那件低胸长裙加上这颗钻石的点缀,像女王一样气场十足,完美无瑕。然后Lisa做了一件事情,她拿起话筒说,"这是我和天浩娱乐共同走过的第五个年头,也是我和凌总共同走过的第五个年头,刚刚在台下我一直祈祷,我告诉自己,如果我抽到今晚的特别大奖,就会宣布一件对我的人生最最重要的事情,"所有人屏住呼吸,凝望着她,等待着她,

"没想到真的被我抽中,这就是天意吧,我要说,天昊,我们结婚吧!"凌天昊脸上的笑容瞬间凝结,吃惊地望向Lisa,台下所有的人噤声,看看凌天昊,再看看Lisa,雪薇身边的光光眼珠子都快掉出眼框,不由得吐出两个字,"卧槽"。从凌天昊的脸上,杨雪薇看得出他事先毫不知情,而且没有任何思想准备,Lisa的眼中则有一股带着杀气的骄傲。

突然一个掌声响起,然后听见王义叫好,在他的带领下大家鼓掌欢呼起来,Lisa挽着凌天昊的手臂走下台,同事们纷纷去敬酒祝贺,凌天昊应付一下便走出会场。

Lisa依然笑容满面地跟大家说笑直到晚宴落幕,同事们陆续走了,时不时有经过杨雪薇身边的人还会丢个白眼,来几声冷笑,会务公司的人忙着收拾东西,雪薇看到丢在一边的那个抽奖箱,伸手进去摸了一个出来,一个吃惊的数字映入眼帘,"08号",又打开一个还是08号,她把号码牌全部倒出来,打开一个又一个,全部都是08号,这一切竟是Lisa导演的一出戏。她为什么要这么做?他们不是本来就是一对吗?雪薇抓了一把号码牌塞进口袋,离开现场……

喧嚣过后,凌天昊的家里一片狼藉,碎了的花瓶、玻璃,各种东西散落一地,不久前光彩夺目的Lisa妆发凌乱,她用尽最后的力气把插着桔梗花的花瓶丢向桌角的相框,相框里那个穿着学士服,长着一双慵懒而妩媚眼睛的女人再一次跌落在地,Lisa拽下幸运钻石项链,跌跌撞撞地离去。

随后人事部宣告凌天昊离职,总经理由Lisa接任,一切像梦一样让人回不过神来。

杨雪薇最后一次见到凌天昊是在THE MUSE,他与罗裴拥抱、喝酒,雪薇没有靠近。

不久，杨雪薇收到凌天昊邮寄的一份"礼物"，另一家很不错的传媒公司的推荐信，虽然她不清楚凌天昊和Lisa闹僵的具体原因，但她不得不考虑自己该何去何从了。

这一年，她依然没有和小志一起见家长，失望的小志一早回了老家。

杨雪薇回家前去看了老王，这位让她在偌大的北京唯一感觉到融入、亲和的老人。

知道雪薇要去，王义也特地抽空回去，他们交换年货，王义还特地准备了一份送给她的新年礼物。

看到打了漂亮包装的盒子，雪薇皱起眉头，"您怎么又送东西给我。"

王义说，"这不是一份普通的礼物，这是我对你的祝福，打开看看。"

雪薇推辞，"我不打，打开可就不能退货了。"

王义总是能被她逗乐，"这件礼物你还真的不能不接受，也不能退货。"

"怎么，您还要强买强卖吗？"

王义认真地说，"这是一双鞋，都说女人穿上高跟鞋就能俯瞰全世界，你是个非常有上进心的姑娘，我衷心地祝福你走出自己精彩的人生。"

果然，这样的祝福不能不接受，也不能退货，没想到在自己心里像"土大款"一样存在的王义居然能说出这么一番话，杨雪薇最终还是双手接过了这份礼物，因为这是她最渴望得到的祝福。

这段时间一直没有凌天昊的消息，雪薇忍不住向王义打听，"您最近跟凌总有联系吗？"

王义说，"没怎么联系，这两个人这次闹得太过分了。"

雪薇还想再多听些什么，王义却不再多说。

回到家打开盒子，方骄骄的眼睛先亮了，那是一双她垂涎已久又不舍得买的 Jimmy Choo 高跟鞋，曾经她可是把这双鞋列为自己的嫁妆之一。已经不是当初那个品牌小白的雪薇知道这双鞋很贵，但这一次在她心里比价格更贵重的是那份祝福。

方骄骄问，"我能试一下吗？"

雪薇点点头，方骄骄小心地拿起鞋子，想了想说，"还是你先试吧。"

雪薇穿上它，走到镜子前，看到的不仅是漂亮的自己，还有希望。

然后方骄骄也忙不迭地试穿了鞋子，又是一阵感叹，把鞋子脱下来收好，问，"不会又是王义送的吧？"

雪薇点点头。

方骄骄摆正身体，一脸严肃，要跟杨雪薇进行一场闺蜜间的对话，"他人品怎么样？"

"挺好的。"

"性格呢？"

"挺好的。"

"前途呢？"

"这还用说吗？"

"结婚了吗？"

"不知道。"

"碰上这样的对手，小志还有戏吗？"

雪薇解释，"我跟王义不是你想的那样。"

方骄骄反问，"那是哪样？"

"他就是一个面儿上很过得去,骨子里很没品的大叔,我看上凌天昊也不会看上他呀。"

"你看上凌天昊了?"

雪薇无语,"不是,行了,你怎么比我妈还烦,快收拾你东西吧。"

方骄骄紧追不舍,"你没想法不代表他没想法,要不然能这么隔三差五地收买你?除了送东西,他就没跟你说过什么?"

"没有,他知道我有男朋友的。"

方骄骄又问那句话,"那你跟小志,你到底怎么想的?"

"不知道。"被追问了一年又一年,杨雪薇心里的答案越来越模糊。

方骄骄突然说,"杨雪薇,你不会做第二个姜楠吧?"

没有想到方骄骄又突然提到这个很久以来大家都闭口不谈的名字,她会做第二个姜楠吗?为了钱,为了身份而背叛感情,背叛对自己那么好的人,不,仅仅为了钱,她不会,但如果两个人对未来的追求差距太大了,她可能会。北漂的半年,她在改变,小志没有,她在成长,小志没有,小志依然是那个对她好、想和她结婚、踏踏实实过小日子的小志,杨雪薇不再是那个拿着地图找不到方向、认不清品牌、摸不着理想大门的杨雪薇。她慢慢地发现,小志越来越无法满足她的需求,更主要的是精神上的需求,就连王义都能拿着鞋子说出那样一番话,句句说到自己的心上,而小志只会用一套房子疏离两人的感情。她只是非常珍惜和小志之间的那份纯粹,她只是觉得在这个随时随地都会面临各种诱惑的北京,丢掉了那份纯粹可能就再也没有了,除此之外她真的不知道该怎么样了。

突然门铃响了,是方骄骄叫的快递员,她有两个箱子要寄回老家。

杨雪薇问,"什么东西呀这么多?"

"衣服,不用的东西什么的。"

雪薇愣了一下，姜楠的东西早被方骄骄处理掉了，这两大箱子应该都是她自己的东西，这么多东西都寄回家，难道她想要离开北京了吗？"方姐，你这是，干吗呀？"

送走快递员，方骄骄说，"当初来北京也是因为，因为姜楠，我的工作在哪儿都一样，可能我应该离开了吧。"

"你辞职了？"

"还没有，我还没想好，到时候再说。"

雪薇觉得自己的心被狠狠揪了一下，看见方骄骄正在整理的行李箱里放的都是夏天的衣服，问，"夏天的衣服都带走吗？"

方骄骄说，"没有，我打算春节出去玩，"她制定了海南游计划，除夕跟妈妈吃完饺子就出发，"好多年没出去玩过了，想想都对不起自己，要不然你和小志跟我一起去玩儿吧？你不是还会潜水吗？"

雪薇摇摇头。

这一年，小志在小志家，雪薇在雪薇家，他们各自的年夜饭自然也没那么踏实，小志的爸妈忧心忡忡地问他们到底是怎么回事，不行拉倒得了，雪薇的爸妈整顿饭都在责备她又没有把小志带回来，一直唠叨到十一点压轴的小品登场了，才有机会溜回自己房间。

零点钟声敲响前，大家的手机都叮叮咚咚响个不停，跟烟花爆竹声一样热闹，杨雪薇又翻到凌天昊的号码，此刻他会在哪里，跟谁在一起，是不是也有自己一样的烦恼，会对 Lisa 回心转意还是去到前女友的身边？或许还有罗裴吧。雪薇从行李箱里翻出凌天昊送的那瓶香水，对着空气喷了两下，深深地吸口气，把它摆在自己房间小小的梳妆台上。

雪薇给凌天昊发了个信息，"新年快乐！"

可能大家的信息太多，这一个新年她并没有收到任何回复。

新年结束,大家返程,杨雪薇、崔小志、方骄骄又聚合在共同租住的屋子里,围着一桌子从各自家乡带来的美味,刻意制造一些节日氛围,好让气氛看起来一切如旧。

在天浩娱乐公司,凌天昊的离职要做股权、公司登记等变更,上市再次无限推迟,一系列的问题让坐上老板位置的Lisa焦头烂额。凌天昊办公室的东西一件不留地被清了出去,连百叶窗也换了新的。流言就像草原,野火烧不尽,春风吹又生,杨雪薇每天在公司上班如坐针毡,她抓紧着时间处理手上未尽的项目,也好赶快准备下一份工作。王义打了电话说,"有我在,不用担心。"也再次提起要雪薇到他身边工作的想法,这通电话让杨雪薇心里更不踏实起来。

一天在酒店咖啡厅,刚刚跟客户谈完事的杨雪薇发现凌天昊也跟人约在这里,于是她没有急着走,坐下来等凌天昊也送走了客人,过去打招呼,"凌总您好!"

凌天昊很意外在这里见到她,"雪薇?坐。"

"刚约了人在这,没想到能遇见您,您最近还好吗?"

凌天昊还是原来的样子,微微笑,点点头,"ok。"

一时无语,略显尴尬。

雪薇说,"对了,还没谢谢您给我的推荐信,我打算赶快把手上的工作做完就过去面试。"

凌天昊说,"好,有什么问题可以随时找我。"

"谢谢。"

凌天昊注意到她的长发剪掉很多,一段时间不见,发觉她的气质已和从前不大相同了,她的目光比从前坚定一些,她的状态仿佛与这个城市更加融合,"换了发型?"

"换个心情嘛。"

"不错，这样显得干练。"

"谢谢。"

见到凌天昊，杨雪薇原本有很多事情想问他，有很多事情也想告诉他，可是一时又不知从何说起，也不知该不该说起。

沉默了片刻，凌天昊问，"在公司还好吗？"

在他们之间有一种很微妙的感觉，让杨雪薇不知道如何回答才好，其实她不好，甚至已经在准备换工作了，可是，她说，"还好。"又问，"您现在忙什么呢？"

"注册了新的公司。"

"那祝您一切顺利。"

"谢谢，你也是。"

话聊得淡而无味，雪薇想起去年第一天进公司，第一次见到凌天昊时的满心欢喜，满怀希望，以至于那时兴奋得都说起闽南语，此刻她又想了那句台湾腔，"谢谢凌总。"

凌天昊笑起来，"对了，你台语很好。"

"在北京没什么机会说，都快忘了。"

凌天昊已经很多年没有回台湾，不过乡音难改，换一种语言两个人倒放松起来，杨雪薇也把一些没什么机会跟凌天昊说的话告诉他，告诉他，他是她见过最儒雅的人，告诉他，他的帮助对她有多大，告诉他，他的思想对她影响有多深。凌天昊也没有想到这个无端被卷入自己感情的杨雪薇，往常在公司除了必要工作几乎没有跟自己有过接触的杨雪薇原来藏了这么多心思。

雪薇提出请凌天昊吃顿饭，凌天昊说，"不用这么客气。"

雪薇笑说，"我可不是想在这儿请您吃啊，我还没拿那么高薪水呢。"

凌天昊也笑了,"你还挺幽默的。"

"我请您撸串怎么样?"

尽管在北京多年,凌天昊还是有点惊讶,"撸串?"

"怎么,怕弄脏您Zegna的衬衫啊?"

凌天昊才发现原来杨雪薇还挺有意思的,"我怕我吃得太多你不买单啊。"

雪薇哈哈大笑,"原来凌总您也会幽默,那走吧。"

酒店前台,一位讲法语的先生跟服务员手舞足蹈地对话,他们的语言交集实在不多,老外的英语很烂,服务员也显然对法语知之甚少,杨雪薇又发扬了她助人为乐的优良品质,调集所有会说的法语上去帮忙,在她一句一顿仍然努力翻译的时候,一串流利的法语传过耳边,然后又对服务员翻译成中文,竟然是凌天昊,杨雪薇又一次向他投去崇拜的目光。

帮完法国大叔,两人一同走出五星级酒店,奔街边串儿摊。杨雪薇很好奇凌天昊为什么法语说得那么棒,凌天昊说,"我高中起就在美国读书,英语就像第二母语一样熟悉,不用像你们考四六级那么困难,所以有精力再学一种也不奇怪,反倒是你,真的很有语言天分。"

雪薇不好意思地说,"我要真有天分,刚才就不会帮得乱七八糟了。"

"像你这样愿意去帮助别人才是难得的,其实刚刚如果不是你冲上去,我大概根本不会注意那些事。"

雪薇笑笑,两人已经走到凌天昊车旁边,她还是第一次坐凌天昊的车,可是跟她想象的不一样,车上有点乱,后排放着很多文件、衣服。

凌天昊稍微整理了一下,"不好意思被你看到。"

"确实，跟您形象不符。"

凌天昊没说什么，雪薇想起还没跟小志打招呼，忙拿出手机发短信。

凌天昊看了一眼，"跟男朋友汇报啊？"

雪薇笑着嗯了一声。

凌天昊说，"你男朋友看起来人不错。"

雪薇依然是标准回答，"谢谢。"

很快灯火阑珊的簋街到了，春寒料峭并没有阻挡大家吃吃喝喝的热情。

凌天昊问，"去哪家？"

"前面有一家很好吃，不过不太好停车，要不停这里我们走过去吧。"

两人在一家热闹的店里坐下，雪薇点了很多，看到别人桌上的啤酒，笑说，"可惜您开车了，不然咱们可以喝点酒，这里啤酒不错的。"

"那就来两杯。"

"算了，安全第一。"

凌天昊还是叫了酒，其实他很少有机会喝啤酒，尝了一口，点头称赞，即使坐在这样市井的小馆子里吃饭，他依然是有风度的，一点没有"撸"的架势。

雪薇拿了个小肉串在他面前晃晃，"您知道什么叫'撸'吗？"

凌天昊笑说，"我一直对'撸串'这个词很感兴趣。"

雪薇横过竹签一口咬下半串儿的肉，边嚼边说，"这才叫'撸'。"

在凌天昊的生活中，仿佛太久没有过这样晚餐的经历，他的晚餐时间都献给了工作，献给了客户，即使跟 Lisa 也习惯了一本正经地吃饭。

长久以来烦闷的心情让杨雪薇很想痛快地喝点酒,举起杯子咕咚咕咚一口气干了。

凌天昊皱一下眉头,"你酒量很好吗?"

雪薇又倒满杯子,"看心情。"

凌天昊拦住她,"有心事?"

雪薇张张嘴没说话。

凌天昊把她的酒倒进自己杯里一半,两人碰杯,干完这一杯,雪薇又拎起瓶子,凌天昊没拦住她,一瓶见底,隔壁有人冲他们吹口哨,凌天昊跟服务员要了杯热水给她,"出去跟客户可别这么喝,小心人家喝死你。"

杨雪薇咯咯笑起来,"以前我男朋友也这么说。"

"你男朋友对你很好。"

雪薇突然看着凌天昊说,"你对我也很好。"

酒精的作用让她敢于说出这句试探的话,谁都看得出来Lisa对于凌天昊的感情到了近乎疯狂的程度,哪怕有一丁点威胁到她的情况她都会伸出利爪,Lisa处处针对刁难自己,肯定是与凌天昊有关的,可是杨雪薇不知道自己如何会被卷入他们的战争,以至于理想的大门刚向她敞开就不得不面临关闭的危险,难道凌天昊会对自己有什么想法?仅凭一次生病的照顾,一瓶不太好买的香水也太难判断了,现在他们已经不再是上下级的关系,凌天昊和Lisa也进入绝境,忍耐了这么久的杨雪薇很想知道一个答案,就算死也死得明白。

可凌天昊只是说,"你值得大家对你好。"

这显然不是杨雪薇要的答案,她举起杯,"那就为我的好干一杯吧。"

凌天昊夺下她的酒杯,"不要再喝了,你要醉了。"

"一瓶啤酒而已,我的酒量不止这一点的。"

"我不太能喝。"

"您不会只在罗裴那才放飞自我吧?"

凌天昊解释,"我跟罗裴没什么,人总会需要一个可以放松的、不被打扰的空间。"

"所以您只愿意跟罗裴喝酒喽?"

凌天昊只得说,"怕了你了。"

两人干杯。

杨雪薇很想抓住这个难得的机会打开话题,也许明天她就得离开公司,究竟是为了什么?

"我说句话您可别嫌我多嘴,公司不是您和 Lisa 一起做起来的吗,为什么会变成这样啊?"

喝了酒的杨雪薇眼神妩媚起来更像范程,酒精和思念让凌天昊有些恍惚,假如没有杨雪薇的出现,他和 Lisa 会这么快走到尽头吗?这个问题凌天昊有点难以回答。

他也喝了一杯,慢慢地才说,"你看到我车里很乱了,其实我这段时间都住在酒店。"

"为什么?"

"家里太糟糕了。"

"因为 Lisa 吗?"

"我欠她太多,我知道 Lisa 做了很多事情让你不太好过,她不是存心的,她人不坏。"

"那,你们?"

"你对我的事情很感兴趣?"

雪薇忙摇摇头,然后又点了点头。

凌天昊也大口大口地喝了很多酒，面对着杨雪薇，陷入回忆，"很多年前我跟范程在法国认识，后来她跟着我来到北京，为了我的理想，她不顾家人极力反对，惹得她父亲大病一场。她从小跟家人在法国做生意，养尊处优，跟我一起受了很多从来没有过的苦。那时候我很忙，经常丢下她一个人，她在北京没有一个亲人朋友，日子很难过。在我有了一点成绩之后，她父亲却破产了，又重病缠身，那段时间，范程非常消沉，还染上了毒瘾，我不得不挪用公司项目资金帮她父亲治病，我们没有办法履行客户的合同，又惹上官司，范程也被带走强制戒毒。如果不是我自私的执意带她来这里，就不会有这么多悲剧发生，我答应范程等她一出来我们就结婚，我买好了戒指却再也没有等到她。"

"她，她死了？"

"不，她走了。那时候Lisa是公司的职员，很多债务、官司的事情都是她在忙着处理，如果不是她我可能没有办法走到现在，但也是她逼走了范程，我找遍全世界，却再也找不到她。"凌天昊叹了口气，"我不能怪Lisa，她知道范程在我身边我没有办法不去管她，即使到一无所有的地步。"

杨雪薇终于知道为什么凌天昊未婚却戴着结婚戒指，又不肯跟Lisa结婚，可是，她还是没弄明白Lisa为什么这么针对自己。

"那，你爱她吗？我是说Lisa。"

"我们的感情太不纯粹，我可以给她所有的财物，却没有勇气领一纸证书。"

这句话击中雪薇的心，因为她也始终没有勇气跟小志领一纸证书，和凌天昊的情况恰恰相反，她和小志之间除了纯粹的感情不知道还有什么可以支撑起一场婚姻。

凌天昊大概也没有想过有一天面对着这样一个人会跟她讲这么多

自己的事情。他们喝了很多，聊到很晚，不是彼此倾诉，更像自言自语。

不知道什么时候电话响了，是小志，他发了好多信息雪薇都没有看到，赶紧接起来，电话一通就传来小志的声音，"加完班没？你在哪儿呢，怎么这么吵啊？"

"噢，我在外面吃点东西。"

"你怎么不说一声，我还给你留饭了呢。"

"别给我留了，我一会儿就回去。"

雪薇挂了电话，凌天昊才发现已经快十一点了，"不好意思，居然让你听我唠叨半天。"

"能做您的听众，很难得。"

"走吧，不能送你回家了，路上小心点。"

"要不，我送您去酒店吧。"

"不用了。"

雪薇在路边打车，等了半天好不容易来了一辆，刚要上去，发现不远处一辆熟悉的车经过，是凌天昊，雪薇飞奔过去，来不及关上敞开的出租车门，司机也像司空见惯似的随便骂了两句。

杨雪薇踩着高跟鞋拼命地追拼命地喊，凌天昊看到后视镜里的人在他眼中是模糊的，那个模糊的影子又渐渐清晰，突然，他踩了刹车，雪薇停下来，弯着腰大口大口喘气，感觉血都要吐出来了。

凌天昊下了车，向她走来，他的脚步很沉重的样子，仿佛每一步都走了很久，雪薇又踉跄地向前走了两步，凌天昊走近她，竟然，抱住了她，说了一句，"你回来了。"凌天昊抱得死死的，杨雪薇的脑子也宕机了，等她回过神来，感觉到凌天昊醉酒的身体更沉重，只得用尽力气支撑住他到附近的酒店去。

凌天昊醉得很厉害，服务员帮着把他扶到房间，雪薇洗毛巾给他简单地擦了擦脸，又倒了杯水想给他喝一口，谁知烂醉的凌天昊竟然把她压倒在床上，水杯跌在地上，凌天昊嘴里迷迷糊糊地说着，"不要走，不要走。"雪薇吓得心噔噔噔地跳，用力推开他，给他盖了下被子，捡起杯子，赶紧跑了出去。

被风一吹脸上很凉，用手一摸，全是汗，酒也顿时醒了一半，心里乱作一团，站在路边半天没有打到车，冷风吹得全身冰凉，连着打了几个喷嚏，干脆叫了代驾把凌天昊扔在马路上的车开回自己家。一路上，雪薇的心都咚咚乱跳，刚刚的情形不停地在脑子里盘旋，凌天昊只是喝醉了，还是借酒抒情？难道Lisa的怀疑不是没有原因的？可是，为什么呢？尽管喜欢一个人不需要太多理由，可总得有一个有说服力的原因吧，怎么想都没有合理答案，杨雪薇一脑子糨糊。

蹲在楼下抽烟的小志被驶近的车灯晃得眼晕，灯一熄，走下来的是一瘸一拐的杨雪薇，雪薇给代驾司机付了钱，那人就哧溜乘滑板车消失在黑暗里，此刻已经夜里十二点半了。

看到裹着棉衣的小志雪薇忙问，"你怎么在这啊？"

"这谁的车啊？"

雪薇脚疼得要命，"回去再说吧。"

小志忙扶住她，"脚怎么了？"

雪薇把鞋脱下来，"好像磨破了。"

小志把自己拖鞋给她，"穿上，地上凉，你们怎么老是半夜见客户？"小志一手扶着人，一手拎着高跟鞋往里走。

"同事们吃个饭。"

"那车谁的啊？"

"别人的，喝多扔路边了。"

"啊？捡的？"

雪薇又好气又好笑，"想什么呢你，哎哟，我这脚。"

回到家，雪薇一头倒在沙发上，温度一高，酒劲儿又翻涌上来。小志看看她的脚赶紧找药水，找创可贴给她处理伤口，他很想跟雪薇说可不可以别做这个辛苦又复杂的工作了，好不容易张开口雪薇却已经迷迷糊糊睡着了，小志无奈，把她抱回房间。

第二天，凌天昊醒来发现自己在陌生的酒店，揉揉疼痛的太阳穴想起来昨天跟杨雪薇喝多了，忙找到手机，打开便看到信息，"昨天您喝多了，车不知道停哪儿好，我开回家了，下班哪儿方便给您送过去。"

凌天昊打过来电话，雪薇正在写辞职报告，忙关了电脑屏幕躲到没人的会议室去接，"喂，凌总。"

凌天昊的声音还有些沙哑，"昨天的事不好意思。"

雪薇笑着说，"嗨，我也喝多了，都记不得了，我没撒酒疯吧？"

凌天昊知道杨雪薇是不想让自己尴尬，"没有，你还好吧？"

"还好，对了，车我怎么给您呀？"

"我把地址发给你。"

"行，那我得下班过去了啊。"

"ok，谢谢你。"

"那我先去忙了。"

"拜拜。"

杨雪薇早晨没敢把车停公司，怕 Lisa 看到，下班她走了好远，按照凌天昊发的地址找了过去。到那里她才知道那是凌天昊的新公司天禾传媒，地方不大，只有几个工位，墙上贴着一些小项目的海报，会议板书直接写在玻璃门上，她看到其中一台电脑桌旁摆放着一束桔梗，那个花瓶还是自己曾经用过的，心里突然震动了一下，那一定就是凌天昊的座位了。

杨雪薇克制着自己的心绪，努力让自己看起来很平静很正常的样子，"早知道您在这儿，我就不把车开出来了，我家离这不远。"

凌天昊给她倒了杯水，脸上带着歉意，"不好意思昨天麻烦你了。"

"您这么客气，我都不知道该说什么了？您带我参观一下呗？"她找些日常的话，尽量让气氛变得轻松。

"好，这里很小，我和大家一起在外面办公，会议室在那边。"

凌天昊是喜欢跟杨雪薇说话的，不只因为她长得像范程，更因为跟她一起聊天很舒服，没有压力，这和Lisa是完全不同的。而杨雪薇她仰慕这位前任老板的才华，喜欢他的儒雅，可她知道他们应该保持距离。

寒暄了几句，雪薇便要告辞，凌天昊不忘问，"跟你男朋友没吵架吧？"

"没有。"

"那赶快回去吧，改天有机会再请你吃饭。"

"嗯，那我先走了。"

隔天上班杨雪薇一进办公室就觉得气氛不对，光光说Lisa来了，雪薇拿着辞职报告正要去找她，雅雯就来通知，"Lisa找你。"

Lisa办公室的百叶窗关着，完全看不到里面的情况，当雪薇打开那扇门，瞬间觉得Lisa的目光像刀一样逼过来，她捏着辞职报告说，"Lisa，我向你……"话还没说完，Lisa已经冲到面前，"啪"的一个耳光，杨雪薇整个人直接被打懵了。

Lisa恶狠狠地指着她，"不要以为你跟凌天昊在一起会有好结果。"

看来Lisa一直真的就是在误会自己，就是因此刁难自己，这一巴掌让杨雪薇所有的委屈、忍耐都再也压制不住，这一刻，除了不解，更多的是愤怒，沉默了许久的爆发让她不想去跟Lisa解释，杨雪薇冲出办公室到座位上拿了东西，脸上火辣辣的疼，所有人都看到那个明显的掌印，他们看着她走过去又走回去，她返回Lisa办公室，从包里掏出一把纸牌和那份辞职报告一起狠狠扔在地上，转身离去，又不甘心地回来告诉Lisa，"我辞职不代表我有任何过错，我跟凌总之间完全没有你想象的那种关系，Lisa，是你亲手毁了你们之间的感情。"

满地的"08"号刺痛了Lisa的眼睛，也撕毁了她在杨雪薇面前所有的自尊。

原来故意把车停得远远的杨雪薇还是倒霉地被Lisa撞见了，在马路上她看到车牌还以为是凌天昊，很长时间联系不到凌天昊的Lisa本来喜出望外地跟上去，结果从车里走下来的是杨雪薇，她以为自己的猜测得到证实，她以为他们已经在一起了。

杨雪薇刚走出公司就接到王义的电话，联系不到凌天昊的日子王义没少被Lisa骚扰，不过他知道Lisa这碗醋太浓，也不愿意掺和别人感情的事儿，并不过多介入，这次杨雪薇刚转身，Lisa就打电话给王义，上来就把他骂了个找不着北，愤恨他把杨雪薇这个狐狸精弄到公司破坏了自己的感情。

王义没想到自己的目标猎物竟成了别人的第三者，一个电话把杨雪薇叫出来问怎么回事，两人在咖啡厅坐下来，雪薇一肚子委屈可也很难说得清楚，她不明白Lisa为什么不能跟凌天昊两个人自己把事情好好解决掉，搞得大家都这么难堪。她把跟凌天昊偶遇喝酒、送他去酒店、还车的经过大致跟王义说了一下，王义听完相信以杨雪薇的性格不太可能去勾引老板，既然如此，他要先下手为强，"既然你已经辞职了，干脆来我公司吧。"

"谢谢您,不用了。"

"你这样的情况离开公司,如果 Lisa 找你麻烦,你很难在圈子里找到一个好的职位。接下来有什么打算?"

"凌总之前已经给过我一家公司的推荐信了。"

王义一听又气又不解,"你跟凌天昊到底有事没事?"

"当然没事了。"

"那你干吗非得跟他纠缠不清啦?"

"这怎么叫纠缠不清,我身正不怕影子斜,我坦坦荡荡没有必要做贼心虚。"

"你一个姑娘家,就算不心虚也要顾及流言蜚语,这对你会造成什么影响你知不知道?"

杨雪薇冷笑,"我又不是明星不是公众人物我怕什么,哼,我光脚不怕穿鞋的,再惹我我总要给她好看。"

王义哼一声,"脾气还不小,行啦,你没错,Lisa 她也是急的,这都怪凌天昊,回头我说说他。你呀干脆就来我公司,以后咱们彻底不跟他俩交往,这不就可以洗刷你的清白了吗?"

杨雪薇却梗着脖子说,"王总,我知道您是一番好意,可我杨雪薇不会用逃避来证明清白。"

"你可真够倔的。"

服务员来送餐,摆上一个漂亮的蛋糕架,王义把叉子递给雪薇,"给个面子,吃两口。"

大半天没吃东西雪薇肚子确实也饿了,面对精致的小蛋糕抵抗力暂时下降。

王义又说,"你呀年轻气盛,挨了一巴掌觉得脸上挂不住这也可以理解,不过赌气不能解决问题,凌天昊跟 Lisa 搞成这个样子是他们之间的问题,咱们作为外人不要卷入人家的感情里面,凌天昊现在是一切从头开始,他把公司、钱都给 Lisa 了,相当于白手起家,你看吧,如果他俩不和好 Lisa 且不会放过他呢,你呢最好离他们远远的以免误伤,你听我的,你就来我公司,现在文化行业发展这么好,我也可以再投别的项目让你负责啊。"

王义说得头头是道,杨雪薇想想也确实是这么回事,不过她不但不想卷入 Lisa 和凌天昊的感情里,也希望和王义保持一定距离,便说,"我会自己找找其他工作的。"

看着雪薇态度有所缓和,王义对自己的表现颇为满意,在他的逻辑里只有他不想搞,没有他搞不定的女人,如果有,那就是给她的诱惑还不够,看着吃下甜点的杨雪薇,王义感觉猎物又重新回到射击范围内。

安抚完雪薇,Lisa 又怨气满满地出现在王义面前,王义还是不绕弯子,"我跟雪薇谈过了,她确确实实没有介入你跟天昊的感情,我看是你误会她了。"

Lisa 此刻哪听得下这样的话,"我亲眼所见还会有错吗?这个不要脸的狐狸精。"

王义一愣,"亲眼所见?你见着什么了?"

"杨雪薇开着凌天昊的车出门,后面的事情还用我说吗?"

"后面的事,什么事?"

Lisa 咬着牙说,"想也可以想得出来吧。"

合着后面的事儿还是她自己想出来的,女人真善于幻想,差点把王义吓得汗都流出来,于是呵呵笑着把杨雪薇跟他讲的事儿又跟 Lisa 复述了一遍,原以为事情说清楚了,误会就解开了吧,结果他还是不够了解暴怒中的女人,Lisa 非但没有消气,反而更恨,"她居然勾引天昊喝醉，还去了酒店？这个贱人，王义，都是你干的好事！"

王义已经没了耐心，"我说 Lisa，话说到这份儿上我也不跟你客气了，你们女人脑子是怎么长的，两个人一起吃顿饭，怎么就变成人家勾引凌天昊了，凌天昊喝多了，杨雪薇是好心给他送到酒店去，不然怎么着，带回自己家还是扔在马路上？"

Lisa 冷笑，"我听出来了，你句句话都向着杨雪薇，你不是喜欢她吗，怎么还没搞到手？这个女人真是不简单，把你们两个男人耍得团团转。"

说到王义讳莫如深的话题他立马黑下脸来，"你嘴巴放干净点，我没那么多闲工夫给你们当和事佬，我明白告诉你，杨雪薇和凌天昊之间干干净净，你爱信不信，我再告诉你，你知道为什么凌天昊宁可跟别人喝酒也不找你吗？你太霸道，太生硬，跟你说话我都累何况是他。"说完掏出手机，"这是他的新号码，你们之间的事情自己解决，这是我第一次也是最后一次管你们的闲事，想把他找回来还是彻底放走，自己看着办吧。"

王义的一番话，让 Lisa 怀疑自己真的想错了凌天昊和杨雪薇的关系，王义如此肯定他们之间的清白，那么在她看来就是王义和杨雪薇之间已经并不清白。

杨雪薇回到家告诉小志自己辞职了，她憋了一整天的委屈和郁闷想要回来发泄，她以为小志听到她辞掉这份工作的消息会开心，可是并没有。

小志的情绪是极其反常的，他冷冷地问，"你为什么辞职？"

"我，我觉得太累了，太烦了，你不是一直希望我辞职的吗？"

"是你觉得工作太累了，还是因为你的老板？"

杨雪薇觉得大脑瞬间短路了一下，"什，什么意思？"

"我还天真地以为你天天加班是为了工作,我他妈还真是个傻子。"

"崔小志你把话说清楚。"

"你跟凌天昊到底是从什么时候开始的?从你进到公司?还是从你们出差?杨雪薇你告诉我。"

"你疯了吧你,谁跟你说这些乱七八糟的话,Lisa?"

"这就是你一直不想结婚的原因,你为什么要这样对我?"

小志的质问让雪薇无比窝火,"崔小志,我告诉你,我跟凌天昊之间就只是曾经的同事关系,没有任何见不得人的地方,这都是Lisa她跟凌天昊的感情出了问题,就把脏水泼到我身上,她不去好好反思自己,反而到处胡乱散播谣言。"

"你倒是挺理直气壮。"

"我又没有做错事。我们在一起这么久,这点信任都没有吗?"

"那你回答我,你为什么不想结婚,还是不想和我结婚?"

又回到这个问题,雪薇心里烦透了,面对小志的质问,她一句话都不想说,这一天过得新伤加旧痛,有形的巴掌和无形的巴掌噼里啪啦打得她情绪低落到极点,杨雪薇无力解释,一分钟也在家里待不下去,转身跑出了门。

Lisa拨通凌天昊的电话,凌天昊看着熟悉的号码还是接了起来,那边立刻传来哭泣和道歉,强硬的Lisa让他很累很烦,可是柔弱的Lisa又让他心生亏欠。一见到凌天昊,Lisa就紧紧地抱住他哭,毕竟两个人有五年的感情,只要不触及范程那个角落,凌天昊的心里还是抹不去Lisa不知不觉占据的位置。可显然Lisa并不懂得利用自己的优势,她竟然在最不恰当的时间对凌天昊说出自己对于王义和杨雪薇之间关系的猜测,凌天昊和王义合作多年,他深知王义锁定的目标绝不轻易放过,以往他们从来互不干涉对方私生活,可杨雪薇和他从前的猎物不一样。

面对凌天昊的反应，Lisa 并没有意识到自己的问题，"天昊，以前都是我太敏感，是我不对，没有你在的这段时间，我更加知道我多么爱你，离不开你，请你原谅我，不要离开我。"

但凌天昊着急想知道她所说的王义和杨雪薇的关系是怎么回事。

而 Lisa 只急着把杨雪薇推出去，"王义和杨雪薇爱怎么样就怎么样，我们不要去管别人的事情了好不好？"

凌天昊不知道是自己让 Lisa 变得如此冷酷，还是什么改变了她，可他不能眼睁睁地看着雪薇走向不可回头的道路。

凌天昊的态度让钻进感情牛角尖的 Lisa 绝望，"为了我，你就不能不管她吗？"

"为了自己牺牲别人，你怎么可以这么做？"

"我做什么了，那是她自己的选择，她和范程有什么两样，只有钱才可以满足她们。"

Lisa 的话又一次击穿了凌天昊的情感底线，这一次，他真的再也无法面对这样的 Lisa，他把从前两人一起居住的家门钥匙放在她面前，彻底结束这段关系。

那一刻，除了恨，Lisa 一无所有。

凌天昊给雪薇打电话，她的手机已经没电关机了，打给王义，王义并不知道雪薇在哪里，还警告凌天昊不要朝三暮四。正没有头绪，罗裴打来电话，雪薇在 THE MUSE。

凌天昊赶到时，雪薇正满脸泪水一杯接一杯地喝着，他焦急地问她，"王义没有把你怎么样吧？"

雪薇的委屈是因为 Lisa 的一个耳光以及小志的不理解，完全与王义无关，"没有，凌总你怎么来了？"

"我担心你。"

杨雪薇没有想到,凌天昊竟不假思索地说出这句话,这短短的四个字让她回想起今天对Lisa的理直气壮瞬觉心虚,让她更不明白凌天昊究竟是什么意思。

罗裴没有给他们调酒,只拿了柠檬水和冰块,"我想,你们现在都需要清醒。"

是的,这些问题杨雪薇需要在还够清醒的时候弄清楚,"为什么?为什么Lisa要怀疑我,为什么你担心我?"

凌天昊只得以实相告,"还记得我跟你讲过范程吗?其实,你跟范程长得很像,不要误会,你和她性格完全不同。"

"竟然,竟然会有这样的事情?"

"这是我和Lisa之间无法解开的心结,可能我们两人的问题太多,只能把它归结到这件事上,我很抱歉让你无缘无故成为受害者。"

终于知道了真相,却没想到真相会是这样,雪薇还以为凌天昊对她有什么不一样的感情,工作中的照顾,出现在他桌上的桔梗花,不同寻常的香水,以及那晚的话,竟然是因为这个,"好吧,我也总算死得明白了。"

凌天昊又说,"真的很抱歉,我们没有处理好自己的问题伤害到你,不过我不希望你再无辜卷入别人的感情里面。"

"我?又卷入谁的感情?"雪薇又是一惊。

"王义。我想你并不清楚他的生活,他太太和儿子在美国,他们感情不太好但是并没有离婚,大家各玩各的,我无心八卦别人的私生活,只是,你不想加入那样的游戏吧?"

"当然,当然。"

一天的时间,杨雪薇的世界转了好几个180度的弯,Lisa的号码牌,王义的好心宽慰,大家都不过是为了自己的目的制造各种假象。

她又忍不住问,"您和Lisa?"

"我们已经分手了。"

突然,雪薇有一点同情起Lisa,"女人在爱情面前就是会变得很傻,我有一个朋友就是这样,如果你们没有到不可挽回的那一步,还是去跟她好好解释清楚,打开这个心结吧。"

"谢谢你。可能我们都需要冷静一下。"

是的,不止是凌天昊和Lisa,杨雪薇和小志之间也需要冷静一下。

在雪薇跑出去之后,小志就后悔跟她说出那样的话,他不该不信任她,如果她真的爱上别人,依她的性格她会告诉他,他也知道她想要先立业再结婚,他知道她希望他同样在事业上去奋斗出成就,他们都明白对方与自己有不同的人生理想和目标,长久以来他们爱对方,所以就算不舒服也忍耐着接受,这一切都是对的吗?无力争执也无力挽回的小志决定先搬出去,杨雪薇又一切归零。

清醒之后的杨雪薇努力让自己的情绪调整过来,准备了简历,打算拿着凌天昊的推荐信去新公司面试,却看到朋友圈一个令她大吃一惊的消息,Lisa居然发出江湖封杀令,以杨雪薇道德败坏为名,呼吁业界不要录用她,打开电脑上微博,同样有Lisa的封杀令,看着满屏的恶语谩骂,杨雪薇懵了。

不久前她还有些同情这个女人,一转眼她就把自己置于如此境地,高考的失利,工作的不顺,感情的危机,二十五年来所有的波折都没有这个信息的刺激来得猛烈。

凌天昊和王义自然很快就知道了这件事情,王义直接冲到办公室找Lisa,"你现在马上把信息删掉。"

Lisa坐在椅子里冷冷地说,"王总,我认为这个时候我们应该联手,你去找杨雪薇啊,让她答应你的要求我就撤销信息,我们一举两得。"

出乎 Lisa 的意料,王义非常愤怒,"疯了吧你,我才没有那么龌龊,我命令你马上删除信息,要不然我让你立马从这儿走人。"

"你,"Lisa 从椅子上跳起来,瞪着王义的眼睛里暴出血丝。

王义的举动完全没得商量,把 Lisa 的手机举到她面前,"我才是公司的大股东,不赶快删除我让你负法律责任。"

而杨雪薇在片刻惊慌之后打定了一个主意,既然被逼上绝路,那就绝处逢生。

她去了凌天昊公司,刚到楼下,接到凌天昊打来的电话,"雪薇,你在哪儿?"

"我在楼下。"

见到凌天昊,杨雪薇什么也没说便递上自己的简历。

凌天昊打电话给她正是这个意思,接过简历说,"我先替 Lisa 向你道歉,然后,欢迎你加入。"

杨雪薇非常明确地告诉自己,她不是来和老板谈情说爱的,这份工作她一定要做出名堂,不留后路,没有余地。

Lisa 不但把自己和凌天昊的关系置入再也无法挽回的境地,还把王义的猎物也送进了别人嘴里,要不是凌天昊再三请求王义,连她自己的总经理位置也将被免去,这一仗,Lisa 输得一败涂地。

第十章
Chapter
10

从头开始的天禾传媒进展并不顺利，只剩下仇恨的 Lisa 开始疯狂报复凌天昊，每一个竞争的项目，Lisa 都不惜一切拿下，即使亏本也在所不惜。凌天昊一边忙项目一边找投资，从开始就追随凌天昊的敏敏和小美全情投入，杨雪薇更是全力以赴，公司举步维艰，可是他们几个人却紧紧团结在一起。

一个又一个夜晚，杨雪薇开始在公司度过，以往有小志的日子她懒得回家，现在没有小志的日子她更不需要回家，工作成了她唯一的支柱和动力，她像不需要停歇的马达，疯狂地推着自己快步向前走，她觉得如果不能更迅速地让自己强大起来，那么一切的委屈、辛苦就都白受了。

日子一天天过去，转眼春去夏来。又一个加班的周末傍晚，大家忙完，凌天昊请所有人到 THE MUSE 放松一下，这还是他第一次带同事去。

罗裴见到凌天昊带了很多人过去很开心，那代表他终于彻底地与 Lisa 分手，不必再为了逃避她而辛苦寻觅一个不被人知的私人空间。罗裴毫不顾忌地挽住他的手臂，"天昊叔叔，为了欢迎你们，今天所有的酒我亲自来调。"

罗裴跳到吧台后面忙起来，雪薇猜，她的心里是有她的天昊叔叔的。

大家正聊得开心，雪薇忽然收到有阵子不联系的王义的电话。

"雪薇啊，有件事真得请你帮个忙，一会儿能不能抽点时间去老爷子那一趟？"

杨雪薇虽然特别不想跟王义有任何私人接触，可是听到老爷子的事还是忍不住问一句，"老爷子怎么了？"

"又把保姆赶走了，还闹上绝食了。"

"什么？那我现在马上过去。"

"你在哪儿？我去接你吧。"

"我，不用接，我自己过去就行。"

凌天昊问发生什么事，一听是王义，凌天昊叮嘱她要小心。

到了老爷子家里，果然他正抱着长到足足有五六十斤的大金毛伤心，大金毛看起来无精打采的样子，时不时从嗓子里发出滋扭滋扭的微弱声音。一看到雪薇，老爷子像见到亲人一样开始控诉儿子，"都是这个臭小子找的人，一点也不靠谱，我嘱咐过多少回了，千万不要让它吃路边的东西，你看看，还是给吃得食物中毒了，要不是抢救及时，我这小孙子也要离开我了。"

雪薇摸着金毛，赶紧安慰老王，"还好它已经救过来了，您看它现在还这么虚弱，您要是再不照顾好自己的身体，谁来管它呢是不是？"

老王突然眼圈红起来，"你不知道，那臭小子要把它弄走，我大孙子都被人带到美国去了，再把它弄走，我可真是没法儿活了。"

王义赶忙插过来，"您跟人家说这些干什么，我给您换个小狗行不行？这狗长这么大个儿，没有人管您怎么遛，太危险了知不知道？"

听王义这么一说，老王更是紧紧抱住金毛不撒手，雪薇抬头问王义，"老爷子就是为这事儿绝食呢吧？"

"可不是嘛。"

"我倒是有一个办法。"

"快说。"

"把他大孙子弄回来呗。"

王义挠挠鼻子,这个"秘密"算是彻底暴露了。

见老王留下金毛的态度这么坚决,雪薇想了想说,"要不这样,现在有一些宠物店是可以提供专业遛狗和培训服务的,找一家口碑好的,还能教金毛很多照顾人的技能,怎么样?"

老王一听,立刻要求王义马上执行,王义忙不迭地说甭管花多少钱,一定给他的小孙子配个最优秀的驯狗师,老王脸上这才多云转晴。

王义要送雪薇回去,这次雪薇倒是没有拒绝,有一些话她想跟王义谈谈。

雪薇开门见山,"你猜老王要是知道你对我有什么企图,会不会气出毛病来?"

雪薇的直接把王义说得无言以对,只能感叹,"唉,现在的小丫头真是厉害。"

"那过去的小丫头是太简单还是明知故犯?"

"哪儿有那么多小丫头。"

"好啦,愿意讲讲你的故事吗?"

王义摇摇头,"没什么好讲的,我们这代人都是被利益绑架的婚姻,命好的能凑合多过几年,我多羡慕你们年轻人,有选择的权利和机会。"

"你还挺坦白的啊。"

"不是有意隐瞒你,谁愿意说自己的糟心事。说真的,这么多年,你是我见过最善良、聪明又努力的女孩,如果对美好的人有点想象也算错的话,那我跟你道个歉,我承认我挺喜欢跟你聊天的,没这么放松的时候,真的,我觉得能跟你多聊聊天就挺满足的。"

这些话让雪薇又有点同情起王义来,看来没钱有没钱的不幸,有钱也有有钱的不快乐,人生总是不可能十全十美,"那,你们就不想办法修补一下吗?"

"嗨,这也就是为老人们维持着,老爷子和我岳父是老战友,还要做他们的思想工作嘛,只是个时间问题。"王义说着把话题从自己身上引开,"别说我了,你跟凌天昊呢?"

杨雪薇无奈地笑笑,"我是来工作的,不是来泡老板的。"

"听说你跟你男朋友分手了?"

"暂时分开。"

"其实你可以找一个更适合你的。"

杨雪薇没有说话。

王义又把话题转移到工作上,"你们现在到处在找投资吧,不好找吧,知道为什么吗?"

"因为凌总突然开离天浩娱乐给公司带来了震动和损失,也就是给王总您带来损失,而且,凌总之前也有类似的失败经历,虽然他有足够的能力把一家公司经营好,但这种不可控因素让很多投资人望而却步。"

王义点点头,"看来你们都失败出经验来了。那我再问你,你为什么要这么死心塌地地跟着凌天昊干?"

雪薇依然有话直说,"跟您一样我相信凌总的能力啊,不一样的是我什么都没有,就算去一家上市公司,我也只是一个不起眼的小角色,而有这么好一个机会跟着凌总从头开始,我就是核心成员之一,我能参与的项目深度,能学到的东西和我成长的速度都会最快。"

"你也挺坦白的。"

"这一点王叔叔你是我的榜样啊。"

"又来了。凌天昊这边的利弊你分析得很清楚，问题的关键就是不可控，如果你留在那真的没有什么感情因素的话，那么我告诉你，我说过的话还算数，来我这里高薪厚职，你的成长速度会更稳更快，别急着拒绝，认真想想。"

但雪薇还是直接拒绝，"您的好意我心领了，不过我真的很有信心跟大家一起把现在的公司做好。"

王义无奈，"唉，如果你是我的女朋友我绝对不会让你出去瞎折腾，不过我挺欣赏你的。"

"谢谢，还好不是。"

"看来我没机会了。"

"本来也没有吧。"

"呵呵，行，你说了算，改天请你吃饭吧？"

"算了吧。"

"那你请我吃？"

"您吃饭的水平，我可请不起。"

"你可还欠我一顿呢。"

"我什么时候欠你了？"

"你好好想想……"

杨雪薇哭笑不得，"行，高级餐厅我可请不起啊。"忽然想到 THE MUSE，又说，"喝酒怎么样？对了，罗裴您认识吗？"

杨雪薇提到罗裴这个名字，王义还是出乎意料的，因为那是凌天昊的秘密花园，是和凌天昊工作范围内的人和事几乎没有交集的，"你认识她？"

"噢，我们公司正在那聚会，我就被你叫来了。"

"你们公司?"王义更意外。

"怎么啦?"

王义哼笑,"这可真是奇闻啊,看来你们凌总还真是跟过去彻底挥手告别啦。"

"你们以前经常去那里吗?"

"我可不常去。"

雪薇不知道 THE MUSE 对凌天昊意味着什么,可是她不由自主地产生兴趣,"我觉得罗裴还挺厉害的,一个小女生,一边上学一边经营着一家这么有趣的酒吧。"

王义点点头,"那姑娘确实不错,乐观热情有能力,跟你一样。"

"我可自愧不如,我二十岁的时候一分钱都不会赚。"

"罗裴可以经营一家酒吧不是没有基础的,虽然她家里现在帮不上什么忙了,可是在她十八岁以前已经用钱把她送上了金字塔的顶端,此后她的一切素质也好,气质也好,社交的能力,赚钱的技能都已经被金钱系统培养了起来,不可否认,钱对人的影响非常重要,越早有钱,对你影响越重要。哎,这一方面,我是可以帮到你的。"

杨雪薇真是拿王义没办法,如果不牵扯到男女感情问题,杨雪薇觉得她并不讨厌王义,只是不大看得惯他那种以"钱"为中心的做派。单纯如小志,除了一份纯粹的感情仿佛不再能给出什么,复杂如王义,除了没有单纯的感情,又好像什么都付得出,可能只有凌天昊那样的人才是完美的吧,有情有义,有理想有能力,可惜又不属于自己,况且他的身边从不缺少选择,走了范程有 Lisa,走了 Lisa 还有罗裴。所以,无论是主动选择还是没有更好的途径,工作,赚取金钱,赚取名誉,赚取尊重,才会让自己感觉安全和满足。

和她完全不同的方骄骄呢,经过这几个月,算是从姜楠的阴霾里走出来了。最近雪薇跟小志冷战,她倒是面色红润,皮肤保养也做得特别勤快,看着她又开始折腾化妆桌上的瓶瓶罐罐,杨雪薇惊觉,"方姐,你恋爱了吧?"

方骄骄笑而不语,杨雪薇有了答案,"我说你怎么最近总是回来那么晚,说吧,都干吗去啦?"

方骄骄满脸甜蜜地说,"你都猜到了还问我。"

雪薇凑上去,"快说说,什么情况?"

方骄骄说,"春节我不是去单身旅行嘛,认识一男孩,叫大鹏,做工程设计的,然后就,好了呗。"

雪薇兴奋起来,"哎哟你这情绪转移挺快啊,你不会是当场就被人家拿下了吧?"

方骄骄得意洋洋地说,"是我把他拿下好嘛!"

雪薇直竖大拇指,"霸气,藏得够深的,那……你还离开北京吗?"

"我什么时候说要离开了。"

"重色轻友!什么时候领回来让我见见?"

"成,都被你识破了,那就回头咱们四个一起吃顿饭呗。"

雪薇嘴一嘟,"算了吧。"

方骄骄放下手里的护肤品,"你跟小志就想这样一直耗下去啊?不是我说你,女孩子嘛,该低头的时候低个头,哄哄他嘛,你家小志那么好哄,别真散了伙,你可找不着地儿哭去。"

"那我就跟你这哭呗,哭完我也再找一好的。"

"别闹,你跟我说实话,你跟凌天昊还有那个王义到底怎么回事,从实招来,不许瞒我。"

雪薇解释,"真没瞒你,我对凌天昊就是认为他是很有远见的人,我们现在的理念绝对是行业领先的,我想在最快的时间里取得最大的成绩,这就是最好的选择,自己走不出彪悍的人生,咱就找个牛逼的人跟他一起走呗。其实这还要感谢 Lisa,不是她最后逼我那一下,我还真是妥协了呢。"

走出姜楠阴影满血复活的方骄骄又开启人生经验模式,"你这么崇拜凌天昊呀?一个女人对一个男人的崇拜可是最容易转化成爱情的哟。"

雪薇强调,"不是崇拜是认同,要说崇拜怎么也得是莫爸爸那种长年占据富豪榜级别的吧。"

方骄骄冷笑,"那你怎么不跟莫爸爸一起走,不是更牛逼?"

"哎,别让我逮着机会。"

方骄骄哼一声,"行,等你将来搞定了莫爸爸记得让我合个影,我看好你哟。那王义呢,其实王义也不错哈,就是岁数大了点。"

雪薇说,"跟你说多少次了我不喜欢他那个类型的,再说了已经证实,他已婚。"

"呃,果然是个老司机,你看你还是对他有过想法的对不对?"

"当然没有,这事儿又不是我主动求证的。"

"那凌天昊呢?"

"哎哟大姐,作为有工作有薪水的独立女性,我缺个男人还不能活啦?"

"小姐,薪水填的是你的胃,男人填的是你的心。"

"我心里满点空点不会死,胃要是空了就麻烦了。"

"医学证明把胃全切了人还能活很久,心要是没了秒秒钟死翘翘啊。"

"好好好,我投降,说说你吧,您的这位 Mr. right 是怎么填到心里去的?"

方骄骄又幸福地笑起来，"我们俩那可是一见钟情，两情相悦。"

看着方骄骄的样子，杨雪薇觉得有句话说得很对，忘不掉旧情的女人只是因为新的恋情还没出现，一旦出现，其他的就立马被扔进电脑的垃圾箱里一键删除了。雪薇用手指缠着方骄骄的头发问，"说说你的旅途艳遇呗，怎么勾搭上的？"

方骄骄脸上洋溢出一股小娇羞，"那时候我不是心里烦吗，有一天呢我就坐在沙滩上发呆，想着自己的糟心事儿，从早晨一直坐到傍晚，海水涨潮没过腰我都没感觉，后来一个大浪扑过来我一点意识都没有，是他跑过来把我拉走，他说他坐后面盯我半天了，以为我要自杀呢，呵呵。"

"哇，英雄救美啊！"

方骄骄眉毛一跳一跳地说，"接下来的几天我俩就结伴同游，我呢心想碰见个陌生人反正以后也不会再见面，干脆把心里的事儿一股脑全倒出来，当时我觉得自己特别的委屈，他就特别耐心地听着，陪着我，他说当时他真怕我想不开，特意换了酒店搬到我隔壁，然后他还是怕我想不开，就……"

雪薇眯着眼笑嘻嘻地说，"就搬到你床上去了吧？"

方骄骄揉揉两个红扑扑的脸蛋承认，"刚开始，我们俩一个睡左边，一个睡右边，连手都没有摸的，可是我哪儿睡得着啊，为了照顾形象，我还摆了个特别好看的睡姿，坚持的我那个累啊。"雪薇听得咯咯咯笑不停，方骄骄接着说，"后来我实在坚持不住了，一翻身他正睁着眼睛看我，我就问，'你干吗呢？'他说，'我在想用什么姿势睡才显得帅一点。'"

"哈哈哈哈……"雪薇实在忍不住大笑，"然后呢，然后，你们俩就干柴烈火了吧？"

方骄骄捂住脸,"哎呀,不讲了不讲了。"

"说嘛说嘛。"

"后来就是每天一起吃饭,一起聊天,一起逛街,然后一起回来了呗。"

雪薇追问,"你当时是不是想一夜情的?"

方骄骄一扭脸,"这个不能告诉你。"

"咱俩有什么不能说的,快说快说。"

方骄骄笑着点点头,杨雪薇急着问,"那后来呢,是不是太爽了,意犹未尽,然后就日久生情,哈哈哈。"

"你坏死了,坏死了。"两个人闹作一团。

雪薇笑道,"你还说我骚,你这也浪得可以呀。"

两个人闹腾完,方骄骄又一本正经地说,"我告诉你啊,女人事业心重不要紧,可是不能只要事业,就别说那些女强人企业家一个个苦大仇深,严重阴阳失调的样子,就看我们经理那可是活生生的例子,没有爱情滋润的女人还是女人吗?还有,没有爱情滋润的女人可是会老得很快哟。"

杨雪薇一骨碌爬起来拿镜子照照,"我显老了吗?"

"赶紧补救还来得及,你跟小志的事情,真的要赶快认真想清楚,虽说小志没有哪一方面特别突出,可是他哪一方面都特别适合过日子,这样的男人现在可是市场上最受欢迎的类型,这块肥肉你要是一撒手,转眼就被别人吃了你信不信?"

雪薇不以为然,"他怎么就成最受欢迎的类型了?"

方骄骄白她一眼,"现在的女人分两类,一类是从一开始就想好嫁个普通人,踏踏实实过日子的,比如说我,还有一类是一山望着一山高,觉得嫁给谁都亏得慌的,比如说你,作为好闺蜜我真的要劝你现实一点,抓住能抓住的,放掉该放掉的,别到头来鸡飞蛋打一场空。"

"哎呀,想象一下又不违法,大家这不是都逮谁喊谁老公嘛。"

方骄骄气得直戳杨雪薇脑门,"人家喊完不还是踏踏实实过自己的日子吗?小志也是倒了霉看上你,你要是真不想跟人家结婚,就别这么耗着了,你不怕变成老孔雀,人家也还有压力呢。我问你,你俩分开这些日子,你有没有想过他?"

雪薇摇摇头,"每天忙得我晕头转向,哪有工夫想这些。"

方骄骄叹口气,"真没良心。我告诉你小志可是每天都给我发信息问你的情况呢,这样吧,过几天我跟大鹏请吃饭,叫上小志,你俩呢趁这个机会也好好聊一聊,你们的问题就是一个追求折腾,一个享受安逸,你们要把这个聊明白了,能不能接受对方,能就好好过日子,不能就谁也别耽误谁,听到没?"

"好好好。"

"哪天有空真得拉你到相亲广场上溜达一圈,你就知道现在是什么行情了。"

忙了一天困得不行的杨雪薇迷迷糊糊地点点头倒在床上,方骄骄无奈地关灯睡觉。

趁着方骄骄和她新男朋友大鹏请吃饭,雪薇和小志又坐到一起。大鹏看起来很稳重,比方骄骄大几岁,非京籍、无固定资产,不过收入不算低工作也蛮有前途,他和方骄骄都属于以结婚为目的去谈恋爱型的,所以一拍即合,见到雪薇和小志就把他俩当成方骄骄的娘家人一样将自己的情况都如实"汇报"一遍,这个时候雪薇觉得大鹏并不像方骄骄形容的那么浪漫,不过倒是很符合方骄骄踏实过日子的需求。聊天中雪薇得知,原来大鹏公司的大老板还是很有可能投资她们公司的知名企业家,顺带打探了不少内部信息,雪薇一不留神又聊工作聊得起劲儿，方骄骄把话题往劝说她跟小志和好上拽了几次都没成功。

一顿饭吃下来，雪薇看着大鹏对方骄骄挺体贴照顾也蛮为她开心，不足就是尚未置产，不过紧接着他说，他和方骄骄已经在看房了，在看北京的房。

女人有时候很奇怪，即使是最好最好的闺蜜，看着对方某一方面突然比自己强，内心深处也会有说不出的嫉妒，对比下来，大鹏多方面胜过小志，雪薇便没有了和好的动力。

没多久，方骄骄真的搬出了共同租住的房子，只剩下杨雪薇一个人，她把屋子收拾一遍，却意外地在床底下看到一本病例册，她发现一个秘密，那一次方骄骄生病不是胃疼而是做了人流手术……

第十一章
Chapter
11

一次出差,凌天昊和杨雪薇在酒店吃饭遇到莫阳,莫阳看到他们很是不爽,"你们跟我签了合同又双双离职,玩我啊?"

杨雪薇忙解释,"莫总你误会了。"

莫阳看看他们两个,对着凌天昊说,"跟女职员谈恋爱,生意都不做了?"

凌天昊见周围人都看过来,请莫阳坐下说,"对不起莫总,我确实欠你一些解释。离职是我个人的问题,与雪薇无关,不过之前的合同,我相信他们会按照方案执行的,不会给您带来任何影响和损失。"

莫阳皱着眉头,"如果一切都按照方案执行就可以,还要那么多人干吗?"

凌天昊忙问,"是出什么问题了吗?"

莫阳不快地说,"合作备忘我取消了,我跟你们那个Lisa真的意见相左。"

凌天昊想了想,"这样吧莫总,您后面有什么项目,我义务帮您执行,除了成本费用我一分不收,总之是我欠你的。"

莫阳不置可否地站起来,"看看再说吧。"临走还不忘对杨雪薇说一句,"深夜温泉送方案,现在取代老板娘,不简单啊,不过我欣赏你。"

不等雪薇再解释,莫阳已经走了。

剩下凌天昊和杨雪薇尴尬地看着对方，然后互相道歉。

出差回来没多久，凌天昊没想到真的收到莫阳秘书打来的电话，约他们见面，莫阳果然要给他们一个零利润的项目，一部卖相不太好的积压爱情片《超市情缘》，电影讲述都市职场男女在写字楼下的超市相遇相知相爱的故事。偏文艺浪漫类型的片子在近几年的市场上并不吃香，这部电影拍得也不算上乘，因此MB不打算投入太多资金和精力。莫阳对凌天昊开出的条件是如果这个项目能有不错的反响，他会重新考虑跟天禾传媒合作，甚至是注资，这对于着急融资的凌天昊无疑是天大的好消息，更何况他答应过莫阳会不计报酬地帮他做一个项目，于是他没有看完全片便答应接手。

没有一线大咖、没有话题明星，还没有多少预算的纯爱片怎么卖，凌天昊和公司所有人一样头疼，想要争取黄金档期难度不小，就算拿到也很容易沦为炮灰，找营销点、做海报、剪预告片这些常规工作开始启动，凌天昊决定放弃节庆档，看看MB的预算，也打消了大面积做硬广的念头，去超市合作贴广告也不见得有什么实际成效，观众都已经被这类狂轰滥炸的宣传搞麻木了，几天过去，大家还是一筹莫展。

这天中午雪薇去楼下的sevenday超市买盒饭，这里每天午餐时间人超级多，雪薇拿了吃的排着长长的队伍，一边还握着手机研究《超市情缘》的资料，偶然听到前面排队的几个女生在讨论周末要去看哪部电影，雪薇不由得一笑，沉醉于这份工作的她听到别人讨论任何跟电影有关的话题都会开心起来，然后那几个女生又嘻嘻哈哈笑着说以后不能只跟女同事逛街吃饭看电影，都没有机会找男朋友，应该想办法跟帅哥约会才对，不然一个个都成了剩女。突然，杨雪薇一个主意闪过脑海，既然是《超市情缘》，超市一定是他们的宣传阵地之一，像sevenday这种开在写字楼下的连锁超市，每天人流巨大又都是电影的主要消费群体，如果换一个思路搞一次事件营销，把电影当成一个福利跟超市联合做购物随机抽奖送电影票的活动，中奖的人便可以到最近的一家电影院免费观看这部电影，每天每个店早中晚各抽出两位幸运顾客，而这两张票是连号的，说不定还真的会有单身男女因此结缘。关键是还要把莫阳拉进来，也就是说电影上映前五天，每天将会有一位幸运观众和莫阳坐到一起看这部《超市情缘》，之后票房每增长一定的量，他本人就出席一次这样的活动，作为京城著名的富二代商人，年轻帅气又活跃于媒体面前的莫阳，不论男女粉丝都太渴望哪怕是有一个亲眼看见他的机会，何况是肩并肩坐下来看电影，这简直和《超市情缘》项目配合得天衣无缝。雪薇正想得兴奋，没发觉已经排到了收银台，她沉醉在自己的构思中，收银员叫了她几次都没听见，后面不耐烦的人拍拍她才反应过来，顾不上结账，雪薇扔下饭盒冲出超市。

在公司讲完这个想法，所有人拍案叫绝，算下来全国 sevenday 超市将近三千家，每天每家店送出六张票，加上物料，支出也不会超过百万，而这些店的店面又是最好的广告位，超市吸引了客流，他们节约了硬广费，剩下的钱全部投入网络，线上线下配合一定会引起关注。大家一致通过了方案，并确定了这次事件营销的主题——"爱情任意门"，意为在电影上映前五天走进任何一家 sevenday 超市，都有可能收获爱情。做完方案杨雪薇立马联系 sevenday 超市的经营公司，不出意外，双方一拍即合，接下来的难题是搞定莫阳。

莫阳一听到这个方案也很兴奋，但是他有一个要求，幸运观众对外是随机的，对内得是提前安排好的，得是他喜欢的类型的小妹妹。杨雪薇不同意，因为那样太假了，到时候营销搞不成，弄不好他们所有人都得被黑得体无完肤。争论到最后双方各退一步，真假参半，前几天得是真的，后面每过一亿算是给莫阳发福利，其实看过片子的雪薇心中有数，她很肯定这部电影达不到那样的高票房。

莫阳笑杨雪薇，"敢跟我讲条件的人还真是不多。"

雪薇也笑说，"我们公司一分钱不拿，都是给莫总您赚的，干不干都在您，我有什么不敢讲的。"

莫阳把脸伸到杨雪薇面前，"女孩子不要总是把干不干的放在嘴上，一点都不矜持。"

雪薇尴尬的脸上一阵滚烫，身体退后合同推过去。

莫阳拿过去刷刷刷签完，举在手里又对杨雪薇说，"想要吗？"

看着莫阳那副不太正经的表情，雪薇说不出话，怎么说也都不对。

耍人耍得差不多了，莫阳把合同放在桌上向杨雪薇一推，"知道我喜欢什么类型的吗？"

雪薇忙收起合同准备撤，"反正不是我这型的，您安排人跟我们沟通吧。"

看着杨雪薇急匆匆离开的背影，莫阳觉得特别好笑，作为嫩模狙击手，杨雪薇当然不是他喜欢的类型，不过很久没有调戏过这么纯情的大龄女青年，莫阳觉得也挺好玩。

莫大少亲自参与"爱情任意门"的消息一放出去，世界仿佛一下子沸腾了，别说娱乐头条，商业、财经、时尚等领域都纷纷将镜头对准了这场"任意门"事件，一个原本不被看好的中等成本电影开启霸屏模式，有了这样空前的热度，不少时尚用品、化妆品纷纷主动找上门来寻求合作，《超市情缘》未映先火。

那天依然忙到晚上十点多的杨雪薇见同事李洋接完电话坐立不安，便过去问，"怎么了，出什么事儿了吗？"

李洋吞吞吐吐地说，"本来今天约了女朋友和她父母一起吃饭，可是我负责的这个设计图还没做完，印刷那边等着要呢，我就让他们到咱们楼下餐厅先吃着,这会儿他们都吃完半天了,我还没做完呢,我女朋友跟我急了。"

雪薇一听,这对于热恋中的李洋可不是小事儿,"你怎么不早说呢?"

"凌总那边安排了要改的内容,实在是太赶了。"

"你赶快下楼把你女朋友和叔叔阿姨接上来。"

"反正也这么晚了,我先做完这个图吧。"

雪薇一看电脑估计一时半会改不出来,就对刘洋说,"就按我说的办,快去。"

刘洋惊喜地答应一声一溜烟跑出去,雪薇追着喊,"记得买单,公司报销。"

刘洋连声答应,没一会儿带着人上来了,雪薇热情地把他们迎到自己座位上,让刘洋继续工作,亲自给他们倒了水,又从抽屉里翻出几个盒子塞进他们手里,"真是对不起叔叔阿姨,这几天公司确确实实太忙了,刘洋可是我们公司的一员大将,这时候离了他还真是不行。"说着把盒子分别递到他们手上,"这是公司的一点心意,请一定收下。"刘洋女朋友一看眼睛亮了,刚才的怒气早不知道跑哪儿去了,因为她手上是一套价值不菲的名牌化妆品,她爸妈也拿着相应的礼盒,两位老人连连推辞,雪薇再一让也便都不客气了。雪薇又说,"我们公司这才刚刚开始,未来是会非常有发展的,付出就有回报,大家每一个人的努力都值得拥有这些东西,将来也一定会赚得更多,我们都是年轻人,现在正是拼事业的时候,特别需要家人的理解和鼓励。"老两口忙乐呵呵地夸赞雪薇漂亮能干,对未来女婿的工作更是表示一百个支持。

往常不大看得上王义用钱解决问题的杨雪薇,这回倒是切身体会到了能用钱解决的问题还真的别去浪费感情和时间,有时候情再深,也还是没有钱来得直接。

　　杨雪薇为这个项目付出了百分之三百的努力，这可是她主导的第一个大项目，媒体和观众的热烈反应让她更加坚信自己的选择和坚持没有错，光明之门终于开始向她敞开。临近上映，宣传工作到了最关键最密集的时刻，公司里所有人每天工作超过十二个小时，雪薇更是没日没夜，她不觉得辛苦不觉得累，仿佛有用不完的热情和精力。

　　有好几次，小志在办公楼下等她，可不论多晚每次等到的都是她和凌天昊一起出来，一起上车，一起进了 THE MUSE 或雪薇家的小区，小志没有走过去，雪薇也从来没有注意到过小志，她的眼里心里只剩下工作、工作、工作。

　　就这样一部几乎被打入冷宫的电影起死回生，首场放映是午夜零点场，由于莫阳的参加，这个凌晨一点也不冷清，不知莫阳会出现在哪里的媒体记者们都早早埋伏在各大影院等待抢拍。当天莫阳非常低调地提早到达某影院，避开媒体，一身黑色休闲装戴着鸭舌帽坐在座位上低头玩手机，并没有人注意到他。开场前五分钟，一个打扮得青春靓丽的女孩拿着票匆匆进来在他旁边座位坐下，伸着脖子左顾右盼，然后小心翼翼地俯下身往鸭舌帽底下的脸上瞧，莫阳慢慢转过头，女孩突然跟被电击一样向后弹去，双手捂着嘴要叫，莫阳伸出食指放在嘴边，"嘘——"，女孩用力地睁大眼睛捂住胸口，气儿都不会喘了，莫阳伸手拉了她一下，让僵住的她坐回到座位上，缓了半天神儿的女孩终于慢慢凑上去小声说，"你……"刚开口又被莫阳"嘘——"了一声，然后莫阳冲她笑笑点一下头，两人对视了几秒钟直到龙标音乐响起莫阳把头转向银幕，从莫阳的反应想象得到那个女孩长得相当不差。不过这一晚漂亮女孩可完全没有心思看电影，一直都在向莫阳行注目礼，莫阳把头偏过去低声说，"你再看我小心被人拍到。"女孩脸刷地红了，赶快转向银幕，没过一会，还是不由自主地望向莫阳，莫阳全程目不斜视，只是脸上不时露出一丝不易察觉的笑意。过了很久女孩突然想到什么在包里翻来翻去，莫阳又把头偏过去，"找手机？一会儿再拍照好吗？"女孩停住手，脸上又是一阵红。

电影一结束莫阳便问女孩，"男朋友来接你吗？"

女孩条件反射似的摇头，愣了一下忙说，"没有，没有男朋友。"

"跟我走。"女孩没反应过来已经被莫阳牵着走出去，估计整个人是傻掉了。

从影厅出去，外面大厅里《超市情缘》的背景板前已经被围栏围起来，还站了一大圈保安，外面是人山人海的记者和观众，莫阳又问女孩，"怕不怕被记者拍？"女孩摇头，看样子已经不会干别的了，莫阳笑了一下，牵着她的手走上了通向舞台的红毯，下面瞬间沸腾了，女孩无比娇羞崇拜地望着莫阳，莫阳像王子一样对她微笑，两人登上台面对着下面疯狂的闪光灯和人群，莫阳没有忘记自己的职责，拉着女孩的手晒出连号电影票，然后合体摆心形，引得台下一阵阵尖叫，将近凌晨两点的夜晚从来没有这么热闹过，随后凌天昊和杨雪薇以及电影的几位主创也被请上舞台，像快闪一样拍完照片便结束了这场完全没有彩排的精彩活动。

那一晚，杨雪薇第一次尝到了站在台前，受人瞩目的感觉，她穿着那件曾经被 Lisa 勒令脱下的黑色小礼服，那双王义送的理想高跟鞋，尽情地绽放自己灿烂的笑容。成功的滋味实在太美妙，那一刻她内心一种巨大的声音伴随着鼎沸的人群在猛烈呼喊，那一刻杨雪薇意识到她的欲望才刚刚被真正开启，那一刻她的世界被绚烂的灯光、蜂拥的镜头充满，完全没有注意到人群后面仿佛刻意闪躲的小志。有一种叫"实现梦想"的东西把另一种叫"感情"的东西割裂开来。

十几分钟之后,影院大厅恢复深夜该有的安静,女孩上了莫阳的车,杨雪薇跟凌天昊一起走,雪薇实在太开心太兴奋,她打开车顶天窗把头伸出去大声呼喊,夜风吹乱头发,吹得她心神荡漾。

风还没有兜够,车子已经在雪薇的楼前停下来,两人下来,面对面站了几秒钟然后都笑了,凌天昊吸了口气像是思考什么,然后说,"要不要抱一下?"雪薇嘴角上扬,向他张开的怀抱迎了上去。春天,深夜三点,漫天星斗,车灯映着两人,那一刻好像很短也好像很久,有一个瞬间她想到了小志……

他们放开彼此,凌天昊双手轻轻捧了一下杨雪薇的脸,突然地,雪薇觉得心中有一股电流,愣了一下,退后两步,挥挥手,转身跑上楼。

第二天一睁眼铺天盖地的全都是关于《超市情缘》、关于天禾传媒,当然更少不了关于莫阳的新闻。没睡几个小时觉的杨雪薇一早出门,在办公楼下发现 sevenday 的早餐队伍已经排到街上了,快乐的心情像要飞起来。走进公司,敏敏、小美他们拥上来直夸她照片拍得美,雪薇开心地说,"今天晚上庆功宴咱们所有人都要盛装出席,大家有多美就打扮多美,我保证明天的头条标题就是'《超市情缘》当天过亿庆功宴'。"小小的公司沸腾起来,敏敏激动地抱住雪薇,"我今晚一定要穿十厘米的高跟鞋,我不管我不管,以前在 Lisa 面前我连三厘米的高跟鞋都不敢穿,今天晚上我一定要艳压你们。"大家开心地笑着,闹着,雪薇这才知道为什么以前敏敏上班穿平底鞋,下班穿高跟鞋,原来是惧怕 Lisa 不悦,这样想来从前"倒霉"的不止自己一个,也便释然了。

突然雪薇想到一件事情,她叫住敏敏,"我有点急事要离开一下,晚上宴会我会准时参加的,有什么事你帮我处理一下。"

"你现在要走?"

"对,现在。"

"喂,喂——"

雪薇飞奔出去,拦了辆车直奔机场,在路上买了回家的机票,她要去拿一件东西,那瓶 Penhaligon 的香水。不知道为什么,她此刻很想这么做,非常想,一刻也等不得,她预感有些事情要发生了,一路心脏狂跳,那是一种很久没有过的感觉,飞机落地,相隔千里的家乡下着雨,她就那样冲进雨里回到家。雪薇的爸妈吓了一跳,女儿并没有打招呼,就这样落汤鸡一样地空降到家,急匆匆地来又急匆匆地走了。雪薇一路都在狂奔,都没有时间把自己弄干,在机上的卫生间擦干自己,对着镜子,才觉得自己实在脑袋发热得不轻,这么大个人怎么会做出这么鬼使神差的事情,可是,她很兴奋很开心。

一路上开机的时间里,杨雪薇的电话都被媒体打爆了,有邀约采访的,有软磨硬泡打探莫阳下一场出现地点的,为了保持足够的热度和神秘感,雪薇没有向任何一家透露莫阳的行踪。凌天昊悄悄告诉她,可以挑几家实力强大的媒体提前暗中告诉他们莫阳当天的位置,这样她就能和媒体建立起更深的关系,以后有事也好开口找他们帮忙。雪薇本来是有这样的想法,只是碍于原定计划不敢私自操作,有了凌天昊的明示,她放下心来,为免于过早曝光观众热情受到影响,她决定每天提前两小时告知媒体。

自然,王义也及时发来祝贺信息,还声称要为雪薇庆祝,雪薇心里想着"大叔你还是省省吧",信息还是要客气地回复,"谢谢王总,庆功宴要来参加呀。"

战败的 Lisa 可是好久没有好脸色了,看到当天各大媒体的头条更是狂怒症发作,光光看见她戴着墨镜以及十二万分的怨气走进公司,便向雅雯投去同情的目光，果然，很快雅雯桌上电话响了，然后起身向Lisa办公室走去，那表情就跟赴死一般。透过百叶窗，大家看到雅雯直直地站着垂着头，而Lisa愤怒地张牙舞爪。等雅雯终于被训完话出来，外面静得掉根针都能听见，光光伸过头去小声问，"说什么了？"雅雯只是摇摇头，之后跑进小会议过了好久才出来，然后一上午无精打采跟没了魂儿似的。

趁中午出去吃饭，光光问雅雯到底怎么了，雅雯才说，"Lisa让我联系关系好的媒体不给凌总发新闻，还要……"

"还要怎样？"

"还要收买娱记大肆渲染莫阳睡了观众，说这是凌总他们蓄谋的不正当交易。"

"啊？"光光眼睛瞪得都快跟嘴张得一样大，然后无奈地感叹，"最毒妇人心啊。你不会一上午在会议室给记者打电话呢吧？"

雅雯摇摇头，"这事儿我实在是干不出来。"

光光也是替她难受，被夹在这对冤家中间里外做人难，"我看这次Lisa又败了。"

"怎么说？"

"你想啊，凌总他们这次造势造得这么牛逼，能有几家媒体会听咱们的不去跟这么大个热点，他们基本上可都是冲着莫阳去的，咱们能跟人家拼吗？再说莫阳是企业家，富二代，又不是得包装成圣人的明星，睡个粉怎么了，完全不影响形象啊，你就看看今天sevenday那队伍排得，那么多美女排着队地等睡啊，你要真想去吃个早餐还吃不上呢。"听着光光过于直白的话雅雯瞪了他一眼，但也不得不承认他说的是事实，光光翻出手机新闻接着说，"你看，这不狗仔也拍了那个幸运观众上了莫阳的车吗，可是这又说明什么呢，没人拍到人家搂搂抱抱，开房上床吧。"

雅雯愁得叹气，光光又说，"你跟Lisa说这么干人家的关注度只会越来越高，票房越来越好，还是别折腾了。"

雅雯冷笑，"有本事你跟她说去。"

一句话噎得光光无语。

一顿饭没吃几口，雅雯实在没有胃口，光光把自己碗里的肉夹给她，"多吃点，跟你商量个事儿，我想干脆我辞职去凌总那得了，就Lisa这个折腾法，公司指不定哪天就关门大吉了，咱俩总得留条后路是不是，你在这儿赚得比较多，先忍一忍，我出去稳定了，你再跳槽怎么样？"

雅雯叹口气，"其实Lisa原来挺好的，你说杨雪薇哪儿来这么大的魅力就愣把他们拆散了？"

光光却说，"这叫自作孽不可活，未必跟雪薇有关，所以你们女人啊太能吃醋就是害人害己。"

雅雯哼一声，"那还不是你们男人朝三暮四。"

光光拉住雅雯的手，"我不会的。"

雅雯忙抽回手，"让人看见。"

原来自从上海回来，两人已经渐渐暗渡陈仓，光光外表看起来弯，内心却是货真价实的直男。

从自家酒店醒来的莫阳睁开眼睛意外收到姐姐莫丹阳的信息，"爸爸叫你来办公室一趟。"莫阳最烦这个只知道跟自己过不去的同父异母的姐姐，她在美国待得好好的，怎么突然给自己发信息？老爸有什么事还要不远万里地通过她？但老爸的指示是不敢违抗的，乖乖穿戴整齐过去，可是进门看到的却是莫丹阳，爸爸莫世铭还在跟高层开会。姐弟俩一见面就掐，莫阳见久违的姐姐那副样子先忍不住嘲笑起来，

"你怎么回来了,看来美国的日子过得很滋润啊,真是心宽体胖。"

莫丹阳不顾走形的身材骄傲地说,"那是因为我刚刚生完小公主。"

莫阳鼻子里哼出一声,"你可真行。"

"哪儿有你行,你现在可是头条专业户,我看媒体都指着你赚流量呢吧。"

莫阳往沙发里一窝,笑说,"您还知道流量呢,我以为你只知道金屋藏宠呢,怎么我的新闻都传到美国去了吗,让你今天专程飞回来看我?你的小白脸呢?"

"你,"莫丹阳忍了一口气,"昨天的小姑娘伺候得你还舒服吗?"

莫阳一副玩世不恭的样子,"你怎么知道有没有姑娘伺候我,你偷看啦?"

莫丹阳鼻子里"哼"出一声,并不正眼瞧弟弟,"还用得着看,狐狸精生出来的儿子能干出什么好事!"

莫阳的妈妈当初算是小三上位用怀孕挤走了莫丹阳的妈妈,没过几年莫丹阳的妈妈因病去世,莫丹阳虽然从小跟爸爸和后妈、弟弟生活在一起,可是对这位弟弟恨之入骨,两人成年后各自开展自己的事业,莫丹阳也尽一切机会在生意上跟弟弟做对,长这么大姐弟俩只联手干过一件事情,就是在爸爸跟莫阳的妈妈离婚后,他们以死相逼让爸爸保证不再娶其他女人进门,不再给他们生弟弟妹妹。因为两次家庭的变故让这两个在商人家庭长大的孩子意识到那样爸爸对他们的关心会减少,家里的财富会分割,所以这些年莫世铭身边再有多少女人也没结婚没生孩子。

莫阳对什么都无所谓的态度,唯独别人不能针对他的妈妈,离婚后他妈妈带着丰厚的财产移民加拿大,过得倒是悠闲自在,莫阳每年会去看望她几次,不管曾经发生过什么,他都不希望任何人拿他母亲做文章，莫阳"嚯"地站起来到莫丹阳面前，狠狠地盯着她，"我再警告你一次，再从你嘴里听到关于我母亲的话，我绝对不会放过你，做好你自己的生意，管好你的小白脸，别在爸爸面前无事生非。"

莫丹阳一肚子的气一时又找不到适当的词发泄，憋了半天说，"你不是跟天浩娱乐合作吗，怎么又去找天禾传媒，你知道这两家公司的老板什么关系吗？"

莫阳冷冷地说，"身在美国居然连我跟谁合作都知道，可真让你费心了，我不管他们什么关系，谁有本事我就跟谁合作，倒是你，别把公司都放手交给那个小白脸儿，这么快上位我看他可真不简单。"

两人正僵持着，莫世铭进来，两人异口同声地叫了声，"爸爸。"

莫世铭先瞥了女儿一眼，语气不太高兴，"孩子安顿好了？"

莫丹阳忙上去挽住莫世铭的胳膊，用跟形象完全不符的娇声娇气说，"嗯，爸爸，您的外孙女都两个月了，您就接受他吧。"

"他也回来了？"

"回来了，在我家，没有爸爸发话他不敢来见您。"

"哼，孩子是我们莫家的，但是这个人我不想见。"

莫丹阳又一阵撒娇哀求，"爸爸，他人是非常有能力又很体贴的，您接触接触就知道了嘛，我选来选去选了这么久，总是不会错的嘛。"

莫阳听得在一边忍不住地暗笑，莫世铭把儿子叫到身边，先夸赞了他电影项目做得不错，对凌天昊这个年轻人也挺喜欢。莫阳说，"这次倒是他公司一个新人的方案，叫杨雪薇，我看会有前途。"莫世铭点点头，"我们现在正大举向文化产业转型，有发展的企业你多留意，凌天昊不错，不过听说他重新注册了公司，规模很小。"

"有能力的人把钱注进去很快就能发展起来，不过我还在考虑他个人方面的一些事情。"

莫世铭点点头,"你看着办,"又说,"我要出差,下周安排个时间一起吃顿饭吧。"

莫丹阳立马笑容灿烂,"爸爸,那就我和 Andy 安排吧。"

莫世铭坚持不要见那个 Andy,莫丹阳便不敢多话。

莫世铭又嘱咐儿子少搞些花边新闻,这次叫他来就是要提醒他这件事。莫阳耸耸肩,"我们活动做得这么好玩,难免让媒体脑洞大开嘛,我们做娱乐不像爸爸你做实业那么严肃,我无所谓的。"

莫世铭严肃地说,"你要把握好分寸,现在的媒体太厉害,什么都能挖得出来,太高调对我们没有好处。"

"知道了,可惜爸你又要忙,今晚庆功宴不能出席了。"

莫丹阳又开始讽刺弟弟,"什么小事情也要让爸爸出面。"

莫阳冷笑,"难怪你体重猛增,胃口越来越大啦,一天一亿都是小事情。"

"你,哼,你可真自信,一个小投资电影会一天过亿?"

莫阳往外走着说,"你如果有空也可以来参加,不用等到晚上,再有两个小时就可以过亿了。"

莫阳说的没错,甚至不到两个小时的时间,爱情片《超市情缘》过亿,又一波新闻袭来,这部电影以小博大赢了个满堂彩。

由于莫阳的缘故,电影破亿庆功宴举办得异常热烈,各路明星、企业家都纷纷赶来捧场,这一晚对于杨雪薇来说可真是梦寐以求的时刻,她终于从理想走到了现实,从边缘走向了中心。

雪薇回到北京赶回家把自己收拾妥当,喷上了凌天昊送她的香水。她给方骄骄打了电话,曾经她们约定,等杨雪薇混好了,一定正大光明地带方骄骄参加这样的宴会,放心大胆地跟明星合影,不过这次方骄骄爽约了,因为她跟大鹏正在海南重温旧梦。

晚宴上王义也来了，看见粉妆玉砌的杨雪薇就两眼放光，王义向雪薇张开怀抱，"祝贺你们。"

雪薇却拍下王义的胳膊，前后看看，"您这身衣服很有气质。"避开了他的拥抱。王义习惯了和雪薇这样的互动方式也不觉尴尬，顺势展示一下，跟雪薇碰个杯，"你今晚很漂亮，我好像每次在正式场合看到你，都特别特别惊艳。"

"谢谢王叔叔。"

王义无奈，被雪薇这么叫惯了，倒也懒得反驳，"真的，别看你不打扮清汤寡水儿的，打扮起来端庄、漂亮，还透着一股灵气。"

"您可真是越来越会说话了。"

"我这人可最不会说话，说出来那肯定都是肺腑之言。"

雪薇忍不住笑，但也乐得把王义的话当成一种享受。

王义又问，"对了，你什么时候请我吃饭？"

"行行行，哪天您有空？"

跟大家寒暄着，雪薇的眼睛却一直在搜寻凌天昊，他还没有来。

敏敏看到雪薇，过来跟她拥抱，"哇塞，雪薇，你今天也太漂亮了吧。"

正说着，凌天昊和蔷薇进来，雪薇不由得调整好自己的姿态，目光停留在凌天昊身上。

蔷薇热情地跟王义握手，"王总，我们又见面啦。"

王义立马换了又正经又受宠若惊的笑容，"蔷薇小姐，我太喜欢看你的电影了。"

"是不是啊王总？"蔷薇满脸堆笑。

"必须的必须的，你那个斯德哥尔摩影后真是实至名归啊。"

凌天昊纠正，"是斯洛伐克影后。"

"下次一定是双料影后啊。"自嘲不会说话的王义总是句句说在人的心坎上。

"那我们就干一杯吧,预祝蔷薇再夺后冠。"凌天昊举杯,雪薇还一直注视着他。

凌天昊终于有时间注意到格外动人的雪薇,"你今天……"还没说完,大门打开,所有人向那边投去目光,雪薇一扭头看见刚刚走进会场的那个人让她万分吃惊,竟然是姜楠。

第十二章
Chapter 12

久未谋面的姜楠被一个陌生女人挽着，雪薇在新闻里看到过，那是莫阳同父异母的姐姐莫丹阳，只是照片里的人看起来还不错，眼前的这位一身赘肉本来就不高的身材显得更矮，年龄看起来也相当成熟。只见莫阳带着一副不屑的样子向他们走去，打扮得很是绅士的姜楠脸上堆着笑要跟莫阳握手，莫阳并不理他，只跟姐姐不知说了些什么便走开了。很快有人又围到莫丹阳身边，莫丹阳也热情地把姜楠介绍给他们，雪薇不由自主靠过去，她亲耳听到莫丹阳说那是她的丈夫，Andy，还听到她说他们已经生了孩子，孩子已经两个月了。

当初姜楠到美国总部没多久便因为商务机会认识了莫丹阳，姜楠立刻运用他那套满怀抱负、壮志未酬的说辞，那些话除了在方骄骄身上奏效，也很快引起了莫丹阳的注意，更让姜楠惊喜的是三十五岁的莫丹阳未婚，这次总算让他钓到条大鱼。姜楠用尽心机地勾搭上了莫丹阳，资本充足的姐姐总是对满怀抱负的弟弟格外关照，两个人一来二去就迅速上床了，不到两个月，他就住进了莫丹阳在美国的豪宅同居，谁知很快他竟然又让莫丹阳怀孕，莫丹阳因为身体原因曾被医生告知怀孕几率微乎其微，没想到竟然发生奇迹。莫世铭极力反对女儿嫁给穷小子，答应留下孩子给姜楠一笔钱，但一直未能谋得如意郎君的莫丹阳这次却一意孤行，就是被小自己六岁的这个小鲜肉迷得神魂颠倒，背着家人在美国登记结婚，直到生完孩子才携夫归国。

刚回到北京的姜楠还没来得及看新闻，睡了个觉倒时差，完全不知道杨雪薇会是这场活动的主导，看见他杨雪薇气得浑身发抖，端了杯红酒走过去假装不小心撞在姜楠身上，一杯酒全泼了过去。

雪薇装着傻忙说，"哎呦，对不起先生。"

"你……"姜楠一抬头看见杨雪薇，惊得一下子打了个激灵。

莫丹阳趾高气扬地叫，"你是谁啊？"

"我是天禾公司的总监杨雪薇，真对不起。"

莫丹阳听她不是什么重要人物，更是恨不得用下巴看人。

雪薇故意跟姜楠说，"这位先生我看你挺面熟的，我们不会在哪儿见过吧？"

莫丹阳看看姜楠，姜楠冷着脸说，"我不认识你。"

莫丹阳凑到雪薇面前，"现在的女孩子脸皮都这么厚吗，人家太太站在身边呢，居然说出这种话来。"

雪薇马上满脸吃惊地说，"您是他太太啊，不好意思，我还以为您是这位先生老领导呢。"

"老领导？"杨雪薇一点面子不给他们，莫丹阳气得火冒三丈，旁边的莫阳听到这话乐得一口酒差点喷出来。

凌天昊赶紧过来跟莫丹阳打招呼，帮他们解了围，把莫丹阳请到贵宾席，又亲自逐个叮嘱了记者不要乱拍乱写。姜楠到洗手间去整理衣服，杨雪薇随后跟进去。

男洗手间里还有一个人，看见雪薇就这么直冲冲地进来，尿到一半吓了回去，慌忙转过身去喊，"你瞎啦，这是男厕所。"

杨雪薇的脾气上来不管三七二十一，冲人吼一声，"尿完出去！"吓得那人拉链都拉不利索，等人一出门，杨雪薇咣地把门关上。

"这不是移民美国的上等人吗，原来是做了莫氏集团的上门女婿，改了美国名字叫 Andy 啊？"

姜楠关了水龙头，"杨雪薇，你想干什么？"

"哟，想起我是谁了。"

姜楠要走，雪薇拦住，"姜楠，方骄骄对你那么好，真没想到你能狠得下心对她做出这种事，勾搭上富婆吃软饭，你可真有本事，真应该给你颁个当代陈世美奖。"

"你少在这阴阳怪气，小心我要你好看。"

"好啊，我倒真想看看你这种狼心狗肺的东西还能做出什么事儿来，要不要出去让大家一起看看？"

"你别太过分。"

"跟你比起来，我差得远了。"

姜楠要出去，雪薇把衣服往下一拉露出一边肩膀，"你敢出去我就喊非礼。"

"你到底要干什么？"

"干什么，我要问问你，你都对方骄骄干了些什么？"

"我们俩的事儿关你屁事。"

"方骄骄的事就关我的事，她一个女孩子还没嫌弃你，她攒了嫁妆，攒钱买房子，一心一意想跟你好好过日子，她……"想到方骄骄的流产，想到姜楠跟另外一个女人生了孩子，杨雪薇愤恨至极，可是这话她还是没有说出口，"你一声不吭就找富婆去了，你对得起她吗？"

"杨雪薇你少管别人的闲事，怎么，来帮她要钱啊，分手费我早就给过了。"

"没人要你的臭钱，你必须得给方骄骄一个说法。"

"哼，说法，这是什么年代啊，杨雪薇，我看你爬得也挺快的嘛，你跟外面那些男人眉来眼去的没少给小志戴绿帽子吧。"

"你，狗嘴里吐不出象牙来。"

姜楠冷笑一声，"人往高处走，水往低处流，我奉劝你，出来混，别把事情做得太绝。"

姜楠用两个手指捏着杨雪薇的衣服提上去，"对，我现在就是名正言顺的莫氏集团的女婿，我和莫丹阳是合法夫妻，说不定你哪天求得到我，你这样的，我可下不去手。"姜楠转身出去，杨雪薇气狠狠地挤出几个字，"不要脸。"

从卫生间出去，外面有很多记者正等着要采访她，杨雪薇努力收拾起情绪。

而决心要艳压群芳的刘敏敏只能孤芳自赏地在角落里看着，她确实打扮出众，可这里的女孩子哪个不想受人瞩目，哪个不是拼了命地博出位，这满场的人不是明星就是有头有脸的人物，谁会关心她一个名不见经传的花瓶。等杨雪薇终于有一点空，敏敏跑过去，"雪薇，不，薇姐，我以后就叫你姐，你带带我吧，我也要做项目。"

雪薇看穿她的心思，握着她的手鼓励，"没问题，你肯努力总会成功的。"

忙了整整一个晚上，杨雪薇都没什么时间、也没心情吃东西，满怀冲动的"意外"没有出现，姜楠这个意外倒是真让她大吃一惊。

淋了一天的雨，生了一肚子的气，到了夜里杨雪薇胃疼得厉害，大概胃炎又犯了。不知是淋雨的缘故还是胃病的缘故，她发起了高烧，整个人烧得迷迷糊糊的，她下意识地伸手摸着床的另一边，"我要喝水。"然后意识到身边已经没有那个随时待命的小志很久了。

病中的杨雪薇自己挣扎着从床上爬起来烧热水，又找了温度计量体温，竟然烧到 38.5℃，拿起手机翻到小志的电话，可是她没有办法拨出去，打给方骄骄吧？此刻是深夜三点多钟，算了，不如自己找点药吃。翻了半天找到一盒消炎药,看看已经过期,只得喝口热水躺回床上,一夜翻来覆去,胃一阵阵地疼,不知折腾到什么时候总算是睡了,再次疼醒是六点多钟,雪薇连滚带爬地到厕所去吐,连胃液都吐了出来,看到镜子里的自己凌乱的头发,苍白的脸,眼角的泪也不知道是吐得难受还是心里难受。她想起刚刚跟小志在一起的那个冬天,也是深夜,胃炎发作,小志冲到女生宿舍楼下差点跟宿管阿姨打起来,然后等不及救护车,就背上她跑去医院。那年雪下得很大,小志拼了命地背着她,那次,小志在医院守了整整一夜没有合眼,那时候,她觉得小志是世界上对她最好的人。

突然听到敲门声,是小志吗?雪薇顾不得擦脸挣扎着去开门,竟然是凌天昊。

"怎么是你?"

看到她的样子凌天昊吓了一跳,"昨天走的时候就看你很不舒服的样子,早晨醒了给你发信息打电话都没有回,怎么病成这样?"

雪薇很感动,"谢谢你。"

"赶快穿件衣服带你去医院。"

赶到医院,诊断是肠胃炎、感冒加高烧,医生给雪薇输上液,过了一会儿身体稍微舒服了一点,看她昏昏睡去,凌天昊坐在旁边打开电脑工作。迷迷糊糊中,雪薇睁了睁眼,一束阳光正洒在凌天昊的身上,有一种温暖的味道,她不知怎的就想到方骄骄说过的那句话,"薪水是用来填胃的,男人是用来填心的。"是啊,心填满了胃也会感觉好起来。

再醒来的时候凌天昊不见了,护士说,"你男朋友出去买东西了,一会回来你们就可以走了。"

正说着凌天昊进来,拎着饭盒和一束桔梗,"你醒了!"

雪薇说,"医生说我没事了,出去再吃吧。"

"我看你已经吐得胃都空了,先喝点粥,这附近没什么好吃的,我怕你一会走不动还得让我背。"

雪薇笑笑抬手拿勺子,"哎呦,手好疼。"

"怎么了?"

"可能是输液输的。"

"那你别动了,我喂你吃。"

雪薇有点不好意思,伸出另一只手,"我自己来吧。"

吃完半碗粥,身体暖和起来,精神也好了许多,隔壁床的一个小朋友醒来看着他们说,"姐姐,你男朋友真好。"

两个人互相看看,都有点尴尬地笑笑,然后凌天昊说,"既然你是病号,我就做你一天男朋友吧,今天专职照顾你。"

雪薇笑起来,"那这位男朋友,咱们可以走了吗?"

"ok,送你回家。"

"我不想回去。"

"你应该多休息。"

"今天是周末,总不能在床上躺一天吧。"

"那没有办法,谁让你病了呢。"

雪薇又想起工作的事,"今天莫阳是下午五点那场吧,都安排好了吗?"

"别操心工作的事了,都安排好了,我这可是第二次送你上医院,希望不会再有下一次哦。"

看着外面明媚的阳光,雪薇觉得她已经忙得很久都没有注意过阳光了,"你看今天天气这么好,我觉得我应该透透气,更有利于身体健康。"

凌天昊点点头，"好，既然答应你了，就让你充分利用一天吧，那我们去兜兜风，不想走了就停下来打开车窗晒晒太阳。"

"好主意。"

凌天昊问，"对了，你跟那个姜楠认识？"

雪薇冷冷地说，"何止认识。"

"有过节？方便讲吗？"

雪薇略迟疑，"他，是我最好朋友的前男友。"

凌天昊点点头，这种故事不用多说，开个头就大概知道是怎么回事。

雪薇恨恨地说，"真没想到，他攀上的人居然是莫丹阳。"

"你公然得罪莫丹阳，恐怕她不会就此罢休。"

雪薇当时热血涌上脑门，根本没顾及周全，是的，她得罪了莫丹阳，别说莫丹阳不会轻易放过她，只怕还会连累公司，忙说，"她不会找公司麻烦吧，如果真是那样，我愿意承担所有责任。"

凌天昊微笑，"作为病人情绪不要这么激动，她出招我们接招就好了。不过，你和你的那位好朋友感情倒是很深厚。"

关于莫丹阳会不会报复这件事，凌天昊云淡风轻的态度让杨雪薇瞬觉温暖，也忍不住说起自己和方骄骄的一些事情，"我们认识五年了，是吃过同一碗泡面，睡过同一张床，除了男朋友之外一切都可以分享的那种朋友。"

"很羡慕你有这样珍贵的友谊。"

"对不起，我不应该让私人恩怨影响到公司。"

"我想那位姜先生一定做了很对不起你朋友的事情，既然你们感情这么要好，让你对他无动于衷很难吧。如果莫丹阳找你麻烦，记得要告诉我。"

杨雪薇看着凌天昊，她知道那一刻对他的情绪绝不仅仅是单纯的感动。

虽说身体好了一点，可是坐在车里久了雪薇的胃就开始不舒服，附近是个公园，干脆到公园的湖边坐坐，这里人不多，很多上了年纪的人在锻炼，慢跑、跳舞、放风筝，不慌不忙地。杨雪薇和凌天昊都太久没有过这样"虚度光阴"的日子，凌天昊说有时候忙得自己都不知道在忙些什么，而杨雪薇觉得她很清楚自己在忙什么，她还有好多事情想去做，要去做，一切才刚刚开始。

杨雪薇打了个喷嚏，凌天昊把外套脱下来给她披上，"你还是好好休息几天吧，最近太累了。"

"我的感冒不是累的，"雪薇有股冲动想把自己的感觉告诉凌天昊，突然手机响了一下，雪薇打开，是小志发的信息，"祝贺你，实现了自己的梦想，照顾好自己，别太累。"

雪薇收起手机，什么也没说出口。

可怜了莫阳一部电影要看五遍，身边的幸运儿从美女换成大叔、阿姨、花痴，害得他暗骂杨雪薇和凌天昊居然真的没有暗箱操作，下次再也不玩这种游戏了，直到最后一场，一个相当入他法眼的女孩出现，莫阳以为猎物来了，这个女孩是罗裴。

杨雪薇事先并没有告诉罗裴会和莫阳坐在一起，只是请她全店员工和全班同学一起看电影，还拿出一张单独的票说，"如果不想被男同学打扰就单独坐吧。"当她率领着浩浩荡荡的队伍出现在影院时，与众不同的气息让被保镖围坐的莫阳一眼就看中了。

罗裴按照座位号坐下来就只盯着屏幕，旁若无人，大名鼎鼎的莫阳居然被人这样生生忽视还是头一回，这倒引起了他的兴趣。已经看了N遍的片子对他实在没有任何吸引力，假装镇定地看了一会，再次向身边瞥去，罗裴竟然睡着了，莫阳的自信受到一万点打击，本想起身就走，可是罗裴的身体缩了一下，她裸露着修长的腿和白皙的胳膊，影院的空调吹得好冷，莫阳还是坐了回去，脱下外套碰了碰罗裴，示意衣服给她。罗裴摸摸冰冷的手臂，拿了外套小声说，"谢啦。"然后无精打采地盯着屏幕依然没有注意这位著名的大少爷。等到电影一结束，灯还没亮起来，罗裴立马把衣服还给莫阳起身准备走，这下才正经地看了他一眼，然后惊奇地说，"哦，你长得好像那个——莫阳。"

莫阳暗爽，轻轻一点头表示肯定。

他做好迎接对面女孩无比惊喜的那种神情，结果她只是笑盈盈地说，"居然在这见到你，谢谢你的衣服啦。"

说完她就迅速猫着腰走了，莫阳一时间回不过神来。

罗裴是要趁乱躲开阴魂不散的跑车男，结果还是被他缠住，在影院出口，莫阳又一次看到罗裴，径直走过来，说，"还没走？我送你？"

罗裴有一点诧异，但赶紧点点头跟他进了电梯，跑车男被保镖拦在外面。

从电梯出来，罗裴掏出张名片递给莫阳，"真是太谢谢你啦，改天有空来喝酒，我请。"

"为什么要改天？"莫阳接过名片看一眼，并没有眼前这位美女的名字和电话，猜想那是她工作的地方，随即把它递给助手，"去清下场。"

助手拿了名片去执行任务，莫阳的车已经开到了身边，莫阳亲自开门请罗裴上车，当他们到达的时候，THE MUSE 已经被包场。

罗裴说，"我来帮你调两杯酒吧，谢谢你今天帮了我两次。"

罗裴调酒并不花哨，沉稳而专注，这让莫阳对她更有兴趣，品尝过后，莫阳招手叫来助手，"去帮我查下这家店的老板是谁。"然后对罗裴说，"有没有兴趣经营一家酒吧？"

看穿一切的罗裴假装配合地点点头。

莫阳一副吃定她的样子，"那我得先知道未来老板的名字怎么写。"

罗裴暗笑，让莫阳的跟班、保镖都出去，不管怎样，揭穿真相还是要给莫大少留点面子，等大家都回避了，罗裴把营业执照摆在他面前，指着法人的位置给他看。

莫阳何等聪明，随即笑道，"看来我眼光真的不错，那我们换个地方去吃点宵夜吧。"

罗裴却并不答应，"很晚了我明天还要上课，你知道这里地址了，欢迎常来。"

莫阳拿过罗裴的手机输入自己的电话并拨通，完成彼此号码的保存，便和罗裴道别，他知道他们之间才刚刚开始。

两个聪明的人就这样被同样聪明的杨雪薇联系在了一起，不过雪薇想不到他们两个此后的发展速度快得几乎一分钟都没有耽误。

第十三章
Chapter 13

一个成本不足三千万的影片，最终仅给莫阳公司带来的利润就高达两个亿。凌天昊给莫阳交完答卷，再次提起投资的事情，莫阳却不慌不忙地说，"再看看。"其实莫阳不放心的是凌天昊的不可控性，毕竟他已经有过两次因为个人感情严重妨碍公司利益的行为。然而莫阳并不是完全不给好处，虽然当初约定零利润合作，毕竟没有想到结果会这么成功，莫阳给了天禾传媒3％的利润作为回报，并答应凌天昊以后的项目同意他们按比例分票房。

尽管暂时没有拿到大笔投资，天禾传媒想要快速发展还不现实，不过非常成功的案例让一大波客户慕名而来，换办公室、招人、选择项目，一时间大家忙得不可开交。

这个时候杨雪薇接到光光的电话，光光上来就跟她诉了一堆苦，然后说出自己的请求，希望加入天禾传媒。雪薇知道他有能力，公司又正是缺人的时候，虽然凌天昊不太愿意，可毕竟是光光自己辞职的也不算挖Lisa的墙脚，便答应了他。

在《超市情缘》的项目总结会上，杨雪薇提出因为影片本身质量不够过硬，所以即使宣传做得再精彩，后续的口碑效应还是跟不上，以后他们有条件选择就要挑既有卖点又有品质的好作品，这一点和凌天昊不谋而合，他们之间越来越有默契。

忙完手上的事，杨雪薇觉得还是要把欠王义的饭还了，她不想两个人之间有什么纠缠不清的地方。

王义不大喜欢小资情调的酒吧，雪薇便选了一家平价而美味的火锅店，王义去得比约定时间晚了一会儿，匆匆赶来时，手里拎着个大大的LV包装袋。

"这地方真不好停车，你怎么找这么个地方，哎呦这太吵了，服务员，服务员。"

一个敦实的女服务员过来，"您好，先生。"

"给我们换个包间儿。"

"我们包间是六人起的，现在也都预定完了。"

"肯定有没来的吧，给我得了，多给你钱。"

"不好意思先生，我们这儿有规定……"

"什么规定，还不都是人定的。"

"对不起先生，真的都已经预定完了，现在还没到时间，我……"

王义还要争执，看见杨雪薇正托着下巴忽闪着大眼睛瞅他，只得让服务员走了。

雪薇说，"委屈您，凑合一下行吗？"

"这话说的，现在能跟杨大小姐吃个饭不容易啊，呵呵，"王义把手提袋放在桌上推给雪薇，"送你的。"

雪薇马上推回来，"无功不受禄，这我可不能收。"

"谁说没功了，你的功劳可大了去了，就你给出的那个遛狗的主意真不错，现在老爷子的金毛都会拿拖鞋了，呵呵，让我省多大心啊。"

"真的？金毛本来就聪明嘛，要是早点训练会更好呢。"

"这就不晚，来来来，快把包收起来。"

"不要，不要，真不要。"

两个人正推来推去，敦实的服务员把铜锅端上来，洪亮的嗓门喊了一声,"小心烫啊。"

王义又推推手提袋,"其实我是有事找你帮忙,你不收我可张不开口。"

"拿人手短,你还是先说什么事儿吧。"

"是这么回事,《Focus》周刊的主编是我的朋友,他们想请你做一期独家专访,你现在可是炙手可热啊,他们怕被竞争对手捷足先登,让我赶快跟你疏通疏通关系。"

《Focus》周刊是影视传媒界的著名杂志,一向被奉为业界新贵风向标,一般人物想上采访都不是件容易事,杨雪薇虽然凭借《超市情缘》崭露头角,但以她目前的知名度和地位,并不太可能得到这样专访的机会,这哪里是要她帮忙,简直是王义用自己的关系在帮她提升身价。

雪薇惊讶地问,"真的假的?"

"我什么时候骗过人?"

雪薇看看LV的袋子,"那应该我给你买个包吧!"

王义哈哈笑起来,"那你是答应了,我跟人家确定时间。"

雪薇忙不迭点头,"嗯嗯嗯。"

王义又把包推过来,"拿着,女孩子包多才能装得下更大的梦想,你看看这个可是限量版,一般人还买不到呢,再说这不是我一个人的意思,也是老爷子的一份心意。"

老爷子一向不喜欢用钱收买人心,这分明就是王义的个人行为,可是他的这一套说辞又实在让人不好推辞,雪薇犹豫一下,说,"那咱们可说好了,以后可真的不要再送东西给我了。"

"听你的。"

杨雪薇又一次"迫不得已"地接受了王义的礼物,以免大庭广众两个人推来推去会很难看，而在王义的心里，他认为自己已经一步步吃定了雪薇。

看着雪薇收了包，王义立马转移话题，"你最近好像瘦了呀，工作辛苦要多吃点。"

"瘦吗？一点不瘦呀。"说着雪薇夹了一片肉涮进锅里，王义拿起筷子把肉夹起来，"你别说，这个火锅还挺好吃的。"

"哎，那个肉是我放进去的。"

"你再涮一个。"

……

杨雪薇的能力在升级，王义的礼物也在升级，除了物质还有极大的精神满足，她可以拒绝利益却不能无视人情，本想拒他于千里之外，却不知不觉中被他进一步绑定，这让她对王义又排斥又感激又纠结又警惕。

杨雪薇意识到这样下去可不行，得赶快想一个办法，扭转这种局面，即使不能让王义为自己所用，也不能被他一步步拉入陷阱，于是雪薇想，干脆主动放弃一个已经准备签约的客户给 Lisa 那边，这样既算是对王义的回礼，也算弥补一下长久以来凌天昊对 Lisa 的亏欠。

有阵子没见面的方骄骄突然打电话给杨雪薇说有重要的事情，两人约了一起晚餐。再见到雪薇，方骄骄不得不刮目相看，她的变化实在很快、很大，全身上下已经被奢侈品包围，精致的妆容和头发很显然做过专业造型，她这块未经雕琢的璞玉俨然一副都市精英模样，而方骄骄还是那个方骄骄，有稳定的工作、平凡的生活、一早就决定尽快嫁个普通人的方骄骄。

两人一见面，杨雪薇就感觉到了她们的形象差距让方骄骄有一点不太自在，坐下来就抽了张纸巾抹掉鲜艳的口红，"下午有个采访，她们把我搞成这个样子。"

方骄骄笑说，"还没来得及祝贺你，你现在终于实现自己的理想了。"

她们点了菜，边闲聊边吃，慢慢地又恢复到从前的状态，方骄骄才说重温完旧梦她遇到一个严肃的问题——大鹏向她求婚了。

"你们也太快了吧，"雪薇吃了一惊，"你答应了？"

方骄骄点头，但是一脸纠结的样子，"你知道我是很想结婚的，能遇到大鹏我觉得真的是我的幸运。"

"结婚毕竟不是一件小事，你想好了，不是因为孤独寂寞，是因为你爱这个人？"

"我没有你那么多要求，我只希望用尽全力能够过好这平凡的一生。"

"怎么看你的样子不是那么兴奋呢，出什么事了吗？"雪薇想到姜楠，不知道方骄骄是否知道他已经回国，还跟富婆结了婚，生了孩子。

方骄骄说，"还记得去年我'胃疼'吗？"

原来是这件事，雪薇已经发现了这个秘密，但她没有说破，"我还给你做鸡肉丸子冬瓜汤来着，都把你给吃哭了，有那么难吃吗？"

"没有，其实……"说着，方骄骄眼圈又红了。

"我知道，是被我感动的吧。"

"雪薇，其实那时候我根本不是什么胃病，我，我去做了流产手术。"

雪薇装作吃惊的样子。

方骄骄抹去不自觉流下的一行泪，"那时候当我知道我怀孕的时候，我其实特别开心，我都二十八了，我想结婚，想生孩子，我在医院检查完就想赶快把姜楠叫回来，那天我在电脑前边等着美国天亮，我连美国长什么样都不知道,可是我得等天亮了,叫姜楠醒来,把这个消息告诉他。可是,姜楠不要这个孩子。"

雪薇拿纸巾递给方骄骄,"你怎么都没告诉我呢?"

"当时我想了好几天,姜楠说,他觉得孩子来得不是时候,让我打掉,我觉得我做不到,我就想跟我妈说,可是我给她打电话一句话也说不出口,我妈一个人把我拉扯大多不容易啊,我就这么给她添个孩子,太对不起她了。"方骄骄说不下去,雪薇坐过去抱住她,缓了缓情绪,方骄骄说,"后来的事你都知道了,我现在倒是庆幸当初没要那个孩子,当初他走的时候给我十万块钱,我还傻乎乎地等着他回来买房结婚,原来他早就打定主意不再回来,我把那笔钱捐给了一个得白血病的小孩,算是让自己心里好过一点,我不想再和那个人扯上一丁点的关系。"

"方姐,我真佩服你。"

"可是,现在我不知道应不应该把这件事告诉大鹏。"

雪薇很肯定,"不能说。"

"我也知道不能说,可是我怕万一有一天他知道了那怎么办?"

"你不说我不说他不会知道的,我发誓,我绝对不会说出去,大鹏人再好,一个男人他也会介意的吧。"

"可是我心里很难受,我们计划后天去领结婚证的,雪薇,我真的不知道应该怎么办。"

雪薇看着方骄骄,认真地问,"你爱大鹏吗?"

方骄骄点点头。

"他也同样爱你,对你好是不是?"

方骄骄再点点头。

雪薇抱着她,"过去的事情就让它过去吧,每个人的心里都会有一些不愿意让别人看到的地方，说不定大鹏也会有，我们都不要去挖掘对方的疼痛，你好好地珍惜他，好好地过你们以后的日子不是最重要的吗？"

从前，方骄骄给杨雪薇上课，今天杨雪薇又给方骄骄喂鸡汤，不管她们怎么改变，两个人之间的友情从未变过。

方骄骄把憋在心里很久的话说出来人也轻松了许多，从餐厅出来，雪薇开车要送方骄骄，方骄骄没想到雪薇的变化不止外表，"你买车了？"

"不是，公司给配的。"

路上，方骄骄还是忍不住问了她和小志的情况，每天从睁开眼睛忙到站着都能睡着的杨雪薇逃避这个问题很久了，他们偶尔发一个信息，不咸不淡，谁也没有往前走一步，谁也没有提出彻底分手，就这么不清不楚地耗着。

方骄骄说，"以前我觉得自己特别坚强，什么事情都能自己扛，后来遇到大鹏，他总是能帮我一起分担，慢慢的，我发现自己不那么坚强了，可是却比以前幸福、开心很多，我觉得太坚强的女人大概就是身边那个男人不能够保护她，或者已经没有足够的能力保护她，雪薇，你现在变得越来越坚强，你还要小志继续保护你，为你分担吗？"

杨雪薇不知道，她曾幻想过无数次和小志彻底分手的场景，可是她又做不到，说不出口。虽然没有结过婚，多年来最纯粹的那份感情已经变得像亲情，分手感觉就像一场离婚，她只能说，"回头再说吧。"

方骄骄说，"恋爱就像追日出，追着追着天就亮了，结婚就像追落日，你不追，他等着等着可就不等了。"

方骄骄和大鹏如期领了结婚证，红色的背景，两人穿着雪白的衬衫，傻傻地笑，脸上的幸福都快要溢了出来。杨雪薇收到方骄骄发来的照片,那一刻她真正意识到自己和小志走不到这一天,那一刻她决定,彻底地结束一切。

在家里,杨雪薇把自己的东西都打好了包,这间房子终于是所有人都要离开了。门铃响了,雪薇开门,是久未见面的小志,两个人像不太熟悉的人一样拘谨、尴尬。

雪薇给小志倒了杯水,然后说,"方姐和大鹏结婚了。"

小志点点头,"看到她们照片了。"

两人沉默,很久,雪薇说,"我们分手吧。"

小志点点头,然后把脸埋在双手里……

出门的那一刻,小志又转身。

雪薇只说,"再见吧。"

不像土义的婚姻有利益的绑定、错综复杂的人际关系,杨雪薇和崔小志的感情除了单纯什么都没有,分手也只需要一句话。

杨雪薇没有痛苦,也没有哭,身体和大脑一样有些麻木、空空荡荡的。最后停留在她心里的只有当年在学校两人合作的那首歌,那个最美好的画面,小志弹着吉他,她唱着歌:

> 谈恋爱　跟某某某
>
> 爱情开始在月光底下走
>
> 一片稻禾　一把心火
>
> 烧得令人愁愁愁
>
> 和他在路边　救小狗
>
> 情诗写到酸了手
>
> 为她在雨中发誓戒烟戒酒
>
> 让她怪我多情难忍受

为爱情　冲昏头

忠言逆耳没朋友

爱上她　不要家

心头难容一粒沙

傻等候　情飞走

爱到入神没药救

没有她　不习惯

爱像烛火随着风儿转

爱像烛火随着风儿转

转得我好乱

青春短暂，杨雪薇的青葱岁月结束了。

第十四章
Chapter 14

方骄骄和大鹏终于买了房子,开始忙着装修、拍结婚照、筹办婚礼,方骄骄坚持把自己不多的积蓄拿出来,她说这样将来他们吵架了她才能底气十足地把大鹏赶出门,大鹏向他保证如果以后不小心惹怒了方骄骄,不用她赶自己主动缩成团滚出去,方骄骄也如愿地买了她最喜欢的婚纱礼服,大鹏送了她梦想中的 Jimmy Choo 高跟鞋,做完这些,他们的银行存款已经几乎为零,但他们对彼此说我们携手共进的日子就从这一刻开始,一生一世。

或许方骄骄和大鹏爱得不够久才有足够的激情,或许杨雪薇和小志拖得太久已经没有了热情。

临近婚礼,他们在家写请柬,方骄骄写了雪薇,又想到小志,曾经他们开着玩笑将来一起结婚,一起办婚礼,现在全都物是人非,方骄骄在雪薇的名字后面又加了小志,然后把那张请柬收起来藏在抽屉深处。

谁知提前三个月定好的婚礼场地临了出了问题,竟被人高价给抢了去,黄金十月的场地本来就非常难搞,这下方骄骄和大鹏慌了神。雪薇打电话问方骄骄怎么还不发请柬才知道出了岔子,她想让凌天昊来帮忙,但他还在出差,突然雪薇想到王义有参股的一个小型休闲度假酒店还没开张,她看过内景照片,办婚礼绝对漂亮,为了方骄骄雪薇决定找王义帮忙。

王义好不容易逮到杨雪薇开口求助的机会暗自欢喜，但是他说，"哎呀，酒店也不是我一个人的，现在除了有两个明星过去拍过照，还没接待过任何人呢，我得征求下别人的意见。"

雪薇恳求，"要不是特别为难，您无论如何得帮帮忙。"

王义笑说，"要是我帮了忙，你怎么报答我呀？"

雪薇知道这个节骨眼上不是意气用事的时候，便说，"那，您帮了我，我肯定会好好谢谢您的呀。"还故意把"好好"两个字说得重重的。

有这句话王义很得意，"那你等我电话。"

没多久，王义回复，周末带他们去实地参观。

那天王义特地换了辆敞篷跑车带着雪薇，跟在后面的方骄骄心里不踏实，跟大鹏说，"要不然咱们再找找别的地方吧，简陋点也没关系。"

大鹏明白方骄骄的心思，虽然他不清楚王义和杨雪薇究竟是什么关系，可跟方骄骄一样他们不想因此给大家带来心理负担。

在快到郊区绿荫环绕的一处，度假酒店到了，如果抛开王义的缘故，他们实在是一眼就看中了这个地方，一座五层高的综合楼加上几栋中式小别墅，绿草茵茵、溪水环绕、满园花开，这里实在太美、太浪漫，在外面的草地上举行户外婚礼，简直就是梦幻一样的场景。

方骄骄忍住内心的狂热对王义说，"真是麻烦王总了，不过，这地方离市区有点远，我怕亲戚朋友们过来不太方便，而且，您这儿这么高端，我们没有那么多预算了。"

王义笑说，"不用着急，先参观参观。"然后又带他们到几栋别墅去看。

方骄骄真的是喜欢这个地方，这里的每一栋别墅做婚房都再漂亮不过了，大鹏看得出方骄骄对这里的满意，当然他也非常满意。

雪薇只顾着帮方骄骄他们参谋，别的没想那么多，看到房间里柔软的大床，圆形的大浴缸，觉得新婚之夜住在这里简直是完美，忙把王义拉到一边问，"怎么收费？"

王义是醉翁之意不在酒，收钱不是他当下最关心的，"反正还没正式营业，你的朋友嘛不要钱。"

雪薇惊喜，"真的？"

"我什么时候骗过你啊，你看这儿环境相当不错吧？"

"嗯嗯。"

王义眯着眼低声说，"那床可是从欧洲原装进口的，要不要试试？"

雪薇收住笑容，瞪了王义一眼。

从别墅出来，方骄骄悄悄跟雪薇说，"我们还是不麻烦王义了，我看他对你真是没安好心。"

雪薇问，"你就说你喜欢这儿吗？"

"喜欢是喜欢，可是真的不想害你欠他人情。"正说着，方骄骄接到婚礼公司打来的电话，依然没有找到合适的婚礼场地，让他们自己也再想想办法。

大家都知道十月份的婚礼场地不是老早预定就是天价竞争，如果再搞不定只能改期，雪薇对方骄骄说，"如果就是因为王义的问题你放心在这儿办就好了，我有办法对付他的，钱的问题你也不用着急，这儿还没正式营业，不收费。"

方骄骄又把大鹏拉过来商量，最后他们决定一定要付费在这儿办婚礼，但是办完就走不住宿。

王义表示没问题，象征性地收费一万块，又说，"小伙子真是一表人才，有福气，骄骄也是个好姑娘啊，回头可别忘了请我喝喜酒。"

等收到方骄骄的请柬,杨雪薇在办公室出神,一来不知道该怎么"好好谢谢"王义,二来,当初对结婚没有一丁点儿渴望的她,现在看到方骄骄真的要步入婚姻的殿堂,又感觉心里有种说不出来的滋味。

凌天昊敲门进来,看到桌上的喜字请柬,便说,"我陪你去吧。"

"那个时间你应该在出差。"

"听说一个女孩子独自参加闺蜜婚礼通常会哭得很惨烈,我有点替你朋友担心。"

只是听了这一句话,杨雪薇的眼眶便有点发红。

"告诉我时间地址,我一定会赶回来的。"

每当这个时候,雪薇总是忍不住用台语说,"谢谢你。"

凌天昊问,"你是不是只会这一句?"

雪薇终于露出笑容。

看到桌上还有一份请柬,凌天昊又问,"你有几个婚礼要参加?"

"这份是我朋友托我给王义的。"

"你朋友认识王义?"

"婚礼场地在他没开张的酒店。"

凌天昊揉揉眉心,"看来你还需要还王义人情。"

雪薇叹口气。

"等我一下。"凌天昊出去没一会儿拿了一份厚厚的文件进来,放到雪薇面前,"王义一直想投资电影,不过他对这行确实不够了解,这是我整理的近几年的行业趋势报告,你给他吧。"

雪薇对这么"大"的人情很惊讶,"这份文件太重要了吧,我怎么能拿你的心血去送人情!"

"我确实花了很多时间做研究,你不妨看完再给他,我们本身还没有能力去介入大规模的影视投资,如果王义可以好好利用它,那我的研究岂不是更有价值。"

"那我欠你这么大的人情更不知道该怎么还了。"

凌天昊笑笑,"我发现我还没有王义关心我的 partner,显得很不称职,我们就算扯平吧。如果要谢,改天请我喝酒吧,最近罗裴不知道在忙什么,老是看不到她在店里。"

杨雪薇有一点私心,所以她并没有把安排罗裴邂逅莫阳的事情告诉他,试探性地说,"可能谈恋爱了吧。"

凌天昊听了倒是很轻松的样子,"那就太好了,改天要问问是谁这么幸运被她选中。"

"你对罗裴评价很高哦!"

凌天昊的神情透露出对罗裴的十分肯定,笑说,"你和她都非常优秀。"

翻看着那份报告,杨雪薇觉得她好像已经真的爱上了他。

雪薇一直拖到最后一刻才去给王义送请柬,王义笑嘻嘻地问,"你打算怎么好好感谢我呀?"

"我的感谢礼可是很厚重的,您可要好好接住啊。"

王义张开怀抱,雪薇把文件拍到他怀里,王义忙抱住,"这什么东西这是?"

雪薇哈哈笑。

王义一看,《影视行业发展趋势报告》,"就这个?"

雪薇转身走人,"好好消化吧您。"

王义叫住她,"等会儿等会儿,"翻了几页文件眼睛一亮,也随即明白这不可能是出自杨雪薇之手,这份回报确实够厚重,可他的目的还没达到,又眯起眼睛说,"晚上去酒店住得了,省得明天折腾,那边没人,很清静。"

雪薇笑道,"我不怕人,我怕有狼啊、狗啊、大狼狗啊什么的。"

王义还不放弃,"那我明天一早去接你。"

"谢谢王叔,我跟凌总一起去。"

一听凌天昊,王义皱起眉头,"你参加闺蜜婚礼带着老板这合适吗?"

"不合适。可是,我怕到时候哭崩溃了。"

"这不是有我呢吗,我陪你一起去呀。"

"可是我已经跟凌总约好了,您要是忙可以不去的。"

"我不忙。"

"哦,那就明天现场见吧。"说完雪薇赶紧走了。

王义看着她的背影咬牙切齿,"小丫头片子。"

就这样,方骄骄的婚礼上,杨雪薇挽着两位男士出席,两人一见面,方骄骄就大呼,"哇,你比我这个新娘还嚣张,来砸场子的吧!"

杨雪薇把三个厚厚的大红包送上,"来砸钱的,你今天可是太漂亮了,我拉一个连来也没法儿跟你比呀。"

方骄骄和大鹏把他们请进去,凌天昊和王义就坐,雪薇跟着方骄骄去房间补妆,方骄骄问,"怎么凌天昊也来了,你这唱的哪出啊?"

"我得带一个保镖吧,还不都怪你,给王义发什么请柬?"

"那人家都说了我们哪儿能不给呀,再说这是人家的地盘,"然后方骄骄笑说,"噢,你跟凌天昊?"

"别胡说,没有的事。"

方骄骄一边对着镜子让化妆师整理妆容,一边说,"放心好了,我给你准备了专门保镖,就怕你喝多了被王义钻空子,唉,当时真应该忍一忍不来这儿办婚礼的。"

雪薇安慰她,"行啦你就安心做你最美丽的新娘吧,我送给王义的大礼可比他这份人情贵重多了。"

这么一说,方骄骄反而更不安心,扭过身子问,"你送他什么了?"

"一份行业趋势报告。"

"一份报告那么贵重吗,你可别骗我。"

"那份报告他用好了能再换一个酒店,现在是他欠我,不是我欠他。"

"什么报告这么牛,你怎么弄来的?"

"是凌总自己做的啦,我倒是欠他一个大人情,我看我得拼命工作还债了。"

方骄骄听得有点迷糊,又问,"凌天昊也喜欢你对不对?"

这个事情雪薇心里偷偷想过,可是她真的不知道,也有点不敢去弄清楚,她做了一些扫清两人之间障碍的事情,可又害怕到头来只是一场镜花水月,她还没有把握,还不想仅凭一腔热情上战场,便打岔,"哎呦,你怎么什么事儿都能扯到感情上?你看你这个腮红是不是要补一补?"

方骄骄可是一本正经,"一会儿再补,我说真的,凌天昊呢帅是帅,可是看起来很有距离感,再说过往经历太复杂,这样你会很累的,而且他可是台湾人,你们俩要是在一起,那户口本儿怎么改?"

雪薇听得直乐,"这都什么跟什么呀,人家凌天昊怎么那么倒霉,给你送了那么大个红包还得被你念叨,结了婚的女人真可怕。"

方骄骄又扭过身来,"哎,从我领证的那一刻起,在我的字典里,女人就分两种,已婚的和嫁不出去的。"

雪薇看看一屋子化妆的、做伴娘的女孩,都年纪轻轻,笑说,"你这打击面儿可太广了啊。"

看看时间,仪式快开始了,雪薇最后帮方骄骄整理整理衣服头发,两个人紧紧拥抱一下，出去就坐。

几分钟之前还在互损，几分钟之后，当婚礼进行曲响起，方骄骄一身白纱出现在舞台那头的时候，杨雪薇瞬间泪崩，鲜花环绕着方骄骄一步一步走向大鹏，杨雪薇视线一片模糊，方骄骄一个从二十岁就奔跑在嫁人路上的姑娘终于在三十岁完成了她的梦想，杨雪薇使劲儿地鼓掌，使劲儿地笑，嘴唇都在控制不住地发抖。凌天昊递过纸巾，雪薇忙接住自己擦，整个过程，台上的方骄骄哭得妆都快花了，台下的杨雪薇哭得满脸都是泪，台上大鹏紧紧抱着激动的方骄骄，台下凌天昊握了握杨雪薇的手。

到了新娘抛花环节，方骄骄心里早就定了这束花的主人，她直接把花送到杨雪薇手上，果然那一刻雪薇哭得跟砸场子一样，旁边的凌天昊只好赶快揽住她的肩膀，方骄骄泣不成声地说，"我永远也忘不了我们第一次见面的样子，那时候你花了几个月的生活费买我破旧的高跟鞋、手表，害得你只能吃泡面得了胃炎，在我最困难无助的时候都是你在我身边陪着我，支持我，我曾经特别特别希望有一天我们能一起和爱的人走上红地毯，我们还说过，如果我们都嫁不出去，就一块儿过一辈子，可是现在我终于找到我的幸福，我最希望的事情就是你也赶快找到让你幸福快乐的另一半，看着你在这个城市努力地打拼，一点一点实现自己的理想我知道你有多么不容易，可是作为最好的朋友，我宁愿你的生活和我一样平淡踏实，也不想看着你一路流着泪高歌猛进，但我也知道那又不是你最想要的人生，今天，我在我人生最重要的日子，我想说，那个能够保护杨雪薇、支持她、爱她的人赶快出现吧。"

那天，杨雪薇喝了很多酒，还有些失态，她让大鹏对方骄骄发誓，无论发生任何事情，都要照顾她，爱她，对她不离不弃，因为她真的是这个世界上最值得娶的女人,她让大鹏对到场的嘉宾发誓,对走过的红毯发誓,对布满的鲜花发誓,对天空发誓,对自己发誓,对一切发誓……

女人很奇怪,明明自己说不想结婚,可是却会在别人的婚礼上崩溃,看到别人身穿白纱牵手新郎,心里会翻江倒海地难受。如果有人想要向自己的女朋友求婚,那么就去别人的婚礼上一定会成功,爱情会让人冲昏头脑,看别人的爱情也会让人神志不清,可是往往最容易击中女人脆弱内心的那一刻并没有人向她表白。

那天他们续了好几场,办完婚礼去唱歌,唱完歌午夜狂欢,大家都散了杨雪薇也不肯走,又拉着凌天昊去了 THE MUSE,那天她喝了平生最多的酒,喝到站都站不稳,喝到扶都扶不起来。

凌天昊一直在酒吧陪雪薇到很晚,所有人都走了,雪薇倒在凌天昊怀里睡去。罗裴看着凌天昊的样子,她知道她的天昊叔叔不会离开这个女人了,罗裴第一次主动拨通了莫阳的电话。

不知道过了多久,凌天昊也在酒吧睡着了,当他再睁开眼,雪薇不见了。

第十五章
Chapter
15

杨雪薇觉得太闷,闷得喘不过气来,闷得胸口疼,摇摇晃晃地走到大街上,深夜的冷风吹得人慢慢清醒。她断断续续地想起在方骄骄的婚宴上跟别人拼酒,想起在KTV哭着唱悲伤情歌,想起拽着方骄骄不让大鹏靠近她,想起紧紧抱着凌天昊不撒手,酒慢慢醒了,人却异常懊恼,怎么又把自己搞成这个样子!

跟跟跄跄地走着,地上扔的一张大海报差点把她绊倒,迷迷糊糊地围着海报转两圈,铺开看看,是蔷薇代言的美容产品广告,杨雪薇醉眼蒙眬地指着画中被踩脏的人脸自言自语,"你把我绊倒了,"还挥着手做打耳光的样子,"啪——啪——,从现在开始,只有我打你们的耳光,谁都不能再打我,谁都不能,事业才是我的追求,爱情算什么,呵呵……"

模糊中看见前面路口停着一辆商务车,还看到隔着车窗有闪光灯闪了几下。杨雪薇走过去,揉揉眼睛看到那条窄胡同里有个女孩蹲在地上哭,又看看那辆车,这时里面的人也看见了她,掉转车头就跑了。

雪薇慢慢靠近那女孩,当她抬头擦眼泪,雪薇吓了一跳,全身寒毛噌地竖起来,竟然是蔷薇,她哭得像鬼一样。雪薇努力定定神,四下看看,没有人,走过去叫了声,"蔷薇?"

痛哭的蔷薇吓了一跳,匆忙说了句"认错人了",起来就走,没走两步,晕倒在地上。雪薇赶快过去扶她,自己没走稳也摔倒在地,爬起来揉揉生疼的手掌，摇摇蔷薇没有反应。雪薇拍拍晕乎乎的脑袋翻出手机打给凌天昊，凌天昊正在着急地到处找她，当赶到时看见她蹲在地上，更惊讶的是旁边是昏倒的蔷薇，凌天昊忙把雪薇扶到车上，又把蔷薇抱上车直奔医院，车开得太快，酒后的雪薇一阵阵想吐。

凌天昊发现后面有车跟着他们，雪薇见过那辆车，"刚才我看到就是这辆车上有人在拍蔷薇，要不要绕两圈甩掉他们。"

看看雪薇难受的样子，再看看昏迷的蔷薇，凌天昊说，"还是别了，一会儿下车把脸给她挡一下。"

雪薇从包里翻出围巾、墨镜、口罩，下车的时候把自己的外套给蔷薇裹上，围巾给她盖在脸上，护士出来把人推进急诊室，凌天昊下车时回了一下头，看到了偷拍的狗仔。

医生说蔷薇是酒精中毒，有危险，要洗胃，凌天昊通知了蔷薇的经纪人，当她经纪人赶到的时候已经夜里三点。

雪薇酒劲儿又上来，迷迷糊糊地靠在凌天昊肩上，医院里的气味让人难受，她这个样子没人照顾也不行，凌天昊只好把她带回自己常住的酒店。

杨雪薇早把自己折腾得体力透支，倒在床上就睡死过去，凌天昊给她擦了脸，静静地看了她一会儿，拿了毯子睡沙发。

第二天杨雪薇被门铃声惊醒，一睁眼发现在陌生房间，慌张地掀开被子，看到自己穿着衣服，宿醉让头一阵晕眩，然后听到凌天昊的声音，"醒了吗？"

雪薇又一阵惊慌，怎么跟凌天昊在一起？

凌天昊轻轻敲门，"醒了吗？"

"你，你怎么在这儿？"

"昨晚你喝多了，只好带你来这里，起来吃点东西吧。"

"那，那你呢？"

凌天昊看看时间，"现在是十点五十分，我去餐厅吃饭，外面有吃的和干净的衣服，你收拾一下，我四十分钟以后回来，ok？"

"噢，好。"

听到外面门关的声音，雪薇蹑手蹑脚出来确认凌天昊已经走了，又去把门反锁上，胃很疼，赶紧漱漱口先吃了两块面包喝了口牛奶，整个人才算稳住神。沙发上放着毯子，应该是昨晚凌天昊睡在那里。看看时间，雪薇赶快脱掉一身馊味的衣服去洗澡，洗漱完整个人终于清爽了许多。穿上那套新的衣服居然挺合身，吃着面包喝着牛奶，旁边一捧新鲜的桔梗花，桌上一盘水果散发着淡淡的清香。

吃完东西刚好门铃响了，凌天昊回来。

雪薇不好意思地问，"我昨天是不是很失态？"

凌天昊耸耸肩，"不记得了。"

"不好意思，把你这儿弄得很乱。"看看自己的衣服，又说，"这衣服多少钱，我还给你吧。"

"要跟我这么客气吗？"

雪薇抓一下还湿漉漉的头发，"那改天请你吃饭。"

"不是撸串就可以。"

两个人相视而笑，阳光透过大大的落地窗照在身上，有一种浪漫的味道，那一刻杨雪薇觉得他们在光合作用下真的起了一些奇妙的变化。

几天过去，蔷薇的照片并没有被曝出来，因为凌天昊花钱从记者手中买回了底片。可是八卦新闻又开始炒她靠睡上位、花钱买奖的冷饭，代言的美容广告也全部被撤了。

雪薇问凌天昊买照片花了多少钱，凌天昊说，"我们账上的一半。"

"听说蔷薇的合约快要到期了,她有计划成立自己的工作室,很多公司都在找她谈合作,你是想用照片跟她做交换吗?"

凌天昊严肃起来,"不,乘人之危的事情我们不能做,何况签约艺人也不在我们的专业范围内,我想拉她做名义合伙人。"

"合伙人?"

"对,其实她的人气已经在走下坡路,但她也有很大的潜力可以挖掘,如果维持现状,市场价值只会越来越低,如果她转型做投资人加入我们,对于她对于我们来说都是一个很不错的选择。"

"所以,你才买下那些照片保住她的形象?"

"其实不管她跟谁合作,我都会这么做,蔷薇能有今天的地位很不容易,她也是被人所害。"

"是旧公司故意抹黑?"

"是莫世铭的女朋友许嘉懿,她怀疑蔷薇在勾引莫世铭,这个女人多年不能扶正,所以对靠近莫世铭的人都非常警惕,蔷薇被撤的代言,就是她公司的。"

凌天昊所说的这个许嘉懿,据说早年做生意赚到点小钱便出国留学深造,善于组织各种活动,并积极对接社会资源,其间结实了不少商界成功人士,正是在一次校企活动中,结识莫世铭,后来凭借优秀的英语和交际能力,充当莫世铭的私人翻译,一毕业就随莫世铭回到北京。她在莫世铭身边多年,很有商业头脑,自己经营美容化妆品生意,凭借自己的能力和莫世铭做背书混得身价不菲,因为莫世铭凡事低调,所以她也鲜少在媒体面前曝光,在商界倒是拥有一定的名气和地位,只是到了三十多岁,既没有子女,也没能转正,虽然在人前她一贯 open relationship,但是"婚姻"却是她的死穴。

雪薇有点糊涂,"蔷薇,不是和黄制片?"

"他们也纠缠很多年了，蔷薇倒是认真的，可黄制片只是利用她赚钱罢了，出了这种事就趁机把她甩了。"

"可真够人渣的。"

"大概蔷薇那天酗酒就是太伤心了。"

雪薇有点担心，"那我们帮蔷薇会得罪这个许嘉懿吗？"

凌天昊分析，"莫世铭那么低调，又从不把和许嘉懿的关系公之于众，我想他不会纵容她闹得太过分，蔷薇只要过得了自己这一关，她还是影后。"

雪薇又问，"那蔷薇和莫世铭？"

"大概只是蔷薇想攀关系赚钱，分寸没有掌握好。"

"你能肯定吗？"

"不能，不过如果蔷薇跟我们合作，那么她跟莫世铭就没有关系，我们可以放心，如果不跟我们合作，那事实是怎样对于我们来说也都无所谓了。"

雪薇佩服地点点头，对于凌天昊是越接触越崇拜，这样光明磊落的生意人虽然会容易吃亏绕弯路，可是作为一个男人毕竟太难得。

紧接着雪薇得到一个让她兴奋的好消息，她当选了年度传媒新人奖，凌天昊说等她领完奖会送给她一份大礼祝贺，雪薇有点紧张又无比期待。还没等到凌天昊的大礼倒是先等到了王义的礼物，一条闪闪发光的名贵钻石项链，钻石是美好的，可送钻石的人不是她期待的。

雪薇非常严肃地说，"如果你不把项链拿走，我们马上绝交。"

这种没得商量的语气在王义眼里却是可爱的，"你看，这么严肃干吗，你会吓到我的。"

"咱俩谁吓谁啊？你到底什么意思？"

王义不紧不慢举起很不便宜的红酒，"那咱们都喝一口压压惊。"

雪薇没动，王义先喝了，"嗯，这酒不错，菜也不错，尝尝合不合口味。"

雪薇依然没动，"你不拿走我不吃。"

"它又没长腿，跑不了，吃菜。"看着倔强的雪薇，王义放下筷子，问，"明天是不是要上台领奖？"

"是啊。"

"你准备了什么行头？"

"我领的是传媒奖又不是影后奖要什么行头！"

"别管领什么奖，这应该是你第一次领这么重要的奖吧？"

自然，雪薇对这次获奖非常激动，确实，除了什么三好学生、优秀学生干部之类的，她还没拿过社会奖项，她精心准备了衣服，却还没上升到花重金买配饰的程度。

王义又说，"不都说钻石是女人最好的朋友吗，你得奖我也没什么好送你的，这个就当是祝贺了。"

"你的好意我心领了，可是我真的不能再收你的东西，这也太贵重了。"

王义一摆手，"不贵，跟你送我的礼物比起来，这实在是不算什么。"

雪薇眼睛一转，"那以后咱们就在项目上继续合作吧。"

王义笑笑，"你知道我最不喜欢什么吗？"

"什么？"

"浪费，你看，你坐下来一口菜都没有吃，这些东西再贵你吃了就不算贵，可是哪怕是一碗白米饭，你不吃浪费了，那都可耻。"

说不过王义，雪薇干脆起来要走，"行，我可耻，您慢用。"

王义拦住，"咱俩怎么就不能好好说话呢？"

"对啊,我也纳了闷儿了,咱俩本来可以好好说话,为什么你一定要用钱来说话呢?还有,你明知道老爷子不喜欢你的铜臭味,他最不需要的是钱,而你给他的却偏偏只有钱。"

王义听了沉沉叹一口气,"这么多年做生意,习惯了,我也不是不想做点别的,可是除了赚钱、花钱别的不会了。"王义停一停又说,"你说得对,这些年光顾着赚钱,确实不够关心老爷子,唉,我这人也没什么爱好,客户喝酒我也跟着喝酒,他们打高尔夫我也挥两杆儿,都是为了做生意,有时候想想啊也没什么劲。我看着你,这么年轻,这么热心,又有理想有抱负,我是自愧不如,我承认我欣赏你、喜欢你,我也知道自己的情况,我没有别的请求,只希望你能给我一点时间处理自己的问题,然后给我一个公平竞争的机会。那天我经过一家珠宝店,突然脑子里就想起你,我就想,如果你戴上一条钻石项链肯定特别耀眼,那你第一次领奖就完美了,我真没别的意思。"

王义这张嘴,让杨雪薇深感不服不行,如果不是自己有内线,说不定真的要被他感动了,可是根据内线情报整理分析出的全部结果就是,王义只是想泡她。她的内线不是别人正是老王,据老王所说,他的大孙子从小接受美国教育,王义的太太是去美国陪读的,他们是青梅竹马的感情,但因王义犯过点"男人都会犯的错误",王太太要求他把所有固定资产全部过户到她名下,否则就别想再见儿子,而王义本身的生意又与岳父家过从甚密,王义是很积极地去修复跟太太关系的,他们的关系并不像他所说的那样不堪,他也不可能为了谁去毁掉自己的家庭。每次跟王义说话,杨雪薇都觉得有句话发明得特别好,"一本正经的胡说八道",所以不管王义怎么花言巧语,杨雪薇知道他只是在跟自己玩猫抓老鼠的游戏。

反正是被王义忽悠,不如也利用他一把,于是雪薇说,"要不这样吧,这条项链就算是你借给我的,我戴完了再还给你,那些明星不都是这样的吗,我就当享受一回明星待遇,怎么样?"

王义还以为自己又一次说服了雪薇,露出笑容,"听你的。"

很久没有正面交锋的Lisa也是颁奖典礼的嘉宾之一,自从被王义威胁之后她担心王义迟早靠不住,已经拉拢了同是天禾传媒敌人的莫丹阳注资。Lisa再见杨雪薇很是不屑的样子,上来就嘲讽,"好久不见学会打扮了,做了老板娘就是不一样,哟,都开始戴钻石项链了。"

杨雪薇笑笑,"我还是太年轻,就怕戴不出Lisa你的气质。"

这句话一下子激起Lisa的怒火,也削减了她盛气凌人的气焰,曾经战战兢兢的小职员已经脱胎换骨了,跟在Lisa身后的雅雯和跟在杨雪薇身后的敏敏都被这句话震了一下。

Lisa怒气冲冲地把雅雯手上的盒子打开,里面是一条设计精致、璀璨夺目的昂贵钻石项链,"看起来凌天昊对你也不是太好,买那么简陋的钻石给你,跟这一条实在没法比。"

"怎么,那条是以前天昊买给你的吗?舍不得戴,这样捧着?"杨雪薇故意把天昊两个字说得很清楚。

Lisa占不到上风,脸色黑沉,此时莫丹阳过来,"你们在干吗?"

看到杨雪薇莫丹阳很不开心,"这不是专会勾引男人的狐狸精吗,你也来参观颁奖啊?"

杨雪薇理直气壮,"对,参观,顺便领个奖。"

莫丹阳轻蔑地冷笑,"凭你也能领到奖?"

雪薇依然面带微笑,"说起来还是沾了你们莫家的光,要不是莫阳莫总给我们项目,我也拿不了这个奖。"

莫丹阳生气地拿起那条项链说,"听说你很有本事伺候人,这条项链一会儿我会在现场捐赠出去,"说着竟然扔进水池,池里的一群锦鲤吓得四散逃窜,"如果你不把它捞起来,我立刻叫主办方取消你的领奖资格。"

雪薇看到那些吓跑的锦鲤又慢慢游回聚拢起来,笑了一下,"是啊,水很浅,脱掉高跟鞋进去拿还挺方便的。"

敏敏看事儿要闹大了,急忙说,"我去拿吧。"

雪薇拦住她,不慌不忙地拿起电话,"李经理,今晚活动有一件重要的东西在你们大堂弄丢了,麻烦你叫人去监控室看一下。"

打完电话对Lisa和莫丹阳说,"我跟这家酒店的经理还算熟,我想一会就会有结果了,噢对了,这里的监控录像挺先进的,可以听到声音。"

Lisa和莫丹阳万没想到杨雪薇会来这一手,今天的杨雪薇已经不是那个可以任由她们摆布只能忍着的小兵了。

莫丹阳瞪了Lisa一眼,气急败坏地说,"还愣着干吗?"

Lisa看着雅雯,雅雯只得向水池走去,敏敏早拉了保安过来,上去拦住雅雯让保安去把项链捞起来。

雪薇又拨通电话,"不好意思李经理,东西找到了,我想是有人弄错了,给你添麻烦了。"然后又对Lisa说,"我还要去准备一下,先失陪了。"说完带着敏敏走向电梯。

这晚杨雪薇开心地领了奖,站在台上看着怒目相视的莫丹阳和Lisa,那一刻她没有恨,反而很高兴,高兴终于有这一天她可以穿着漂亮的礼服站在台前和她们平等竞争。

回到公司大家都在等着为她庆祝,比奖杯更引起同事们惊叹的是她脖子上那条闪闪的钻石项链。而凌天昊答应送给她的礼物是公司股份,公司最早一批员工都有,杨雪薇拿到的却超乎她的想象。

在杨雪薇的职业生涯里这一天对她实在太重要,从一无所有到打拼出一片小小的天地，关于事业理想的第一个进阶终于完成了。

热闹完，她一个人跑到楼顶的天台上，有一种大地在我脚下的感觉。吹着夜风，喝着啤酒，看车水马龙，那一刻她觉得从来没有这样热爱这个城市，从来没有觉得生命如此鲜活。

手机响了，是凌天昊打来的，"在哪里？"

"我，在楼顶。"

"等我。"

凌天昊上来，把外套脱下来披在雪薇身上，雪薇递给他一罐啤酒。

看着雪薇胸前闪耀的钻石，凌天昊问，"你的项链不是自己买的吧？"

"噢，跟王义借的。"

"借？你跟他走得蛮近的？"

"大家也算是朋友嘛。"

"不知道应该说你单纯还是说你傻。"

雪薇故意问，"什么意思啊？"

凌天昊不太高兴地说，"梦想高跟鞋、限量版的包再加上价值不菲的钻石，你觉得是什么意思？"

凌天昊居然知道这些事情，让雪薇很惊讶，"你怎么都知道？我没有随便白拿他东西的。"

"别这么看着我，我可没有闲情逸致打探你的隐私，是王义自己告诉我的。"

"他？什么人啊这是？"

凌天昊盯着雪薇，"在一个国家和另一个国家的边境交界处都会树立界碑，在一个城市和另一个城市之间也会有分界牌，标明北京界、天津界，为什么？"

"宣示主权啊。"

"对啊。"

杨雪薇恍然大悟,同时,从凌天昊的眼中她已经非常明显地感受到一种曾经发生在自己心里的奇妙气息,项链刺激奏效了,而且王义这个"笨蛋"还帮她在火上加了把油,雪薇觉得今晚一定有大事发生,她喝完手里的啤酒,提议再喝点儿白的。

凌天昊用他温柔的声音说,"你胃不好,喝白酒伤身体。"

雪薇说,"说来也奇怪,以前动不动就犯病,上次方骄骄结婚喝成那样我竟然没事儿,这大概就是传说中的以毒攻毒吧。"

"侥幸而已,不要再喝了。"

杨雪薇深深地吸一口难得的新鲜空气,跑到围墙边上大声向着夜空呼喊,然后转向凌天昊,"人生能得几回醉,今天这么高兴,不要扫兴好不好!"

凌天昊笑起来,"那你等我一会儿。"

等凌天昊再回来,看到地上扔了三四个空的啤酒罐,"还是不要喝了。"

杨雪薇确实喝得有点多了,抬手搭在凌天昊肩上,暧昧地说,"来来来,再敬你一杯。"然后自己咕咚咕咚喝光了手里的酒,夺过凌天昊手里的酒,使了好大的劲儿拧开瓶盖,但她并没有喝,转了个大圈儿,一瓶酒全洒在地上,也不知道从哪儿弄的打火机,"哄——"的一下,点燃了酒精,整个人被火海包围。凌天昊大吃一惊,冲进火海抱住她,火苗映得两个人脸通红。杨雪薇望着凌天昊,豪爽的她喝多了酒眼神闪光,更加妩媚,凌天昊突然吻住杨雪薇,这突如其来的热吻还是让她瞪大眼睛,然后沉醉于其中……

"着,着火啦,来人啊!"两人的唇被一声惊叫分开,不知是谁闯入天台,凌天昊说一声"快跑",拉着杨雪薇出去从那人身边经过跑开,那人莫名其妙地喊,"神经病啊。"他们跑了不知道多少层楼梯,跑得气喘吁吁,杨雪薇跑不动了停下来。

两人看着对方傻笑,然后凌天昊继续吻了雪薇,楼道里的灯灭了,世界上仿佛只有他们两个,安静得可以听到对方急促而清晰的心跳,是奔跑的心跳,是爱的心跳。

那一夜杨雪薇失眠,仿佛很久很久都没有过这样浓烈的爱的感觉,久远得让她怀疑曾经和小志是否有过这样的时刻,那一夜杨雪薇仿佛才明白什么叫春宵苦短、十里柔情,人生就是应该有这样一场飞蛾扑火一般的轰轰烈烈的爱情,不论是什么样的情况,在什么样的年纪,有什么样的结果。

凌天昊不是一张白纸,杨雪薇知道他还有一个无法清除的过去,她并不想像 Lisa 那样把她连根拔去,她更希望凌天昊可以把她安置在内心某处,然后盖棺定论。

清晨,当凌天昊醒来的时候,杨雪薇已经离开了。在她的办公室里,凌天昊进来关上门,走到她桌子对面俯下身去,用头触碰着她仰起四十五度角的额头。

雪薇心里已经汹涌澎湃,脸上却努力装作波澜不惊,她对凌天昊说,"我原谅你对那个香水味道的迷恋,也原谅我自己的情不自禁。"

令雪薇完全意外的是,凌天昊取下了手上的那枚戒指,他说他要跟过去告别,这就是杨雪薇无比期待的那种仰望四十五度角的爱情,那种思想和灵魂交织的爱情,只是她没想到会到来得这么快,快得让自己不敢相信。

他们以像酒精遇到火苗一样的恋爱速度杀了王义一个措手不及,项链完璧归赵,王义被淘汰出局。

第十六章
Chapter 16

酗酒后精神恢复的蔷薇主动约了凌天昊，在自己朋友的私人会所里见面，足够隐蔽避开狗仔，凌天昊为争取蔷薇的加入开出了诱人的条件，不过蔷薇也很抢手。

蔷薇坦白说，"你开的条件还不错，不过凌总你从头开始，现在公司的实力实在是太弱，以我现在的地位没有必要相信你的空头支票，要不是看在你们那天帮助我的分上，我不会耽误时间的。"

凌天昊把一个信封放在蔷薇面前，蔷薇打开看，一下子紧张起来，"是你干的，你威胁我？"

"不是我干的，恰好那天拍照的人我认识，底片我已经买下来了，你放心我没有备份。"

"多少钱我付给你。"

"我不是拿这件事情和你做交易，你可以当什么都没有发生过，如果你愿意合作，这个当作一份见面礼，如果不合作，那我再告诉你价钱也不迟。其实，除了给你提出的那些条件，我们还给你制定了一系列的宣传计划，你付出的是你的个人形象和大众影响力，不需要真金白银，转型做投资人名利双收，有不少明星都是这么做的，当然，如果你能够加入，我们就更有信心拿到大财团的投资，这样我开出的就不是一张空头支票，你可以认真考虑一下。"

就在凌天昊离开会所之后一小时，Lisa便得到了这个消息，转眼就坐在蔷薇对面,她对蔷薇只说了一句话,"凌天昊给你什么条件我照给,你另外有什么要求我可以做到的绝不讨价还价。"

蔷薇笑说,"那我岂不是可以坐山观虎斗,坐收渔翁之利了。"

Lisa笃定地说,"你知道我的背后是莫丹阳,总之跟我们合作你不会吃亏。"

蔷薇对他们之间的恩怨也算略知一二,不过她对这个盛气凌人的Lisa没有什么好感,何况Lisa拿着莫丹阳的投资,跟姓莫的沾边蔷薇心有忌惮,除了莫阳她不想再接近莫家任何人。Lisa也毫不留情地指出凌天昊的弱点,"感情用事",说不定哪天又突然故伎重演,这一点确实让蔷薇担心。其实蔷薇手里没有太多钱,这些年跟黄制片绑定在一起,原想趁年轻捞得差不多了就退居幕后,没想到被人半途唱了出卷包会,所以内心里她很着急找靠山。

在蔷薇犹豫不决的时候,凌天昊又接了莫阳一个重要的项目,大导演、大明星、大班底制作的商业片《少男,少男》,讲画家和少年模特的故事,号称中国男版《戴珍珠耳环的少女》,这次他们在影片还未杀青就提前介入,并用投资换取分账权,这是公司第一次采用这样的方法,他们把大部分的资金都压在这个项目上,只能赢不能输。杨雪薇想她建立起来的公司和罗裴和莫阳的三角关系开始起作用了。

凌天昊为此放弃了一些原本可以兼顾的项目,杨雪薇看得出他是为了Lisa。自从公司成立以来,Lisa没有放弃过对他们接触客户的狙击,而凌天昊却时常故意失败,从前杨雪薇没有想过那么多,可是现在不一样了,她既是公司的股东,又是凌天昊的女朋友,她不想重演像Lisa那样的闹剧,所以打算尽快完成投资引入,既为公司输血又可以用股东的力量牵制凌天昊。莫阳当然是他们最好的选择,再加上罗裴这层关系,只要凌天昊肯做好各方面的工作,一切看起来易如反掌,可是，凌天昊有所顾忌，他并不希望拿罗裴来做"交易"。

没有办法，雪薇只得一边不放弃莫阳，一边再另寻其他机会。

碰巧雪薇得知大鹏要去澳门参加公司在那边一个商业项目的剪彩，他的大老板夏董也会去，他们曾经跟夏董接触过几次，双方印象还算不错。

雪薇专程飞到澳门，追着夏董跟他沟通投资的事情，可是夏董除了在剪彩仪式上露个面，剩下安排的全是私人行程，对于雪薇这种不能"玩"的女人他并不愿意跟她多浪费时间。巧的是一转身她就看见蔷薇不知道从哪儿冒出来追着夏董去了，两人相谈甚欢的样子，也难怪雪薇没有机会说话。

第一次到澳门的杨雪薇事儿没办成，看看是周末就算给自己放个假了，勉强算是独自旅行，此时的北京已经冷下来，在这儿穿着裙子走走还是不错的。

既然到了澳门，雪薇想就算不赌博也应该去看看。在一家赌场的窗口换了些筹码，好歹也装装样子，她只是四处走，四处看，没有在哪一桌停留下来的意思，有人跟她热情地打招呼，也有人冲她不怀好意地笑，更多的人都醉心于自己的赌桌。杨雪薇觉得这里的人挺有意思，赤裸裸的金钱考验和内心挣扎都写在一张张扭曲变形的脸上，或许只有在这儿人才是真的摘下了面具，欲望、贪婪在筹码面前一点都掩饰不住。

突然雪薇看到一个人很眼熟，走近发现竟然是光光，她本想过去，可是光光狠狠地甩着手里的牌，满面怒气，一定是输了，他的样子一点不像自己认识的那个细心、聪明又略娘的妇女之友，完全一副赌徒模样。

雪薇还没挪步，又撞上不知道从哪儿冒出来的蔷薇，她也一脸不悦的样子,"怎么又是你,忙完了吗?"

雪薇点点头。

"那跟我去喝酒吧。"蔷薇推推墨镜,生怕被人注意的样子,雪薇忙跟着走了。

在酒店高层的餐厅,两个女人俯瞰这座不夜城,话还没多说酒已经喝了不少。杨雪薇第一次这么近的认真看一个女明星,她想起曾经凌天昊说蔷薇也很不容易,看着她美丽又失落的脸,黑夜里也不肯摘下的墨镜,杨雪薇发现越是张扬的人内心深处好像越是脆弱。

蔷薇是嫩模出道,十六七岁就已经在模特圈混得风生水起,二十岁跟了个导演开始进入影视圈,然后遇上黄制片一路打拼总算有了今天这个地位。算算也出道十几年,她不是没有想过嫁入豪门,无奈绯闻太多,死心塌地跟了黄制片吧,还遇人不淑。一个女人十几岁开始利用年轻美貌捞资本,二十几岁又抓住机会积攒实力,现在如果能顺利转型,演艺投资两不误,也还算很精彩的一生。

两人喝了半瓶红酒,等蔷薇抽完一根烟整个人又振奋起来,"我还有事先走啦。"

雪薇还想趁机跟她多聊几句,"请等一下,我想知道为什么你不跟我们合作呢?不止是因为 Lisa 那边更好的条件吧,你也没有答应他们呀。"

"你们两家公司斗来斗去的,我可不想白白浪费时间,况且你们还没有 Lisa 那么有实力的靠山。"

"如果莫阳重金投资了我们呢?"

"那自然不一样了,不过据我所知凌天昊并不打算跟莫阳合作吧?"

"他会的。"

蔷薇对杨雪薇燃起兴趣,"现在的天禾传媒是你当家吗?"

"不是我当家,不过我和你一样,着急赚钱,着急更进一步。"

"呵呵,"跟杨雪薇相提并论,显然蔷薇不是很乐意,"着急的是你吧,你倒挺坦白的。"

"坦白一点不是更有效率嘛,我想我们公司的利弊你都非常清楚了,如果我保证拿到莫阳的投资,咱们是不是可以合作?"

蔷薇看着杨雪薇,着实没有想到那个曾经蹲下来给自己穿鞋的小职员有这样的野心和气魄,半信半疑地点点头,"好,我等着。"

有了这次与蔷薇的偶遇,杨雪薇觉得总算不虚此行,她要赶快回去说服凌天昊,只要他肯去做罗裴的工作,罗裴是一定会听他的,有罗裴的助力,拿到莫阳的投资就更有把握了。

可是凌天昊依然坚决地拒绝。

杨雪薇十分费解,"为什么?天昊,你总要给我一个合理的理由吧,我想不出为什么你不愿意,这样做我们公司可以快速发展,你的理想你的计划可以更好地实现,我们也可以给罗裴股份的。"

"雪薇,我和罗裴之间就像你和方骄骄之间的感情,最好是不染一丝尘埃,我们既不会跟彼此做生意,也不会介入到对方的生意关系里面,你应该懂的。"

凌天昊用这样的方式来形容他和罗裴的关系,杨雪薇很惊讶,因为这种关系是她认为这世界上两个人之间最好的一种关系,这样的关系可以是闺蜜,可以是情侣,但怎么可以是凌天昊和罗裴。

雪薇问,"你是不是还很介意我给她和莫阳创造了机会?"

"罗裴既然选择跟莫阳在一起,证明她爱这个人,跟莫阳的背景没有一毛钱关系,如果你试图通过罗裴建立和莫阳的某种关系,可能你会失望。"

雪薇把罗裴推给莫阳,一是斩断她和凌天昊的可能性,二是建立和莫阳的所谓某种关系，凌天昊没有提到第一点，那么雪薇想自己也不要去提，这种事情总是多说无益。她拥抱凌天昊，"我明白，都听你的。"

这个办法行不通只好暂时作罢，可有些事情总是放在心里还是很憋闷，只好拉方骄骄出来排解排解。

方骄骄听完杨雪薇诉苦又开始展开情感说教，"我还真的有点搞不懂你，你一方面不想让凌天昊跟罗斐来往，一方面又创造机会让人家接触，你怎么想的？"

"我们现在很需要莫阳的投资啊。"

"那你们拿到投资会怎样，拿不到又会怎样？"

"拿到投资，我可以保证在两年内绝对能做到上市规模，没有投资，我们还要很辛苦地花很长时间来积累资本呀。"

"又不是等钱救命，慢慢做不是更踏实吗？两个人携手一步一个脚印地实现共同的理想，多浪漫啊，干吗那么着急一下子把钱都赚到位，到时候不也就是住的房子再大点，开的车再好点，拎的包再贵点吗，万一再让别人把男朋友撬了，不值。"

"我是希望做更大的更让我有成就感的项目啊，当然啦，钱赚得越早越好。"

"万丈高楼平地起，贪心不足蛇吞象。"

方骄骄又把杨雪薇逗得直乐，"钱到用时方恨少，没钱多没安全感。哎呀，我都能想象大鹏天天被你教育的样子。"

"我家老公可比你踏实多了，哪儿像你这么操心。"

"哟哟哟，现在这一口一个老公听得我鸡皮疙瘩都起来了。"

"你什么时候也找一个老公喊喊呀？"

"我才不着急加入已婚妇女的行列。"

"哎,说真的,你反正已经跟凌天昊搞到一起了,有没有好好考虑下未来?"

"什么叫'搞'到一起?动不动就谈未来多吓人啊。"

"小姐,你几岁啦,奔三啦。"

"喂,我还两个多月才二十七岁好不好。"

"你看你已经过了二十五岁啦,颜值和状态都开始走下坡路啦,不是随便拉个男人玩玩激情的时候了,当然要考虑未来呀,难道你希望又谈个几年各奔东西啊?"

雪薇郑重地说,"我呢,希望我跟凌天昊的关系就像咱俩的关系一样,鼓励不要求,欣赏不干涉,影响不改变,这样的爱情才是浪漫的,长久的。"

方骄骄听得直要翻白眼,"我求你了,你说的那是交情不是爱情,男人和女人之间是不可能存在这种关系的。这不是凌天昊跟你说的希望你们是这种关系吧?"

"不是啊。"

"那还好,不然他就是个渣男。"

雪薇皱眉,"我们两个人的爱情观真的差别太大,你之蜜糖,我之砒霜。"

虽然两个人各自自说自话了半天,谁也没有说服谁,可是雪薇的心情轻松多了,她内心深处不见得不认同方骄骄,只是她不像方骄骄那么容易得到安全感、满足感。她依然没有放弃寻找优质投资的想法,一边做着项目一边等待机会。

关于《少男,少男》的电影,他们做了很多方案都不太满意,有天参加画展,杨雪薇突然想到一位意大利画家达蒙,他以画少年男模著称,而且在艺术界非常有威望,在大众中也粉丝诸多,如果能够把电影艺术和绘画艺术结合宣传，举办一次系列点映和展览活动，一定会有非常好的反响，还可以通过他的国际影响力，让《少男，少男》得到更广泛的关注度，只是达蒙本人从未来过中国，以他的地位不知道是不是愿意第一次走进中国是以这样的形式。

跟大家沟通过后，凌天昊想办法联系到了达蒙的经纪人，并和雪薇一起飞到意大利亲自拜访达蒙，果然，他并不希望这么做，他更希望第一次走进中国能跟业界最权威的机构举办专业展览。雪薇却没有灰心，她发现达蒙有一部分作品是已经卖断了版权给艺术公司的，于是他们设法联系上一家公司，这家公司倒是愿意合作，可他们手里的作品有限，不足以支撑一场展览，在这家公司的推动下，很快又有另外一家公司也参与进来，两家的作品加起来举办一场展览没有问题，在确认了他们对作品的所有权之后，三方迅速达成协议。

没有太多时间跟凌天昊在异国他乡缠绵，两人又匆匆回国筹备宣传。

Lisa自然也得知了这个消息，相比《超市情缘》，这部电影的分量可是举足轻重，大牌导演、大班底、大制作，说是年度最受瞩目的类型影片也不为过，而且已经开始参选诸多国际奖项，凌天昊和杨雪薇也是想借此树立行业地位，所以全情投入，不容一丝疏漏。

就在雪薇忙得一塌糊涂的时候，方骄骄出事了。

本来方骄骄回老家接了妈妈来北京，她妈妈身体总是不太好，这次想给她做个全面的检查，妈妈辛苦了一辈子，好不容易熬到她结婚，终于可以松一口气，不想打扰她们，不过方骄骄怀孕了，有自己妈妈在身边总是安心些，老太太这才同意过来，一来不忙着去医院却开始给他们干活儿。

那天正在给将来的小外孙做小棉袄的时候方妈妈晕倒了，大鹏在出差，家里只有方骄骄，她大着肚子受到惊吓，叫了救护车，打电话给大鹏和雪薇，等赶到医院时，两个人都躺在病床上。

方妈妈因为常年的劳累得了尿毒症，她自己知道却不愿意告诉女儿，所以来了北京也一而再再而三地推迟去医院检查，等这次终于昏倒了，才发现已经错过了最佳治疗时间，医生建议马上手术，刚刚买房不久的方骄骄和大鹏所有钱加起来只有几万块，付完首期手术费，不知道后面该怎么办了。

祸不单行，方骄骄自己因为惊吓和用力抱母亲导致了流产，医生责备大鹏病人之前流产过，身体本来就不好怎么能这么不当心，这很容易让她导致习惯性流产，以后即使怀孕也难以顺利生产，方骄骄隐瞒了许久的事情终于还是败露了。

雪薇把自己所有的积蓄都拿给方骄骄，可那远远不够她母亲后续治疗调养，更要命的问题是大鹏整个人垮掉了。

杨雪薇原以为方骄骄选择一个普通人就可以过那种虽不富贵精彩却永远波澜不惊的幸福日子，可生活，就像她曾经说过的那样，你不迈出下一步，永远不知道它会是怎么样的，这样远比遭人打压、想不出方案更残忍百倍的考验，方骄骄的人生哲学能帮她顺利度过吗？面对情和钱的考验，大鹏又会怎么选择？

等到方骄骄做完引产手术醒过来，她还是决定一五一十地把事情原原本本地告诉大鹏，并且说，"如果你要离婚，我没有意见。"精神恍惚的大鹏只是说，"等你和妈好了再说吧。"

那一刻，杨雪薇觉得青春年少的爱情再怎么撕心裂肺都还是美好的，而真正的生活会带来的疼痛才让人束手无策。她也在想如果这件事情换成是她，她会怎么做。或许从一开始她就不会有勇气跟大鹏结婚吧，并不富裕的家庭，随时突击的各种考验，这一切是她想想就不能够承受的。方骄骄的勇气几乎都用在了生活上,而杨雪薇的勇气几乎全部用在了职场上,这也让她更坚定地认为对于自己而言,生活不仅是建立在感情的基础上,更要建立在丰厚的物质基础上。

在与莫阳开会讨论《少男,少男》方案的时候,得知他要出席一个大型慈善拍卖会,杨雪薇想到当年方骄骄的那块手表,她希望莫阳能够帮她一个忙,让她拍卖那块表去救治一位老人,杨雪薇又把方骄骄的故事改编一下讲给莫阳听,她只说她跟方骄骄之间的感情,没有讲出姜楠,莫阳还是答应了帮忙。

雪薇又问,"你姐姐和姐夫会一起去吗?"

莫阳对"姐夫"这个称呼嗤之以鼻,"我可不会承认这种人,真不知道他给莫丹阳灌了什么迷魂汤。"

杨雪薇的这些话让凌天昊猜到她想干什么,她想让姜楠重金买下那块表去救助方骄骄,等莫阳走后,凌天昊问,"方骄骄母亲那边需要多少钱?"

"怎么也要一百多万吧。"

"我可以借给她,不限归还日期。"

杨雪薇睁大眼睛,"你什么意思?"

凌天昊说,"我知道你想干什么,但你征求过方骄骄的意见吗?"

"这种事儿我怎么可能征求她的意见。"

"所以不要去做,她一定不想让你这么做,她的先生应该也很难接受那样的钱吧。"

雪薇也为难,"我知道,我会处理好不让她知道。"

"一块毫无市场价值的旧手表拍卖一个巨额价格,又是现在很热门的豪门女婿出价,这件事不想让媒体挖出原委,恐怕很难。"

"可是……"

"好了，对你这么重要的朋友，我还是要帮的。"

这句话让雪薇无比感动，关键时刻，凌天昊总是出乎意料地让她感动，"谢谢你，天昊。"

这些日子杨雪薇在公司和医院之间奔波，方骄骄已经恢复得差不多了，可是方妈妈好一阵歹一阵，每天需要支付大笔的治疗费，医生也没有办法确认未来会怎样，只能走一步看一步。雪薇从来没有见方骄骄那么灰心过，从病床上下来她就守在妈妈身边一步也不离开，她心里一定难过极了，曾经母女俩一起度过多少艰难的时刻，方骄骄一早就想结婚成家，是为了让自己有个肩膀依靠，更是为了让妈妈安心，可是在这事关生死的时刻，又只剩下母女俩相依为命。

《少男，少男》精心筹备良久的首场业内活动主题定为，"达蒙油画回顾展暨电影艺术研讨会"。本来万事俱备，可在开始前一天却出了大问题，Lisa联系到达蒙的经纪人，把活动未公开的现场布置图和电子资料发给了达蒙，达蒙立刻通过经纪人致电凌天昊，要求马上停止后续一切相关活动。

被突如其来的问题搞乱，杨雪薇努力镇定下来联系两位画廊负责人，又和凌天昊第一时间约见律师，他们共同研究相关法律政策，结果，确实未经画家本人允许，即使画廊拥有全部作品版权，也不可以擅自使用"回顾展"三个字，但举办展览是完全合乎法律的，不论是中国法律、美国法律、意大利法律都确定没有问题。松了一口气的杨雪薇马上安排李洋修改物料，让制作公司连夜加班赶工。

第二天活动如期举办，只是主题修改为"《少男，少男》达蒙作品展暨电影艺术研讨会"，那些已经散发出去来不及回收修改的邀请函，也在入场时被替换了新版。

终于圆满举办完这场活动，杨雪薇喘了口气才发觉不对，他们的首场活动只在北京举办，远在意大利的达蒙怎么会知道得那么详细，而且主题定了那么久怎么不早不晚在研讨会举办前一天收到他的电话，要不是反应迅速真的要临时取消活动，那样的话对他们的口碑和形象必然造成很大影响，事情真的只是一个巧合吗？

还没把这件事弄清楚，达蒙又来电了，依然希望他们能够把后面的活动取消，因为他在中国拥有大量的粉丝，他实在不愿意自己的作品第一次大规模亮相是以这样的方式。他不反对跟电影艺术结合，他也很欣赏这样的结合，可是那些展出的作品并不是自己最优秀的代表作，况且这次又不是和业界最权威机构合作。凌天昊一再跟达蒙解释沟通，可作为一个艺术家，达蒙并不退让。

如果真的撤销，对后续所有的活动都会产生影响，对于天禾传媒的损失也将是巨大的，既然他们的做法不违法，只是违背了达蒙个人意愿，出于对莫阳、对自己、对画廊、对各个利益方的考虑，杨雪薇决定这个红脸由她来扮，亲自和达蒙开视频会议，告诉他不管他愿意也好，不愿意也罢，这个计划他们都要执行下去。

没过几天，Lisa的天浩娱乐召开新闻发布会，宣布将联合莫氏财团斥巨资收藏达蒙经典作品，并有计划承办国内最高级别达蒙作品回顾展，届时达蒙本人将亲临中国。仅仅是这个新闻，就对天禾传媒造成了很大影响，而这个活动出面的总负责人，是姜楠。

Lisa游说莫丹阳说，达蒙的作品在国际上价值巨大，这笔生意一定不会亏本。莫丹阳最感兴趣的不是这些，她感兴趣的是这部电影又是弟弟公司的项目，这样一来，达蒙本人出席的画展和莫阳的电影宣传形成对比，在大众眼里，就坐实了他们不尊重艺术，利用国际画家炒作的事实，到时候就漂亮地赢了弟弟一局。

Lisa也没闲着，继续加紧发布负面消息，不仅如此，还把杨雪薇写成抢别人男朋友，靠各种潜规则上位的坏女人，一时间凌天昊、杨雪薇、王义统统被卷入这场纷争，连雪薇收王义的各种礼物，跟凌天昊同出同入酒店，甚至多年前和小志的校园视频都被翻了出来，各种不堪入目的文字、图片轮番被爆料，从前最喜欢看的八卦新闻主角突然换成了自己，杨雪薇一时全乱了。

　　正在无计可施之际，杨雪薇又看到方骄骄的那本病例册，她想到一个并不光明正大的办法制止这场活动，她实在不想利用方骄骄的事情，可是这次别无选择。

　　杨雪薇约了姜楠，想以此要挟他，可令她万分意外的是，姜楠完全不承认方骄骄的怀孕与他有关，他告诉杨雪薇当初离开之前给方骄骄的十万块就是分手费，此后一切与他无关。作为莫丹阳的丈夫、达蒙画展负责人，他要做的就是打败杨雪薇。雪薇被气极了，既然姜楠毫不顾忌，那她也就不择手段，不但要让姜楠放弃画展，还要让他为方骄骄的事情付出代价。

　　杨雪薇回到家翻箱倒柜地找出方骄骄那块手表，她要参加拍卖会，他知道姜楠是当天的特邀嘉宾，他一定会在场。

　　当天，媒体本想抓着莫阳和姜楠做点文章，莫阳知道主办方邀请了姜楠，便拒绝出席，不过他还是帮雪薇安排好了一切。主持人请上杨雪薇的时候不知情的姜楠吃了一惊。

　　大屏幕上出现一块锈迹斑驳的手表，雪薇说，"这块手表既不名贵也跟名人扯不上任何关系，十几年前，我最好的一位朋友刚刚考上大学，她在单亲家庭长大，母亲抚养她很不容易，这块表是当时母亲能送给她仅有的，也是最大的一份成人礼。可是后来她为了支持男友创业，不得不把这份最珍贵的礼物卖掉，我和她也因此结缘，我一直珍藏着这块手表，希望等到她和那位男朋友结婚的时候，把手表送给她的男友，告诉那个男人，她娶了多好的一位太太。可是我没有等到那一天，那个事业有成的男人忘恩负义，离开了我的朋友。现在我这位朋友的母亲因为尿毒症正在医院救治，我把这个对于他们来说最珍贵的东西拿出来，希望能够得到在座善心人士的帮助，谢谢。"

杨雪薇说完走下台直奔姜楠而去，主持人宣布这只手表的起拍价格是"二十万"。

故事再动听，花二十万买一块废铁也没几个人愿意，莫阳没到现场，但他安排的人举了牌，随后也有人跟举，然后莫阳的人再次举牌，显然莫阳在帮着抬价。

杨雪薇在姜楠身边坐下，姜楠一愣，起身要走，被雪薇拽住，"姜总不打算做做慈善吗？"

"你搞什么鬼？"

"方骄骄当年为了你的一件名牌西装可算是倾家荡产，现在是该你回报的时候。"

"你想怎样？"

"方阿姨现在躺在医院里，治疗加术后恢复需要两百万，这点钱对于现在的姜总来说不算高。"

姜楠又起身，雪薇一把把他按下来，"今天我不光要拿到这笔钱，而且，我要你取消达蒙画展。"

"不可能！"

"如果你不照办，明天我就让全世界都知道这个故事主角到底是谁。"

"你以为我怕你啊？"

雪薇冷笑，"你当然不怕我，可是你怕失去莫氏集团女婿的身份。据我所知，到现在人家也没有完全认可你吧，再搞出这样丢莫家脸的事,分分钟将你扫地出门。"

"你!"

"两百万做点慈善对于你们来说九牛一毛,而花一笔巨款购买达蒙的画只为逞一时之快非常不理智,况且同父异母的豪门姐弟公开打架并不好看,你去分析给莫世铭听,说不定他还会觉得你关键时刻够冷静、有头脑。"

此时姜楠哑巴吃黄连有苦说不出,他知道以杨雪薇的性格,她绝对可以做出这种事,心里再恨也只得举牌。

可雪薇又一把抢过他即将举起的号码牌,"这事儿你不想让媒体深挖,我也不想,我不会让方骄骄知道钱是谁给的,我找人帮你举牌,钱你准备好。还有,三天之内我看不到画展取消的新闻,你知道会怎样。"说完一分钟也没在姜楠身边耽误,把号码牌拿给另外一个提前安排好的人。

几轮下来价格也只叫到四十多万,拍卖师念了姜楠的号码牌,照常理加价两万,但举牌的人说,"不,两百万。"

姜楠收到那块表,对杨雪薇更加恨之入骨。

雪薇把钱交给方骄骄,只说是拍卖那块表所得,"你当年用这块表说服我花了几个月的生活费,现在我把这个故事卖了两百万,我还挺能干的吧!"

方骄骄不相信,"那块表只是几千块买的,怎么会有人出这么多钱?"

"嗨,去慈善拍卖的人很多是为了博宣传、搞关系,两百万买个大广告算是很便宜了。"

方骄骄问,"是谁买了那块表?"

雪薇说,"这个你就别管了,你们双方都有权保密的。"

"你跟我说实话,你没骗我吧?"

"没有,现在给阿姨治病最重要,管它钱是哪儿来的。"

方骄骄又说,"我真要感谢那个人,更要感谢你。"

雪薇清楚这钱是从哪儿来的,看着方骄骄的样子心里很不是滋味,"谁都不用谢,要是老天真的有眼,应该让你幸福才对。大鹏这几天来了吗?"

方骄骄摇摇头。

花两百万做做慈善对于莫丹阳这样的环境,本来不是一件重要的事情,花也就花了,可姜楠居然要求取消画展不再跟杨雪薇对着干,莫丹阳很怀疑,可姜楠确实已经把这件事捅到了老爸莫世铭那,莫世铭不希望两个儿女整天斗来斗去,命令她取消画展,不服气的莫丹阳只得暂时作罢。

偏偏她那个死对头的弟弟又阴阳怪气地对姐姐说,"你对那个小白脸儿真够大方的,两百万也不问问原因。"

"这么着急替我省钱?放心,我没花老爸的钱。"

"你不姓莫能有这样的财富地位?哪一样不是老爸给的,我怕你不会节约,又被那个穷小子耍了,好歹也是姐弟一场,提醒下你喽。"

莫丹阳并不领情,"我看你这个嫩模收割机花在女人身上的钱自己也数不清吧,关心关心你自己吧,听说你最近又交了个什么酒吧女孩,好歹我们也是有身份有地位的人家,拜托你改改口味,就算找些主播、明星之类的也比较不失身份。"

莫阳不听她这一套,"我才不会像你们这些人为了面子活得那么累,知道我为什么我喜欢嫩模吗?一来呢够年轻够新鲜,更重要的是他们不会像那些明星真的想要嫁给你,你以为我像你这么傻,来真的。"

"下流无耻，真是有其母必有其子。"

又被戳到痛处，莫阳当即拉下脸来，"莫丹阳我警告过你，这是最后一次，好好查查你的小白脸为什么要买那块破表吧，说到底我们都姓莫，我是不想看着你有一天被一个外人骗走家产，清醒清醒吧。"

莫阳的手下人跟他汇报完当天拍卖现场的情况，莫阳就猜到了杨雪薇和姜楠之间的关系绝对不简单，又听了那个故事，莫阳敢肯定姜楠就是杨雪薇口中的忘恩负义之徒。换做是他的亲姐姐，他无论如何也会拆穿真相，可是对于昏了头的莫丹阳，他宁可让她自己去解决。

而莫丹阳很快通过拍卖行的人查到这只手表是杨雪薇拿出来的，居然又是杨雪薇，当然没多久她也搞清楚了杨雪薇和姜楠的关系，原来不是她跟姜楠有什么，是她在替人出头。姜楠被莫丹阳揪到面前声泪俱下地坦白自己的过去，却把方骄骄说成一个在杨雪薇的怂恿下对他纠缠不休、试图勒索的女人，他说在去美国以前就已经跟方骄骄分手，并且给了方骄骄十万块的分手费，并向莫丹阳保证此后再也没有过半点联系。恼羞成怒的莫丹阳警告姜楠如果被她查出一点破绽就立刻将他扫地出门，不仅如此，莫丹阳把姜楠从自己公司总部调走，放到天浩娱乐去做名誉总裁，算是给他点教训。没了实权还被紧缩财政的姜楠更是对杨雪薇恨得咬牙切齿。

莫丹阳约方骄骄见面，方骄骄才知道原来那两百万是姜楠的钱，原来姜楠傍了富婆，原来他们还生了孩子，方骄骄觉得姜楠的存在是她人生中最恶心的一件事。

莫丹阳开门见山地问方骄骄还想要多少钱的分手费，只要她保证以后绝不再骚扰，她莫丹阳也绝不还价。

方骄骄觉得可笑，"原来那钱是你们的呀，这样吧，钱我会尽快想办法还给你，请你把手表还给我。"

"你这是什么意思?"

"意思就是我不要你们一分钱,也不想和你们扯上任何关系。"

莫丹阳才不信,"哈,你这样的女人我见得多了,当初拿了人家十万块分手费,现在看他飞黄腾达了就想继续勒索,你别装了,这个对我没有用,你不可能在我这没完没了地捞好处,也不可能把姜楠从我身边夺走,你想要多少钱,不如干脆一点。"

方骄骄觉得可笑,不过姜楠能对她做出那样的事也不难想象他为了通过莫丹阳得到财富地位会说出什么话,这辈子她真的不想再和他有任何交集,便冷冷地说,"我抢一个对我忘恩负义的人干吗?莫丹阳是吧,那我郑重地告诉你,我已经结婚了,只要你们不骚扰我,我绝对不打扰你们,至于你身边是个什么样的人,自己慢慢体会吧。"

方骄骄刚从莫丹阳那里出来,又被姜楠追上,许久不见,他说的第一句话是,"你想要多少钱?"

方骄骄冷冷地笑他,"看来你和莫丹阳还真的是挺配的,连说的话都如出一辙。"

姜楠很紧张的样子,"你跟莫丹阳说了什么?我告诉你别拿那个病例册要挟我,谁知道那个孩子到底是谁的。"

"什么病例册?"方骄骄一惊。

姜楠继续说着,"你居然好意思把流产的事儿告诉杨雪薇,你们这两个女人为了钱还真是什么都做得出来。我给你最后一次机会,你想要多少钱一次说清楚,下次再发生这种事别怪我翻脸不认人。"

原来方骄骄找不到的那本病例在杨雪薇手里,她竟然还以此要挟过姜楠,两百万和姜楠那个画展不战而败原来是这么来的,方骄骄万没想到,杨雪薇会做出这样的事情。而此刻被一个曾经背叛自己的人这样指着鼻子骂,方骄骄委屈、愤恨极了,"姜楠,你早就翻脸不认人了,你怎么好意思当着我的面说出这种话?你不觉得心里有愧吗?"

"我有愧?我给了你分手费的,你看看你现在是什么样子,是你方骄骄不配跟我在一起。"

方骄骄突然觉得人生太可笑,时隔那么久自己竟然跟曾经最爱也最恨的那个人在这揭开伤疤,互相谩骂,她实在不想这样,"姜楠,如果你当时告诉我那笔钱是分手费,我一分都不会要你的,那笔钱我已经捐掉了,给一个得病的小孩,关于,关于其他的事情,已经过去了我不想再说。姜楠,做人也好,说话也好,最好积点德,不然会遭报应的。既然,你给我这最后一次机会把话说清楚,那好,你就听清楚,我想要的是这辈子再也不要见到你。"

方骄骄一路跌跌撞撞地走回医院,比见到姜楠更让她难过的是杨雪薇那么了解她,竟会再让她和姜楠有交集,会为了事业不惜利用自己,她从来没有想过有一天杨雪薇会对自己做出这样的事情,从来连想都没有想过。

方骄骄打算把钱还给杨雪薇,她打算跟大鹏离婚,打算把房子卖掉为母亲治病。

杨雪薇感觉她可能要因此失去方骄骄了,可她却没有时间好好地跟方骄骄聊一聊,因为工作还需要马不停蹄地继续,电影宣传还要一站一站地做下去。

她恨自己就那样出卖了最好的朋友,利用了最珍惜的友谊,可她没有办法,要保持两个人之间不染一丝尘埃的感情实在太难了。

这天,杨雪薇爬上楼顶天台想透一口气,无意之中看到一个人,光光,他正压低着声音焦急地在跟人通话,雪薇躲起来听,"钱怎么还没到账,你怎么说话不算话?所有的资料我都给你们了,当初说好的除了这个别的我不管,法律?我他妈怎么知道法律是怎么规定的,有本事你们让达蒙跟杨雪薇闹啊，我只是照你的意思做事，我不管，总之二十万一分钱也不能少。"这些话让雪薇一下子惊呆了，再听，不知道对方说了些什么，光光态度软下来，"行，照你说的办吧，今天一定要到账不能再拖了，不然我就死定了。"过了一会光光又说，"后面有什么情况我会及时向你汇报的，不过我们可说好了，钱不能拖。"光光挂了电话，雪薇忙跑开，心突突跳得厉害，一直纳闷公司的事情怎么Lisa都知道得那么快还知道得那么一清二楚，果然是出了内鬼，但万万没想到这个内鬼竟会是光光。

没有真凭实据不好发落，趁公司所有人下班，杨雪薇找了工程师搜查光光的电脑，破解了他个人邮箱后，在工程师恢复的删除文件里找到了光光发给Lisa公司的机密资料，雪薇做了备份，心里有说不出的难过。她想被一个信任的同事出卖尚且这么难过，而她背叛了和方骄骄的友谊，要怎么修补呢？还能修补吗？

隔天雪薇什么也没说，下班后她跟在光光车后面，她想知道究竟为什么曾经那个热心善良的人会出卖公司。雪薇发现在距离天浩娱乐不太远的地方，雅雯上了光光的车，然后两个人开到一条小路上吵了起来，之后雅雯独自打车离开，光光把脾气都发泄在车身上。

看到走近的杨雪薇光光吓了一跳，雪薇问，"你们俩什么时候好的？"

光光支支吾吾地否认，雪薇把手机里存的证据给他，光光只得坦白，他跟雅雯已经谈婚论嫁了，可是他嗜赌把结婚的钱全输光了，如果被雅雯知道一定会跟他分手，原本他真的没有要当卧底的意思，不巧被Lisa抓住了小辫子，又太缺钱才帮她做事。

杨雪薇气愤地说，"你知不知道这么做是犯法的，就你这智商还做间谍，死都不知道自己是怎么死的。"

到了这个时候光光倒是把心一横,"要杀要剐随便你,我就求你一件事,别把雅雯给连累了,她真的一点都不知道。"

雪薇虽然气得不行,可听了这话知道他还没到不可救药的程度,"没看出来你整天娘里娘气的,这心倒是挺爷们。"叹了口气问,"你输了多少钱?"

"四十万。"

雪薇的气一下子又冲到脑门,"你可真行,这里面有借的钱吗?"

光光连忙摇头,"我自己攒的,还有家里给的。"

"幸亏没有借钱赌博,不然真是不知道怎么帮你,雅雯知道了?"

光光吞吞吐吐地说,"不知道有这么多。"

"现在还差多少?"

"还差十万。"

"哼,Lisa还挺舍得花钱。"

雪薇本想直接找Lisa谈条件,但还是想看看凌天昊什么意思,她把证据拿到凌天昊面前,明知道他不会让Lisa为此付什么代价,还偏偏想要问。

"你不会是又放不下她吧?"

"我只是认为这是一个和解的好机会。"

"如果再有类似的事情发生呢?"

凌天昊沉默片刻,还是说,"我会选择继续和解。"

从前,小志总是想方设法地哄她开心,遇到一个小小的问题,两个人也可能理论得不可开交,她总嫌小志啰嗦,跟小志说话太费劲,而跟凌天昊从来没有那样的时候,两人有心照不宣的默契,有三句话就解决问题的能力,可是这种神交却常常一点也不让她感到快乐。

杨雪薇把那些证据收起来,对凌天昊说,"这些资料我先保存起来，希望不会再有下次吧。"

方骄骄母亲出院那天，杨雪薇一早过去打算接她们，比她更早到的是大鹏，他终于想通了，终于可以放下过去接纳全部的方骄骄。可方骄骄似乎并不打算接纳全部的杨雪薇，雪薇明显地感觉到她的客气，她利用过两个人最纯粹的友谊，只怕真的是再也回不去了。

杨雪薇拿着钱想去换回那块手表，手表已经被莫丹阳拿到手上，她恨杨雪薇还来不及怎么会让她轻易拿到，"不如等下次拍卖我把它拿出来，从我莫丹阳手里拿出的东西一定比在你那值钱，到时候看看你有没有能力再把它收回去吧。"

事情没有办成，两百万捧在杨雪薇手里就像捧着一泡屎一样恶心。

这天，光光的一个小道消息让情绪低落的杨雪薇又立刻回到战场上来。据光光打探的可靠情报说，蔷薇带着某国内顶级编剧的系列作品合约要签约一家实力雄厚的老牌影视公司了，已经谈得八九不离十。杨雪薇立马找凌天昊商量对策，不管是不是与凌天昊商量，她心里已经有了方案，无论用什么办法要尽快拿到莫阳投资，只要莫阳参与进来，她可以说服王义、夏总也跟投进来，那么，很快他们就可以组成一家同样资本充足的影视公司，只要许诺蔷薇更好的条件，就能十拿九稳，何况他们手上还有蔷薇的把柄，老牌公司不会为了蔷薇一个人投入过高资源，但一家新公司争取到她则是双赢局面。

凌天昊表示，"我会考虑考虑。"

可是雪薇很着急，"没有那么多时间考虑了，这对我们可是难得的好机会。"

"莫阳不见得会在这么短时间内决定做这么大额的投资。"

"我答应你，不通过罗裴我去说服他。"

"就算他同意，王义和夏总也不见得会愿意合作。"

雪薇之前跟夏总沟通过，跟投他没有问题，何况还有莫阳在，而王义，如果投资他们就需要从 Lisa 那里撤资，果然，凌天昊再一次难过"情"关。雪薇尽量地控制自己的情绪，跟凌天昊说，"我知道你的顾虑，莫丹阳不再跟 Lisa 合作，失去王义的资金她会彻底维持不下去，如果你不愿意，我们就再找其他人。"

凌天昊叹气，"我们成立的时间并不长，我们可以再积累积累，何必急于一时。"

"当初我来到这里，是因为 Lisa 逼得我走投无路，我当时就跟自己说，一定要用尽全力在这个行业里占有一席之地，不留余地没有退路。我一直把你当作我前进的动力和榜样，我仰慕你的才华和能力，你能做到的事情不止是眼前这些，你可以做到业界最最优秀的那一个，现在机会就摆在我们面前，为什么要拒绝呢，我们做得更好了，不是也带给投资人更大的回报吗，不是也可以再去帮助 Lisa 吗？"

他们沉默一阵子，杨雪薇单方面决定，"我去找莫阳。"

她让罗裴把莫阳约到 THE MUSE，雪薇把加班赶出来的投资计划书拿给莫阳，并跟他讲了蔷薇的事情，莫阳对他们的工作能力一向没有怀疑，他迟迟不投资的根本原因就是管理者谈恋爱存在不确定性，这个可是致命因素。

雪薇承诺，"我跟 Lisa 不同，我把对投资人负责放在第一位。"

莫阳笑道，"好听的话在我这没用，我知道你当初把罗裴安排在我身边的用意，但我不知道以后你还会做出什么事来。"

"我承认，不过罗裴如果不爱你，她根本不会选择和你交往，不管你是谁，这一点你不用怀疑，我想，你对她也是认真的吧。"

莫阳点点头，雪薇话锋一转，"好，我们不说罗裴，还是说说我们的合作吧，一个影后加一个顶级编剧的系列作品版权，没有哪家公司不去抢的,而我们了解蔷薇,对蔷薇有一系列的发展规划,蔷薇也足够信任我们,而且,我可以拿到比别人更合理的签约价钱。"

雪薇的话更加引起莫阳的好奇,"你凭什么?"

雪薇敢这么说是因为蔷薇那些不能公开的照片,凌天昊不愿意把那个当作交换条件,但商场如战场,她认为有必要的时候就要拿出来用,她告诉莫阳,"因为我会把对蔷薇的发展规划给她看,并且告诉她如果选择其他公司可能会有点麻烦。"

莫阳觉得他从前还是小看了杨雪薇,他明白了蔷薇一定有把柄在她手上,杨雪薇既能牢牢地抓住蔷薇,又能不受凌天昊感情的束缚,莫阳对这笔投资增加了信心,他提出一个条件,"成立的新公司,我希望由你来负责。"

莫阳的条件让杨雪薇狠狠地激动了一下,这是完全出乎她意料的,本想借此完成自己职业生涯的第二个奋斗阶段,没想到一下子就越级到更高的阶段了,雪薇毫不犹豫地跟莫阳握手达成合作。不知道从什么时候开始,杨雪薇变得只要机会来了就会毫不犹豫地抓住,不惜一切,或许是从方骄骄的事情开始,或许是从差点被Lisa赶尽杀绝开始,或许是从失去小志开始,或许是从来到北京开始,或许,她从来就是这样的,只有抓在自己手里的,才感觉是安全的。接下来马不停蹄地安排着一切前期工作,顺利地签下蔷薇,顺利地拿下夏总的投资,为了顾及凌天昊,她没有急于跟王义合作,她知道到了这个时候,王义比她更着急。

唯一让她无能为力的是与凌天昊的日渐冷淡。

她发现凌天昊时常会呆呆地在办公室看一本书,她发现不论是公司还是家里,凌天昊总是摆上一束新鲜的桔梗花,她发现凌天昊还是从来都不吃橙子,他还是会主动放弃一些项目给Lisa,也偶尔会打电话给她说一些鼓励的话。

　　杨雪薇发现凌天昊时常看的那本书里夹着张范程的照片，发现他不喜欢自己把桔梗换成别的花，发现他越来越久地待在办公室里，发现他们之间除了激情一切都不够纯粹，她发现她和凌天昊之间从来没有过承诺，从来没有过情侣之间的吵吵闹闹，也甚至从来没有过不谈工作的一天，他们之间除了彼此欣赏、相互扶持，真的存在过爱吗？杨雪薇开始怀疑，而随着她对他四十五度的仰望渐渐逝去，他们还走得下去吗？

　　影业公司成立仪式过后，杨雪薇决定给自己放个假。

第十七章
Chapter
17

方骄骄曾经说生活在心里有底的日子里会觉得特别幸福，如果有一天走到了一个完全未知的世界里，那才是真正的可怕，独自走在异国他乡，雪薇一颗放逐的心不知该往何处去？

雪薇心里千头万绪找不到一个可以解决的办法，只好扑通一下跳进泳池，把头埋在水里屏住呼吸，放松全身每一寸肌肉和神经。一分一秒过去，意识渐渐模糊起来，某一个瞬间出现一种令人恐惧又很奇妙的幻觉，她觉得自己应该马上起来却又不想起来，那正是潜入深海的奇妙感觉。

突然有人跳进水里拉起了她，雪薇猛烈地咳嗽着大口呼吸，脑子从昏迷状态中复苏过来，她眼前好像出现莫世铭的影子，抹去脸上的水，再睁睁眼睛竟然不是幻觉，杨雪薇下意识后退又差点跌倒，莫世铭抓住了她。

"莫，莫主席？"不知道是夜晚的风冷还是太吃惊，杨雪薇感到自己有点发抖。

"如果我没有认错，你是杨雪薇吧！"

"是，您知道我？"

莫世铭笑笑，"你们一直跟我儿子合作嘛，虽然我不大过问他的生意，不过前些天你们搞的公司成立仪式很有影响力。"

杨雪薇一下子不知道该跟面前的这位大人物说些什么，莫世铭问，

"我们可以上去说话吗?"

雪薇这才反应过来他们还在泳池里站着,赶紧收回被莫世铭握住的手向岸上走去,抓起长椅上的毛巾裹住裸露的身体,湿淋淋的头发上一直滴着水,下意识地缩了缩脚有点尴尬。

莫世铭说,"你去换件衣服,我们到那边喝点东西吧。"

雪薇点点头赶紧跑回了屋里。

吹干头发换了衣服,在水吧找到莫世铭,雪薇很好奇怎么会在这里遇上他。

莫世铭说,"这个度假酒店是我公司投资的,碰巧我住在你对面,以为你溺水了。"

"哇,那我要投诉您的酒店隐私不够好啊。"

莫世铭这样的人物除了同等级别的朋友,太少有机会听到这么耿直的话,觉得杨雪薇有趣,"我以为你会感谢我救了你。"

"您不会以为我自杀吧?"

"刚刚还真有点担心。"

"我会潜水的,闭气可以超过三分钟。"

"这么厉害,那真是不好意思,看来是我打扰你了。"

"没有。"

"这样做有什么好处吗?"

"嗯,不知道,其实我小时候特别怕水,我记得第一次学游泳还是我爸爸把我扔进水里的,后来为了跟他赌气,我就去跳水,呵呵,那次是真的差点淹死,不过再后来就不怕了,高中毕业以后我还去考了潜水证。"

"你很勇敢。"

"谢谢,刚刚就是心里有点乱,所以……"

"你这么优秀，我猜不是工作问题，是遇到感情问题了？"

雪薇摇摇头，她想莫世铭大概没有兴趣听她的琐事，便问，"莫主席您也是在休假吗？"

"算是吧。对了你明天有什么安排吗？"

"没有，可能随处走走吧。"

"介不介意跟我同行？"

"那太打扰您了吧？"

"不会，我倒是有一些问题还想向你请教。"

"我可不敢当。"

"就这么说定了，明天我们餐厅见。"

杨雪薇想想，点点头。

第二天一起吃过早餐，莫世铭的车子已经在等，他们离开这片度假区，穿过热闹的街道，又驶入另一片海湾，那里几乎没有标志，更没有人，海水更蓝更安静，近处是像宝石一样的碧绿色，岸边停着两只船，不远处几栋非常别致的建筑，雪薇向另一边望去，隔着狭长的白色沙滩是另一座小岛。

整个岛上除了少数几个工作人员，看起来就只有他们两个人，这是莫世铭的私人海滩，莫世铭问，"你明天不飞吧？"

"不会。"

"那有没有兴趣在这里潜水？"

雪薇欣然同意。

因为潜水前后二十四小时禁飞，看来莫世铭也是专业选手。两人穿好装备上了船，莫世铭做了几次深呼吸，看起来又不像想象的那么轻松。到达潜水地点雪薇先下了水，开始工作以后好像很多爱好都放弃了，跟五颜六色的鱼一起自由自在地畅游海底，没有凡尘琐事束缚的感觉真好。身后和潜水员一起跟上来的莫世铭显得有些僵硬,雪薇伸手拉住他,两个人穿过一群斑斓的鱼群,眼前千姿百态的珊瑚礁十分壮阔。突然莫世铭摇晃了一下,雪薇回头一看他的呼吸管掉了,雪薇下意识地摘掉自己的呼吸器迅速给他戴上,在深海里失去氧气的恐惧是不会因为人的财富地位有差别的,莫世铭死死按住呼吸器,雪薇感受得到他的惊慌,旁边的潜水员摘下自己的呼吸器跟雪薇轮换使用,深海水压太大极速上升会有危险,好在三个人里只有潜水经验很少的莫世铭不够镇静,他们慢慢地安全回到水面。

惊魂未定的莫世铭躺在甲板上平息了一会儿才自嘲地笑起来,"看来我真是太缺少锻炼,没想到在深海里你也能临危不乱。"

把腿伸到船外坐着的雪薇笑说,"我也是拿到 Master Scuba Diver 的选手。"

"刚才真的要谢谢你。"

"我们算扯平了。"

莫世铭笑起来,船已经返回岸边。

享受着海鲜大餐和专属的阳光,雪薇举杯,"我还是第一次见到传说中的私人海滩,谢谢莫主席。"

"我应该谢谢你陪我度过一次难忘的船潜经历。"

"其实我很难想象您这么忙的人会有时间在这儿出海、晒太阳。"

莫世铭笑说,"如果到了我这个年纪还不能够自己掌握时间,是不是很失败?"

"那在我这个年纪就随意挥霍时间,是不是很堕落?"

莫世铭又笑起来,"有能力做到自我调节的人,我看还不算太堕落。"

"哇,我今天收获了这么多的赞美,不用吃大餐也够幸福了。"

"海鲜不容易长胖的,可以多吃点。"

"谢谢,cheers!"

"Cheers!"

莫世铭又问,"有没有兴趣跳支舞?"

"在这里?"

莫世铭点点头。

雪薇四下看看,"没有音乐啊。"

"你们年轻人不是都很会用手机的吗?"

梦幻的蓝色大海,细腻的沙滩,美酒美味,真的很有跳支舞的兴致,雪薇用手机播放一首曲子,两人光脚在沙滩起舞。

人生有很多际遇无法预料,有时候像做了一场噩梦,有时候又像做了一场美梦!

返程的路上莫世铭问,"我晚上有一个私人的宴会,可不可以邀请你做我的女伴?"

杨雪薇没想到莫世铭会向自己这样一个普通的人发出邀请,"我?不会打扰你吗?"

"你很优秀,邀请你是我的荣幸。"

这大概是王义之外雪薇见过最会说话的人了,而且他的赞美都像是一种命令让人无法拒绝,雪薇心里还是有一些激动,曾经和方骄骄说起她崇拜的对象,而此刻她正有机会和这个人共度一段时间。

回到酒店已经有人送来礼服和配饰,换完装有人来接她与莫世铭会合,走进晚宴厅,这里已经高朋满座,所有人衣着考究得体,气氛却并不严肃紧张。寒暄一阵,杨雪薇才知道这些人有国内外的企业家、泰国的政界官员和商业人士,是莫世铭专程安排的一次为推进自己在泰国旅游产业的非正式宴会,想想他前一刻还在说着享受人生的话,后一刻就投身生意当中，大概这样的人生活即是生意，生意即是生活，早已公私难分了吧。

男人们很快开始高谈阔论，谈政治、谈经济，女人们互相恭维又拼命炫耀，谈着自己受邀出席的时尚活动，谈着与某某名人明星的轶事私交，杨雪薇对这些人的关系背景搞不清楚也不便多说话，只是不失礼貌地与大家闲聊几句。

宴会结束后，莫世铭又亲自送雪薇回去，问，"今天看你话不多，是不是这样的活动很闷？"

雪薇忙说，"不是的，我看您在谈一些生意的事情，我也搞不清楚大家都是什么关系，怕会说错话。"

莫世铭点点头，显然很欣赏杨雪薇考虑事情的周到仔细，又问，"你什么时候回北京？"

雪薇说，"明天。"

莫世铭笑道，"我的飞机明天回北京，如果不妨碍你的行程计划就一起吧。"

雪薇没想到莫世铭竟会邀她乘坐他的私人飞机一起回去，她是有一些顾虑，但想想可能以后会有很多生意上的合作，便说，"好哇。"

在飞机上，莫世铭拿出一块手表给她，正是方骄骄那块，"我很欣赏你对朋友的仗义。"

雪薇很惊讶这块手表会在莫世铭手里，也很意外它能再回到自己手里，"这块手表对我来说太重要了，谢谢您莫主席，拍卖的钱还在我这里，我回去之后把它给您。"

"不，能给我女儿一次真正认识自己身边人的机会，这两百万很值得。"

"但是这个钱我朋友不收的，她不希望跟过去再有任何瓜葛，就一直放在我这里,我必须得给您。"

"这样吧,如果你觉得不妥,下次有机会就把它捐出去吧。"

"这不合适吧?"

"怎么做由你决定。"

杨雪薇想想,似乎也拿不出更好的解决办法,便说,"那有机会我以您的名义把它捐出去,到时候再给您一个交代。"

"这件事你看着安排吧。"

雪薇把表收起来,也不知道怎么的就不由得跟莫世铭说起方骄骄来,"因为这件事情,我和我朋友也搞得有点不愉快,其实我当初不应该那么做,不知道她以后会不会原谅我。"

莫世铭说,"没有波折的友情也不见得有多深厚,就像做生意经受过无数的挫折、考验才会根基稳固,把这块手表给你朋友,我想她会理解的。"

"谢谢。"

随即,雪薇又把话题转到工作上,"对了,小莫总一直对我们很关照很信任,要拜托您再帮我们感谢他的支持。"

"我这个儿子做生意还是有能力有眼光的。"

"如果不是小莫总的魄力,我们合作的很多想法都不会有机会实施,有这样的老板是我们的幸运,我们都常说小莫总是得您真传,真的希望有机会能多向您请教。"

没有人不爱听好话,会赞美别人的人更喜欢别人的赞美,莫世铭看起来很开心地说,"未来的世界都是你们年轻人的,你的空间还大得很。"

"我们现在竞争也很激烈,有实力的公司都在借助大资本的力量迅速整合平台,未来一两年可能大多数同类公司会被淘汰,所以我一点都不敢松懈。"

"呵呵，还没有落地就开始进入工作状态了。"

"这几天一直受到您的表扬，我要更努力站在更高的平台上才不算辜负您的肯定，也才对得起小莫总的信任。"

莫世铭点点头，对这类聪明、漂亮又很会把握机会的女人，他从来都很欣赏。

回到北京，杨雪薇赶上了著名的环保慈善之夜晚宴，终于把那两百万以莫世铭的名义捐了出去，心里的一块石头总算是落了地。

隔天杨雪薇收到电话，说是莫世铭的助理打来的，邀她见面，雪薇拿着拍到的《海洋》油画到见面地点，她想这幅画莫世铭应该会很喜欢。

不过没有见到莫世铭，等待她的是一个女人，拍卖晚宴上这个女人注意到了杨雪薇，可杨雪薇并没有看到她，只以为是莫世铭安排的助手。

"你好我是杨雪薇，莫主席到了吗？"

女人打量着她，那眼神仿佛并不觉得杨雪薇哪里出色。

被人这样审视雪薇不太自在，"请问您是？"

没等她明白怎么回事，女人扬起手给了她猝不及防的狠狠一巴掌，"现在知道我是谁了吧？"

但雪薇真的不知道她是谁，只觉得有点眼熟，这已经是第二次莫名其妙地被人甩耳光，杨雪薇的怒火噌就冲到头顶，抓起手边的水杯泼在女人脸上，"神经病吧你。"

女人更没想到遇到比自己还泼辣的对手，憷了几秒钟反应过来又要动手，杨雪薇一把抓住她，"你到底是谁啊？"

女人恶狠狠地盯着她，"世铭什么时候变得这么没品味，这样的货色也看得上。"

"世铭？莫世铭？这女人跟莫世铭什么关系？"杨雪薇看着那张怒气冲冲的脸，突然想起来，眼前这位就是不容许任何女人妄图靠近莫世铭的许嘉懿，她一定是误会了自己和莫世铭的关系，可是冲这一巴掌，雪薇懒得跟她解释，把画往桌上一放说，"既然你是莫太太，那请把这幅画转交给莫先生，单据在盒子里自己看吧。"

杨雪薇说完转身就走，却被徐嘉懿扯住，"两百万满足不了你的胃口是吗？你想要多少钱？"

杨雪薇觉得特别好笑，为什么她们这些所谓有钱人都是一个腔调，而且一个豪门小三竟然和自己在这里上演这样的狗血桥段，简直荒唐，"我跟莫主席没有任何你想象的那种关系，既然你是莫太太，那两百万是怎么回事你可以回去问你先生，要不然就问问你的好女儿，好女婿。"

"站住，你不说清楚别想从这走出去。"

"还想打我啊，我会还手的莫太太，"杨雪薇自嘲地笑笑，"我真倒霉，为什么总是遇上同类女人。"

看着许嘉懿紧捏的拳头，雪薇干脆告诉她，"你信也好不信也罢，我想你动错了脑筋，这是我和姜楠之间的事情，是莫主席帮了我一个忙，想知道原委回家去问，我不知道你们之间什么关系，总之，我不想和你们扯上任何乱七八糟的关系，请你们自重，也请你们尊重我。"

杨雪薇快步从那里离开，觉得自己简直是陷入了一个怪圈，总是被这些女人莫名其妙地当成消灭目标，对于这些人的世界杨雪薇不懂，她看许嘉懿好像比自己也大不了太多，既然她很有能力赚钱，为什么不离开莫世铭，她也不明白这个女人到底是爱莫世铭的人还是莫世铭的钱。

杨雪薇感觉特别失落，自从来到北京，还从来没有过地失落，心里空荡荡的，一个人开着车在街上晃悠，不想回去，也不知道可以去哪儿。

兜了几圈还是回到家里，倒霉的电梯坏了，住在二十二层的她不得不爬上去，到了家门口才发现竟然把包丢在车上，没有钥匙只得又走下去，拿了包再爬上来，没有吃晚饭的她肚子开始抗议，打开冰箱，空空如也，垂头丧气地栽在床上。

正胡乱地翻着手机，电话响了，竟然是莫世铭，杨雪薇忙接起来，莫世铭约她晚餐，可她心里乱七八糟的，已经爬了两趟二十二楼她也已经走不动了，婉拒这位常年盘踞富豪榜的大人物之后，挂掉电话迷迷糊糊地睡了一会儿，仿佛又梦见那个午后的海滩，和莫世铭一起。

醒来，杨雪薇打开手机又播放那首曲子，一个人赤着脚在地板上起舞。

突然门铃响了，雪薇停住舞步去开门，竟然是莫世铭，他手里拎着晚餐，他竟然爬了二十二楼来到这样一个小小的房间。

舞曲还在放着，莫世铭放下东西向雪薇伸出手……

整个过程，杨雪薇根本无法集中精神跳舞，她突然觉得 Lisa 曾经对她的打压，今天许嘉懿对她的敌意都不是没有道理的，她确实抢了 Lisa 深爱的那个男人，并且通过那个男人实现了自己职业生涯的飞跃，如果她愿意，此刻她也可以毫不费力地抢了许嘉懿无比在意的男人，而且，这个男人能带给她的可能是无限的财富和更加辉煌的事业。杨雪薇突然发现自己竟不知不觉中做了这么多令自己讨厌的事情，竟然还自以为聪明、努力、励志。这个怪圈不是别人套她进来的，是她自己给自己设置的。

舞曲结束，雪薇觉得她也应该立刻结束这个危险的游戏，她跑去看电梯是否修好，幸运的是，电梯恢复了使用。

很久没人给她上课了，事业上没有凌天昊的指引，生活上没有方骄骄的教导，杨雪薇的心感到一天比一天空虚。方骄骄的那块手表一直放在包里，她一直没有勇气去找她，好多次在方骄骄家楼下徘徊一阵子还是默默离开。这天当她又要离开时，方骄骄出现在面前。

"雪薇。"

"方姐。"雪薇愣了一下忙拿出手表，"对不起。"

两人对视片刻，方骄骄露出笑容，向她张开怀抱，雪薇的心终于踏实了，许久没有过的踏实。

没过多久，莫世铭私会杨雪薇的消息传到许嘉懿耳朵里，她如临大敌，竟然去找了一向不怎么接触的莫丹阳和莫阳。莫丹阳非常相信故事不少的杨雪薇为了上位能干出这种事情，而莫阳也相信一向喜欢年轻、进取类型女人的老爸能干得出这种事情，这姐弟俩哪儿都不一样，但对于不能再有一个小妈这件事情是精神高度一致，为了共同的敌人，他们再一次站在了同一战线。

许嘉懿提了个好建议，让莫阳去追杨雪薇，已经跟罗裴认真谈恋爱的莫阳自然不肯。

许嘉懿解释，"谁让你真的追她，你那么受八卦媒体欢迎，制造一个假象还是很容易的吧，随便吃个饭，牵个手，送个东西，让狗仔拍点照片，只要让大家认为她是你的女朋友就行了，到时候跟儿子传过绯闻的女人老爸怎么会再插手？"

许嘉懿这一招实在够狠，让莫阳怀疑她当年在美国商学院学的是宫斗专业，不过为了照顾罗裴的感受，他还是决定先用工作钳制杨雪薇，不行再行下策。

莫阳很快行动起来约了杨雪薇用餐，并提前安排了记者埋伏在餐厅，雪薇以为他要谈工作，进来便问，"莫总有什么指示？"

莫阳也不绕弯子，"你和凌天昊什么情况？"

雪薇耸耸肩，"不管怎样都不会影响正常工作的。"

"你的工作能力我不担心，我还怕一个小小的影业公司已经满足不了你的胃口了呢。"

雪薇听出他话里有话，也大概猜到他此行的目的，"莫总的意思是？"

莫阳看着她的脸，一字一字地说，"离我父亲远一点。"

跟莫世铭在泰国短暂相处的时间杨雪薇确实是有过一些想法的，可是她早已经想清楚并做好选择了，尤其是在见过方骄骄之后，她知道不能再不择手段地追求职场升级，此刻，她想再看一看莫阳会作出什么举动，好让自己更坚定决心。

她问，"如果我不呢？"

莫阳不屑地笑了一下，什么也没说，打开桌上的一个盒子拿出条钻石项链，然后站到她身后去给她戴上，雪薇愣了一下随即反应过来，莫阳在做戏，这两年的工作经验让她已经对媒体足够敏锐，她意识到周围一定有狗仔，自己还没跟莫世铭怎么样，这些利益相关者就要迫不及待地把苗头扼杀在摇篮里了，雪薇佩服他们的触觉之敏锐，行动之迅速，手段之"高明"，那么就配合他演完这出戏好了。

果然，莫阳戴完项链，匆匆作出一副深情的样子拉完她的手，就转身准备离开，雪薇问，"你这样做不考虑罗裴的感受吗？"

莫阳说，"现在这件事情对我更重要。"

"那罗裴不重要吗？"

"我知道你当初为什么安排我们相遇，现在就不要假装关心她了。"

"最近，我想明白了一件事，对自己真正在乎的人永远不要利用，不要耍手段,哪怕是很小的一件事,哪怕事后可以解释得清楚。"雪薇取下项链放进盒子里推给莫阳,告诉他,"我知道你安排了记者,不过我劝你不要把这个新闻发出去,如果你在乎罗裴的话。你放心,我跟你父亲只是吃过两顿饭,聊过几句天,或者以后会有生意上的合作,不过绝对不会有你们担心的那些问题。"

莫阳看了杨雪薇一眼,那个眼神有点复杂,准备离开的时候,杨雪薇又叫住了他,打开手机里存储的一段视频给他看,莫阳愣住了,那是《超市情缘》宣传活动里,他和第一个幸运观众的性爱视频,莫阳又坐回去,"是你安排的?"

"你放心,没人惹我它就跟删了一样。莫总,我现在是你投资的公司的CEO,我要对你的利润和形象负责,许嘉懿和你姐姐那边就麻烦你帮忙澄清一下,我想会比我浪费时间精力地解释一百遍更有用。"

莫阳只得点头,杨雪薇举杯,莫阳完全没有兴致,买了单先行离开,狗仔也随后匆匆撤了。

那天,杨雪薇离开餐厅后漫无目的地在街上走着,人们还都是从前那样的行色匆匆,生机勃勃。三年的时间,她和方骄骄各自完成了最初的理想,一个相夫教子,平淡安稳,一个做上了职场女强人,杀伐决断,日夜兼程。她还是不能认同方骄骄的理念,着急赚钱,并不只是住上了大一点房子,开上了好一点的车,拎上了贵一点的包,是的,她对事业的付出和热爱远远不止这些。

回到家里,空荡荡的大房间里没有过多陈设,也只有杨雪薇一个人,她打开一盏一盏灯,让光充满房间,恍惚中,仿佛听到空气中传来温暖而甜蜜的歌声,"我能想到最浪漫的事,就是和你一起慢慢变老……"杨雪薇想好好睡一觉,明天醒来又将是崭新的一天。

图书在版编目（CIP）数据

北京荒蛮爱情/张晓迪著. —上海：上海文化出版社，2018.1
　ISBN 978－7－5535－1011－8

　Ⅰ.①北… Ⅱ.①张… Ⅲ.①长篇小说－中国－当代 Ⅳ.①I247.5

中国版本图书馆 CIP 数据核字（2017）第 302886 号

发 行 人：冯　杰
出 版 人：姜逸青
封面设计：刘思斯
责任编辑：黄慧鸣　张　彦
美术编辑：汤　靖

书　　名：北京荒蛮爱情
作　　者：张晓迪
出　　版：上海世纪出版集团　上海文化出版社
地　　址：上海市绍兴路 7 号　200020
发　　行：上海文艺出版社发行中心
　　　　　上海市绍兴路 50 号　200020　www.ewen.co
印　　刷：苏州市越洋印刷有限公司
开　　本：890×1240　1/32
印　　张：8.25
字　　数：198 千
版　　次：2018 年 1 月第一版　2018 年 1 月第一次印刷
国际书号：ISBN 978－7－5535－1011－8/I.345
定　　价：32.00 元
告 读 者：如发现本书有质量问题请与印刷厂质量科联系 T：0512－68180628